ファントム
亡霊の罠　下

ジョー・ネスボ
戸田裕之 訳

集英社文庫

目次

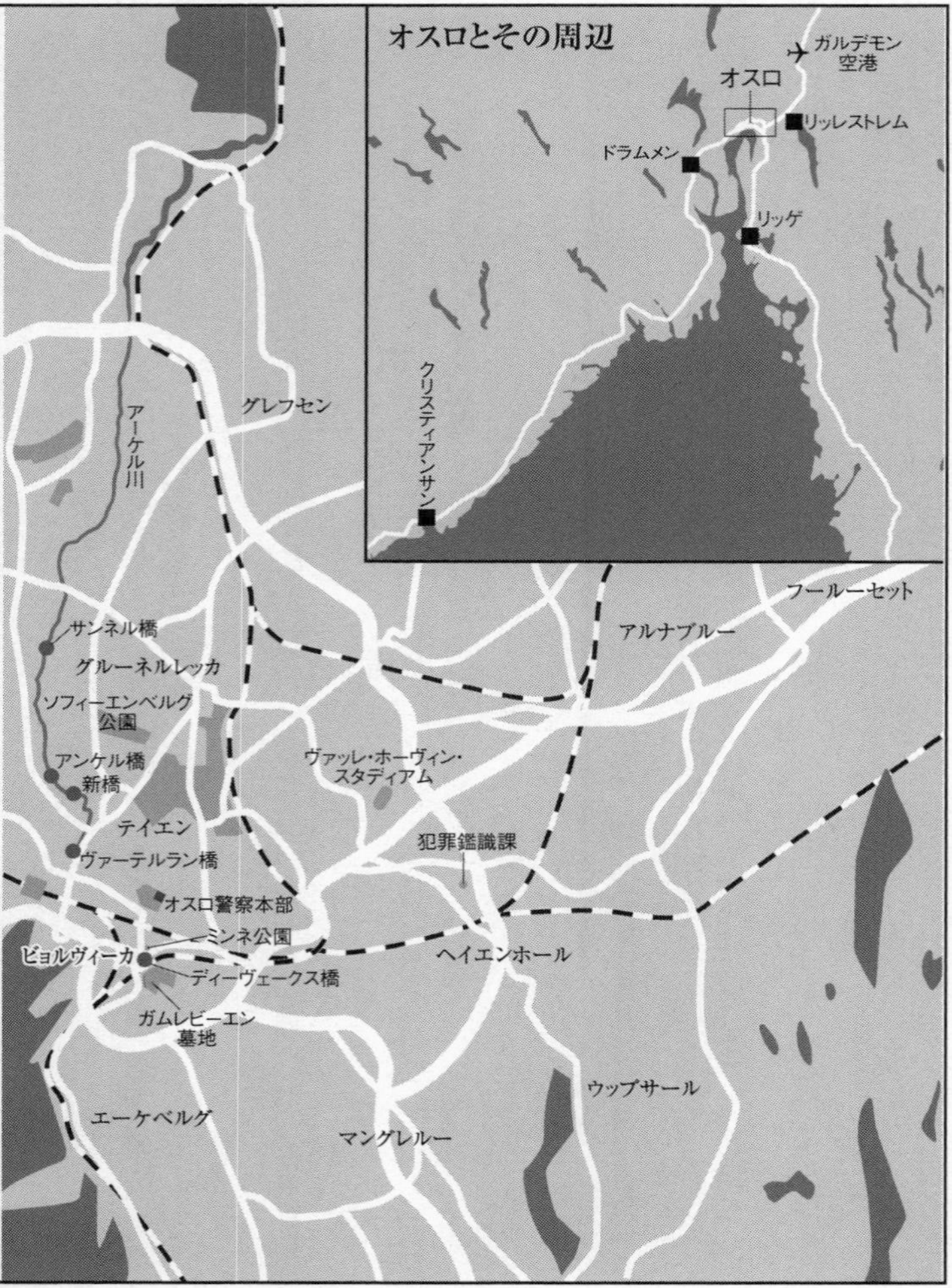
オスロとその周辺
ガルデモン空港
オスロ
リッレストレム
ドラムメン
リッゲ
クリスティアンサン
グレフセン
アーケル川
フールーセット
アルナブルー
サンネル橋
グルーネルレッカ
ソフィーエンベルグ公園
アンケル橋
新橋
ヴァッレ・ホーヴィン・スタディアム
テイエン
犯罪鑑識課
ヴァーテルラン橋
オスロ警察本部
ミンネ公園
ビョルヴィーカ
ヘイエンホール
ディーヴェークス橋
ガムレビーエン墓地
ウップサール
エーケベルグ
マングレルー

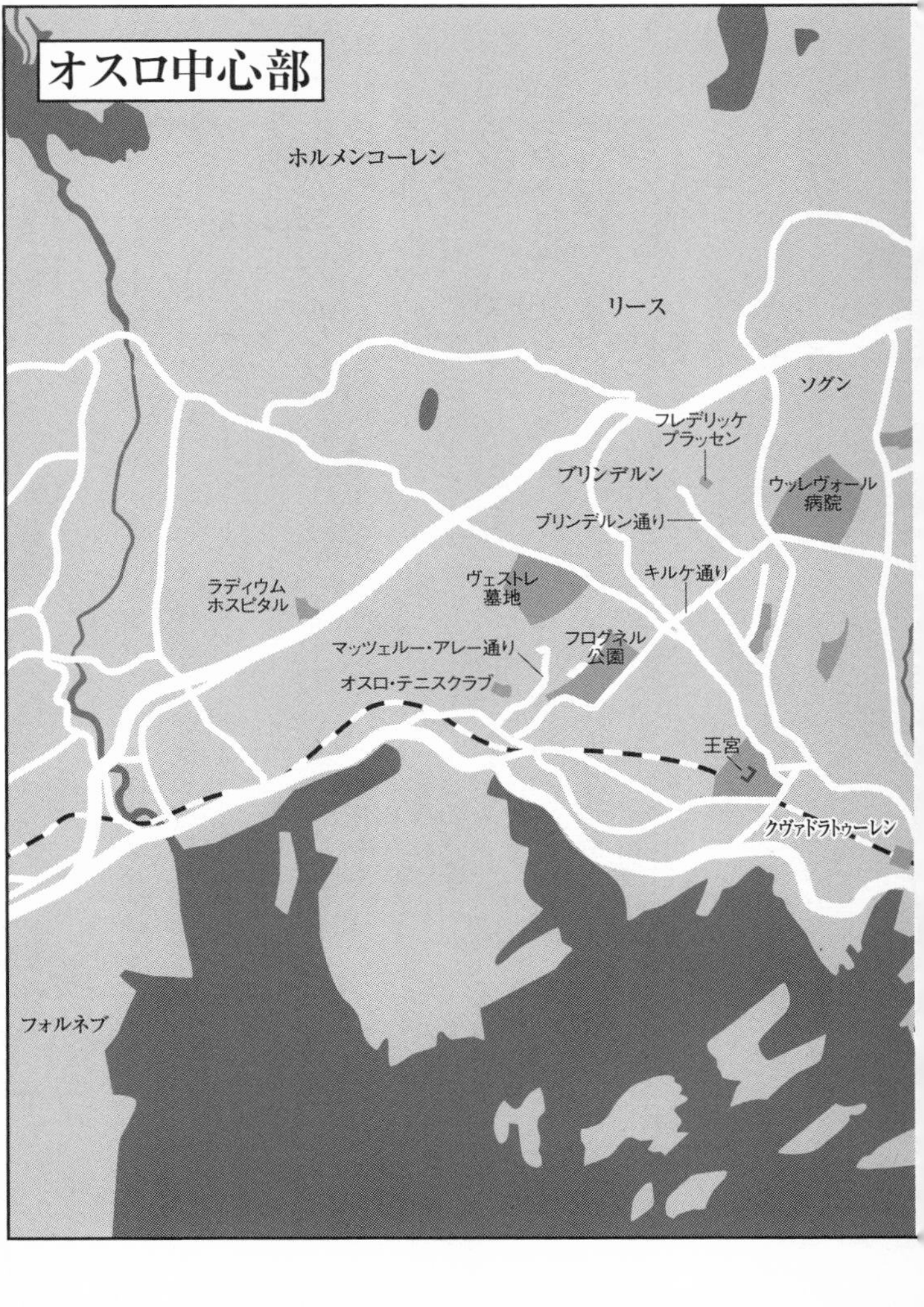
オスロ中心部
ホルメンコーレン
リース
ソグン
フレデリッケ
プラッセン
ブリンデルン
ウッレヴォール
病院
ブリンデルン通り
キルケ通り
ヴェストレ
墓地
ラディウム
ホスピタル
フログネル
公園
マッツェルー・アレー通り
オスロ・テニスクラブ
王宮
クヴァドラトゥーレン
フォルネブ

主な登場人物

ハリー・ホーレ……………………オスロ警察の元警部
ベアーテ・レン……………………オスロ警察犯罪鑑識課長
グンナル・ハーゲン………………オスロ警察刑事部長
ミカエル・ベルマン………………オスロ警察組織犯罪対策部長
トルルス・ベルンツェン…………オスロ警察組織犯罪対策部員
ウッラ………………………………ベルマンの妻
ラケル・ファウケ…………………ハリーのかつての恋人
オレグ・ファウケ…………………ラケルの息子
ハンス・クリスティアン・シモンセン……弁護士
グスト・ハンセン…………………ドラッグの売人
ロルフ・ハンセン…………………グストの養父
ステイン・ハンセン………………グストの義理の兄
イレーネ・ハンセン………………グストの義理の妹
オーディン…………………………暴走族ギャングのボス
トゥトゥ……………………………オーディンの手下
トール・シュルツ…………………スカンジナヴィア航空パイロット

セルゲイ・イワノフ……………………………航空機内清掃スタッフ
頭領《アタマン》……………………………………………セルゲイの叔父
アンドレイ……………………………………アタマンの手下の大男
ピョートル……………………………………アタマンの手下の小男
イプセン………………………………………バイオリンの供給元
カトー…………………………………………ホテル・レオンに住む聖職者
ビスケン………………………………………南部出身の売人
マルティーネ・エークホフ……………………救世軍兵士
イサベッレ・スケイエン………………………社会福祉事業担当議員の秘書
クラウス・トルキルセン………………………テレノルの技術者
スティーグ・ニーバック………………………〈ラディウム・ホスピタル〉の研究員
マルティン・プラン……………………………〈ラディウム・ホスピタル〉の研究員
アスビョルン・トレスコヴ（トレスコー）……ハリーの幼馴染み
クリス・レディ…………………………………〝アディダス〟という綽名の売人
ヘルマン・クロイト……………………………香港在住の金貸し

ファントム　亡霊の罠　下

第三部

26

鼠《ねずみ》は苛立《いらだ》って床を引っ掻《か》いた。人間の心臓はいまも打ちつづけていたが、徐々に弱くなっていった。鼠はふたたび靴のそばで足を止め、革を齧《かじ》った。柔らかいけれども、しっかりしていて、分厚かった。またもや身体の上を向こうへ走った。衣服の臭《にお》いが靴の臭いより強かった――汗、食べ物、そして、血の臭い。身体は同じ位置に同じ姿勢で身じろぎもせずに横たわり、依然として入口を塞いでいた。鼠は男の腹を引っ掻いた。

生きるのをやめる必要はないが、父さん、糞忌《くそ》々しいことに終止符を打つには死ななくちゃならない。もっといい方法があるはずだ、そう思わないか？　このろくでもない冷たい闇に閉じ込められるんじゃなく、痛みから解放されて光へと脱出する方法が。マカロフの銃弾に絶対に阿片製剤《オピエイト》を仕込んでおくべきだったんだ、おれがあの汚ならしい犬のルーファスにしてやったことを、陶酔への片道切符をおれに買うことを、どうしてしてくれなかったんだ！　だけど、この糞のような世界でいいことはすべて、処方箋が必要か、売り切れているか、あまりに高価で、それを味わうためには魂を売らなくてはならないかのどれかだ。人生は懐に余裕のない者にとっての超高級レストランだ。死はそれを食うチャンスすらなかった料理の請求書だ。だから、メニューにある一番高いものを注文し——いずれにしても、それを食うためにその店に入ったんだろ?——、運がよければ一切れ口に入れることができる。

わかったよ、父さん、もう泣き言はやめる。だから、行かないでくれ——まだ最後まで聞いてないじゃないか。これからの話は面白いぜ。それで、どこまで話したかな? ああ、そうだった、アルナブルーでの盗みをやり損ねたわずか二日後、ピョートルとアンドレイがオレグとおれのところへやってきた。あいつら、オレグに目隠しをし、おれたちを老人の家の地下室へ連れていった。そこへ入ったのは初めてだった。頭を低くしていなくてはならないほど天井が低く、肩が左右の壁に当たるほど狭い、長い通路を歩かされた。そこが地下室ではなく、地下トンネルだということに、おれはようやく気づいた。もしかすると非常脱出ルートかもしれなかったが、〝ベレー帽をかぶった警官〟の役には立たなかった。彼は溺れた鼠のようだった。まあ、溺れた鼠だったんだが。

そのあと、オレグは車へ連れ戻され、おれは老人のところへ連れていかれた。老人はおれの向かいに腰を下ろした。おれたちのあいだにテーブルはなかった。

「おまえたち二人はあそこにいたのか?」老人が訊《き》いた。

おれはまっすぐに彼の目を見た。「アルナブルーにいたのかと訊いておられるなら、答えは〝ノー〟です」

老人が黙っておれをうかがった。

「おまえは私に似ているな」老人がようやく言った。「嘘《うそ》を見破るのが不可能だ」断言はできないが、笑みを見たような気がした。

「ところで、グスト、下にあったのが何か、わかったか？」

「あの囮《おとり》捜査官、〝ベレー帽をかぶった警官〟です」

「そうだ。理由は何だと思う？」

「わかりません」

「推測してみろ」

この年寄りの前世は駄目教師だったに違いないとおれは思ったが、何であれ、とにかく答えた。「何かを盗んだとか」

老人が首を横に振った。「私がここに住んでいることを突き止めたんだ。だが捜索令状を取れないと知っていた。ロス・ロボスのやつらの逮捕と、アルナブルーにあった物《ブツ》の押収のあと、彼はこう予感した――〝扱っている一件がどれほどのものであろうと、自分は捜索令状を手にすることはない……〟」そして、にやりと笑った。「われわれは警告してやった。それで彼も動くのをやめると思ったんだがな」

「でも、そうはならなかった？」

「彼のような警官は偽の身分証を信頼しているんだ。自分の正体がばれることはあり得ないと考えているんだな。家族がだれで、どこに住んでいるかもな。だが、正しいパスワードさえ手に入れれば、われわれは警察のどんな文書や記録も見つけることができる。たとえば、おまえだってできるんだ、オルグクリムの信頼できる地位にいるやつを捕まえておけばな。それで、われわれはやつにどういう警告をしたと思う？」

おれは間髪を容《い》れずに答えた。「彼の子供たちを殺した、ですか？」

老人の表情が陰った。「われわれは人でなしではないぞ、グスト」

「すみません」

「それに、いずれにせよ、あの男には子供がいなかった」そして、くっくっと笑った。「だが、妹がいた。まあ、血の繫《つな》がりのない妹かもしれんがな」

おれはうなずいた。この老人の嘘を見破るのは不可能だった。

「それで、妹をレイプし、殺して楽にしてやると言ってやった。だが、私はあの男を見損なっていた。ほかの親類のことを心配するかと思いきや、攻撃を仕掛けてきた。たった独りの、しかし、必死の攻撃だ。昨夜、ここへ押し入ってきたんだ。想定外のことで、われわれはその準備をしていなかった。たぶん、妹をとても愛していたんだろう。武装していた。私は地下室へ逃げ、あいつはあとを追ってきた。そして、死んだ」老人は首をかしげた。「死因は何だと思う？」

「口から水が出てきてましたからね、溺死ですか？」

「当たりだ。だが、溺れ死んだ場所はどこだ？」

「池か何かからここへ連れてきたとか？」

「違う。あいつはここへ押し入ってきて、溺れ死んだ。さあ、どうなんだ？」

「いや、わかりません――」

「考えるんだ！」その言葉が鞭《むち》のように鋭く響いた。「生き延びたければ、考えられなくてはだめだ。考えて、わかったことから結論を導き出すんだ。それが本当の生きるということだ」

「そうです、そのとおりです」おれは考えようとした。「あの地下は地下室ではなくてトンネルですよね」

老人が腕組みをした。「それで？」

「この家の幅より長いトンネルで、最後は原っぱに出ることができる」

「しかし？」

「しかし、隣りの家も自分のものだとあなたから聞きました。だとすると、たぶんそこへつながっているんじゃないでしょうか」

老人が満足の笑みを浮かべた。「あのトンネルは何歳だと思う？」

「古いんじゃないですか、壁が苔《こけ》に覆われていましたからね」

「あれは苔じゃなくて藻だ。レジスタンスがこの家を四回攻撃して失敗したあと、ゲシュタポの親玉があのトンネルを掘り、それを秘密にしておくことに成功した。ラインハルトは午後にこの家へ戻るとき、だれからも見えるように正面玄関から入った。そして、明かりをつけて、トンネルを通って隣りの本当の自宅へ向かい、部下の中尉を使って、あっちでもこっちでも暮らしているとみんなに思わせた。その中尉は自分のボスと同じ制服を着て、しばしば窓の近くをこれ見よがしに往《い》ったり復《き》たりした」

「囮ですか」

「そういうことだ」

「それがおれとどう関係するんです？」

「本当の生きるということをおまえに知ってほしいからだよ、グスト。この国のほとんどの人間はそれについて何も知らないし、それがどれほど高くつくかも知らない。だが、私がおまえにこんな話をしているのは、おまえを信用していたことを憶えていてほしいからだ」

いま話しているのはとても重要なことなんだというような表情だった。おれはわかった振りをして、うちに帰りたかった。老人はそれをも見抜けるのかもしれなかった。

「会えてよかったよ、グスト。アンドレイがお前たちを車で送り届ける」

車が大学の前にさしかかると、きっとキャンパスで学生がコンサートでもやっているんだろう、野外ステージで演奏しているロック・バンドがかき鳴らすギターの音が聞こえた。若い連中がブリンデルン通りをおれたちのほうへ途切れることなく歩いていた。将来だか何だか、とにかく何かを約束されているかのような、幸せそうな、期待に満ちた顔ばかりだった。

「あれは何だ？」目隠しをされたままのオレグが訊いた。

「あれは」おれは答えた。「本当でない生だ」

「では、彼がどんなふうに溺死したかはわからないわけだ」ハリーは言った。

「わからない」オレグが認めた。貧乏揺すりがさらにひどくなり、いまや全身が振動していた。

「いいだろう、おまえは目隠しをされていた。なら、そこへ往復するあいだの記憶を全部話してくれ。聞こえた音すべてをな。たとえば、車を降りたときに、列車とか路面電車の音はなかったか？」

「なかった。でも、着いたときは雨が降っていたから、基本的にその音は聞こえた」

「大雨か、それとも小雨か？」

「小雨だった。車を出たときは、ほとんどそうとわからなかった。でも、そのときも音は聞こえた」

「よし、小雨だとそんなに音はしないのが普通だとしても、木の葉に当たれば音を立てるかもしれんな？」

「たぶん」

「玄関へ向かうときの足の下は何だった？　舗装か、敷石か、芝生か？」

「砂利、だったと思う。そう、靴が砂利を踏むときの音だった。ピョートルがどこにいるか、それでわかったんだ。とにかく大男だから、彼の立てる音が一番大きかった」

「いいぞ。そこから玄関へは階段を上ったのか？」

「うん」

「何段あった？」

オレグが呻《うめ》いた。

「よし」ハリーは言った。「玄関の前に立ったとき、雨はまだ降っていたか？」

「ああ、もちろん降ってた」

「髪は濡《ぬ》れたか？」

「濡れた」

「だったら、ポーチがあるタイプの玄関じゃないな」

「オスロで玄関ポーチのない家を虱潰《しらみつぶ》しにするつもりなの？」

「オスロというのは場所ごとに建物が建てられた時代が違うからな、特徴が同じ建物の数はわかってるんだ」

「木造で、砂利道で、玄関へは階段を上がり、玄関ポーチがなく、近くに路面電車が走っていない家が建てられた時代はいつなんだ？」

「警察本部長みたいな言い方だな」ハリーは笑みを浮かべるか笑うかしたかったが、そうはなってくれなかった。「そこを出たとき、近くで何か音がしなかったか？」

「たとえば？」

「たとえば、横断歩道の信号の音とか」

「いや、そんな音はしなかった。でも、音楽が聞こえた」

「録音されたものか？　それとも生か？」

「生、だと思う。シンバルの音がはっきり聞こえた。ギターの音も聞こえたんじゃないかな。

風に漂って消えていくような感じだった」

「それなら、生だろう。よく憶えてたな」

「演奏されていたのがあんたの歌だったから憶えていただけだよ」

「おれの歌？」

「あんたが持っていたレコードだよ。どうして憶えているかというと、〝本当でない生だ〟ってグストが言ったからで、それは思考の無意識の繋がりに違いないと思ったんだ。あいつはきっと、そこで歌われていた歌詞を聞いたんじゃないかな」

「どんな歌詞だ？」

「夢がどうとかって歌詞だった。正確には忘れてしまったけど、昔、あんたがいつもレコードで聴いてたやつだよ」

「頼む、オレグ――これは重要なことなんだ」

オレグがハリーを見た。貧乏揺すりが止まった。目を閉じ、その歌詞を口ずさもうとした。

「それはただの夢見るゴンザレス……」そして、目を開けた。顔が赤くなっていた。「こんなふうな歌詞だった」

ハリーは自分で口ずさみ、首を横に振った。

「ごめんなさい」オレグが謝った。「はっきり憶えてるわけじゃないし、ほんの何秒かしかつづかなかったから」

「いいんだ」ハリーはオレグの肩を叩いた。「次はアルナブルーでのことを話してくれ」

　ふたたび貧乏揺すりが始まった。二度息をし、胸いっぱいに空気を吸い込んだ。スタートラインに立ち、腰を落として構える前にやるのだと、昔憶えた所作だった。そして、話し出した。

　そのあと、ハリーは長いあいだそこに坐《すわ》って首の後ろを掻きつづけた。「つまり、おまえたちはドリルで穴をあけて男を死なせたのか？」

「ぼくたちじゃない。やったのは警察官だ」

「そいつの名前も、所属先も知らないんだな？」

「知らない。グストもその警官も、それに関しては用心深かった。ぼくは知らないのが一番いいんだと、グストはそう言ってた」

「死体がどうなったかも知らないんだな？」

「知らない。ぼくを通報する？」

「そんなことはしない」ハリーは煙草の箱から一本抜き出した。

「一本もらえるかな」オレグが訊いた。

「悪いな、坊主。身体によくないんだ」

「でも――」

「条件が一つある。ハンス・クリスティアンの言うことを聞いて身を隠し、イレーネ捜しはおれに任せること」

　オレグがスタディアムの向こうの丘にあるアパートを見つめた。依然としてプランターがバルコニーからぶら下がっていた。ハリーはオレグの横顔を観察した。細い首で喉仏が上下していた。

「わかった」オレグが答えた。

「よし」ハリーは煙草を渡し、両方に火をつけた。

「その金属の指の意味がいまわかったよ」オレグが言った。「煙草を喫《す》えるようにするためなんだ」

「まあな」ハリーはチタンの義指と人差し指で煙草を挟んだまま、ラケルの電話番号を選んでかけた。ハンス・クリスティアンの電話番号を見つける必要はなかった。ラケルと一緒にいるに決まっていた。すぐに行く、と弁護士が言った。

急に寒くなったとでも言うように、オレグが身体を二つに折った。「ぼくをどこへ隠すつもりなんだろう？」

「それは知らないし、知りたくもない」

「どうして？」

「おれの睾丸《こうがん》はとても敏感なんだ。〝おまえを車のバッテリーにつなぐぞ〟と言われただけで、洗いざらいしゃべってしまうからな」

オレグが笑った。短かったが、確かに笑いだった。「それは信じられないな。あんたのことだ、一言もしゃべらずに死ぬに決まってる」

ハリーはオレグを見た。この束の間の笑顔を見るだけでもいい、そのためなら一日じゅうつまらない冗談を口にしつづけてやる。

「おまえは昔からおれへの期待値がべらぼうに高かったよな、オレグ。高すぎるぐらいだった。おれはおれで、昔から自分をおまえに実際よりよく見せたかった」

オレグが両手を見た。「男の子というのは、全員が父親を英雄だと思うものじゃないのかな？」

「そうかもしれない。そして、おれはおまえに思われたくなかったんだ、逃げ出すやつなんだ、消えてしまうやつなんだとな。だが、いずれにしても物事は起こるべくして起こった。おれが言いたかったのは、たとえおれがおまえのためにそこにいなくても、それはおれにとっておまえが大事じゃないことを意味しないということだ。人は自分の生きたいように生きることはできない。人は虜囚なんだ……物事の、そして、自分であることのな」

オレグが顎を上げた。「ドラッグの虜囚でもある」

「そうだな」

二人は同時に煙草を深く吸い、無限に広がる青い空へと風に乗って漂い上っていく煙を見ていた。ニコチンではオレグの渇望を癒せないことはわかっていたが、少なくとも数分のあいだ気を紛らすことはできるはずだった。

「ハリー？」

「何だ？」

「なぜ戻ってこなかったの？」

ハリーは煙草をもう一服してから答えた。「おれがいたら自分にとってもおまえにとってもよくないと、おまえのお母さんが考えたからだ。そして、お母さんは正しかった」

ハリーは煙草を喫いつづけながら遠くを見つめた。いま、オレグが見つめられたくないと思っているのはわかっていた。十八歳の若者は泣いているところを見られるのを好まない。肩を抱かれて何かを言われるのも好まない。おれはただここに、オレグの気を散らすことなくいればいいんだ。オレグはおれの隣りで、差し迫ったレースのことを考えたいんだ。

観客席を出て駐車場に入ったとき、車が近づいてくる音が聞こえた。ラケルが車から飛び出そうとし、その腕をハンス・クリスティアンが押さえるのが見えた。

オレグがハリーを見て背筋を伸ばし、親指をハリーの親指に引っかけて、右肩でハリーの左肩をつついた。だが、ハリーはすぐには彼を行かせず、自分のほうへ引き寄せて、耳元でささやいた。「勝つんだぞ」

イレーネ・ハンセンの最後にわかっている住所は彼女の家族の住まい、グレフセンの二戸建て住宅だった。小さな庭は芝が伸びすぎていて、実のついていない林檎《りんご》の木が何本かとブランコがあった。

ドアを開けたのは二十歳ぐらいの若者で、ありふれた顔だったが、警察官としての頭のなかのデータベースを十分の一秒検索しただけで、二つのヒットがあった。

「ハリー・ホーレと言います。スティン・ハンセンさん？」

「何でしょう?」

　その顔には無邪気さと警戒の両方があった。いいことと悪いことをどちらも経験したけれども、過剰にあからさまな率直さと、過剰に抑制された用心深さのあいだでいまだに揺れながら世界と対峙《たいじ》している若者の顔だった。

「あなたのことは知っています。写真で見ました。私はオレグ・ファウケの友人です」

　ハリーはステイン・ハンセンの灰色の目に反応を探したが、見つけられなかった。

「もしかして、彼が釈放されたことは知っておられるかもしれませんね?　あなたの血の繋がりのない弟を殺したと自供した者がいるんです」

　ステイン・ハンセンが知らないと首を振った。表情は依然として最小限しかなかった。

「私は元警察官です。あなたの妹のイレーネを捜しています」

「どうしてですか?」

「彼女が無事でいることを確認したいんです。必ず確認すると、オレグに約束したんですよ」

「そりゃすごいな。彼が妹にドラッグをやらせつづけられるように、ですか?」

　ハリーは体重を移し替えた。「オレグはもうドラッグはやっていませんし、薬物からの離脱が本当に難しいのはあなたも知っておられるかもしれないし、実際、そのとおりです。しかし、彼は離脱した。彼女を見つける努力をしたいからです。彼は妹さんを愛しているんですよ、ステインさん。しかし、私は彼のためだけでなく、私たちみんなのために妹さんを見つける努力をしたいんです。そして、私は人捜しがとても上手だと言われているんですよ」

ステイン・ハンセンはハリーを見てためらっていたが、やがてドアを大きく開けた。

ハリーは彼のあとにつづいて居間に入った。きちんと整頓され、家具調度も整えられて、生活感がまったくなかった。

「ご両親は……」

「いまはここに住んでいません。ぼくもトロンハイムから戻ったときだけ、ここにいるんです」

〝ロ〟がはっきりわかるほどの巻き舌で発音された。それはノルウェー南部から子守りを雇う余裕のある家庭のステータス・シンボルのようなものと、かつては見なされていた。その理由はわからなかったが〝ロ〟のおかげで声が憶えやすくなる、とハリーは思った。

ピアノの上に写真があった。そのピアノは一度も弾かれたことがないかのようだった。六年か七年前に撮られた写真だろうと思われた。イレーネとグストは若く、身体も小さく、着ているものも髪型もこれ見よがしで、いまの二人が見たら死ぬほど恥ずかしがるに違いなかった。ステインが真面目な顔で二人の後ろに立っていた。母親は腕組みをして、控えめだけれどもほとんど皮肉なと言っていい笑みを浮かべていた。父親も笑顔だったが、この家族写真を撮ろうと提案したのは彼だろうと思わせる笑顔だった。少なくとも、何らかの熱意を露わにしているのは彼しかいなかった。

「では、これが家族全員ですか？」

「だった、と言うべきでしょうね。両親は離婚して、父はデンマークへ引っ越しました。〝逃げた〟と言うほうが、たぶん言葉としては正確でしょう。母は病院にいます。弟と妹は……いや、当然ご存じですよね」

ハリーはうなずいた。弟は死に、妹は行方不明。一つの家族としては大きな痛手だ。

ハリーは深いアームチェアの一つに勝手に腰を下ろした。「イレーネを見つける手掛かりになるようなことはご存じありませんか」

「ないと思いますが」

ハリーは微笑した。「考えてみてください」

「イレーネはトロンハイムのぼくのところへ移ってきました、ある経験をしたあとのことです。どんな経験だったかはおそらく話してくれないでしょうが、ぼくは裏にグストがいたに違いないと確信しています。妹はグストを偶像化していましたからね、彼のためなら何でもしただろうし、ときどき優しくしてもらっていたから、自分を気にかけてくれていると考えていたんでしょう。ですが、数カ月後に電話があって、オスロへ戻らなくちゃならないと言いました。理由は教えてくれませんでした。それが四カ月前のことです。以降、顔も見ていないし、声も聞いていません。そのあと二週間以上連絡が取れなかったので、警察に行方不明届を出しました。彼らはメモを取り、ちょっと調べただけで、以上終わりでした。ホームレスのジャンキーなんかどうでもいいんでしょう」

「何か推測できることはありませんか？」ハリーは訊いた。

「ありません。でも、妹は自分の自由意志でオスロへ戻ったわけじゃありません。自分から片を付けるタイプじゃないんです……ほかの人たちのようには」

ほかの人たちが実際にだれなのかはわからなかったが、ハリーはその言葉に引っかかりを覚えた。

ステイン・ハンセンが前腕のかさぶたを掻いた。「あなたたちは妹に何を見ているんです？　自分の娘ですか？　自分の娘をものにできるとでも思ってるんですか？」

ハリーは驚いてステインを見た。「それはどういう意味ですか？」

「あなたたち年寄りは妹を見ると涎《よだれ》を垂らすんです。十四歳のロリータのようだというだけの理由でね」

ハリーはロッカーの扉の写真を思い出した。ステイン・ハンセンの言うとおりだった。そして、ハリーはその考えをしっかりと頭に焼き付けた。イレーネはこの件とまったく関係のない犯罪の被害者かもしれない。

「あなたはトロンハイムで勉強しておられますね、科学技術大学でしたっけ？」

「そうです」

「専攻は何ですか？」

「情報工学です」

「ふむ。オレグも勉強したがっていたんですよ。彼をよくご存じですか？」

ステインが首を横に振った。

「話をしたこともない？」

「確か、何度か会っているはずです。本当にちょっとだけと言ってもいいかもしれませんが」

ハリーは目を眇《すが》めるようにしてステインの前腕を見た。職業的な癖だったが、かさぶた以外、それらしいものはなかった。もちろん、あるはずがなかった――ステイン・ハンセンは生存者、協力者になるはずの一人なのだから。ハリーは立ち上がった。

「いずれにせよ、弟さんはお気の毒でした」

「血の繋がりのない弟です」

「ふむ。携帯電話の番号を教えてもらえますか？　何かあった場合に備えて」

「何かとは、たとえばどんな？」

ハリーはステインを見、ステインはハリーを見た。答えは二人のあいだに宙吊りになっていた。はっきりさせる必要がなく、言葉にすることも不可能だった。かさぶたが破れ、一条《ひとすじ》の血が彼の手のほうへ伝い落ちていった。

「一つ、役に立つかもしれないことがあります」ハリーが玄関を出て階段の上に立ったとき、ステイン・ハンセンが言った。「あなたが妹を捜そうと考えておられる場所です。ウッテ通り。〈メーテステーデ・カフェ〉。公園。ホステル。ジャンキーの溜まり場。歓楽街。そういうところは捜しても無駄です。ぼくがもう捜しました」

ハリーはうなずき、サングラスをかけた。「携帯電話の電源は常に入れておいてください、いいですね？」

ハリーは昼食をとろうと〈ロッリー・カフェ〉へ向かったが、階段を上がりかけたところでいきなりビールを飲みたくてたまらなくなり、店へ入る寸前で回れ右をした。そして、〈文学の館〉の向かいの新しい店に入った。素速く客を品定めし、その〈プラ〉という店に決めて、タイ版のタパスを注文した。

「飲み物は？　シンハーですか？」

「いや」

「では、タイガーですか？」

「ここはビールしかないのか？」

ウェイターは察しよく退がっていき、水を持って戻ってきた。

車海老とチキンを取り、タイ風ソーセージは拒否した。そのあと、ラケルの自宅に電話をし、ずいぶん昔にホルメンコーレンに置いてきたCDを見つけてくれるよう頼んだ。自分が聴いて愉《たの》しみたいものもあれば、ラケルやオレグに聴かせたいものもあった。エルヴィス・コステロ、マイルス・デイヴィス、レッド・ツェッペリン、カウント・ベイシー、ザ・ジェイホークス、マディ・ウォーターズ。

ラケルはそれを、皮肉のかけらを感じさせることなく〝ハリー・ミュージック〟と呼んで、棚に専用の一画を設けて取っておいてくれていた。

「曲名を全部読み上げてもらいたいんだ」ハリーは言った。

「本気で言ってるの？」

「説明はあとでするから」

「わかったわ。最初はアズテック・カメラで――」

「もしかしてきみは――」

「そうよ、アルファベット順に整理してあるの」恥ずかしそうな口調だった。

「子供じみたことを」

「それを言うなら、ハリーじみたこと、でしょう。あなたのCDなんだから。じゃあ読み上げるわよ？」

二十分後、〝W〟と〝ウィルコ〟へたどり着いたが、ハリーは何の感想も思い出も口にしなかった。ラケルがため息をつき、それでもつづけた。

「『ホエン・ユー・ウェイク・アップ・フィーリング・オールド』」

「ふむ。違うな」

「『サマーティース』」

「ふむ。次」

「『イン・ア・フューチャー・エイジ』」

「待った！」

ラケルが待った。

ハリーは笑い出した。

「何がそんなにおかしいの？」ラケルが訊いた。

「『サマーティース』のコーラスだよ。こんなふうじゃなかったかな――〝それは《イッツ・ジャスト・》彼が持ちつづけている夢にすぎない《ア・ドリーム・ヒー・キープス・ハビング》〟」

「そんなにいい歌詞とも思えないけど、ハリー」

「いや、いいんだ！　オリジナルのことだけどな。あんまり美しいんで、何回もオレグに聴かせてやった。だけど、あいつはこういう歌詞だと思っていたんだ――〝それはただの夢見る《イッツ・ジャスト・ア・ドリーミー・》ゴンザレス《ゴンザレス》〟だとな」ハリーはまた笑い、歌いはじめた。「〝それはただの夢見るゴンザレス――〟」

「お願いだから、ハリー」

「わかった。オレグのコンピューターでネットの検索をしてもらえるかな」

「何を調べればいいの？」

「〝ウィルコ〟を検索して彼らのホームページを見つけ、今年、オスロでコンサートをしていないか確かめてもらいたいんだ。もししていたら、その場所を知りたい」

六分後、ラケルが戻ってきた。

「一度しているわ」そして、場所を教えた。

「ありがとう」

「またその声を取り戻したわね」

「どんな声だ？」

「わくわくしてるのが見え見えの子供の声よ」

四時、不吉な鋼灰色の雲が、敵意を抱いた艦隊のようにオスロ・フィヨルドの上を動いていた。ハリーはスケイエンからフログネル公園へ戻り、トルヴァル・エーリクセン通りに車を駐めた。ベルマンの携帯電話に三回かけたが応答がなかったので警察本部へかけ直すと、オスロ・テニスクラブで息子の練習に付き合うために退勤したと教えられたのだ。

ハリーは雲を見上げたあと、テニスクラブのなかに入り、その施設を見て回った。そこは見事なクラブハウス、クレイコート、ハードコート、観覧席付きセンターコートまで備わっていた。しかし、十二面あるコートで使われているのは二面だけだった。ノルウェーで人気があるのはサッカーとスキーで、テニス・プレイヤーはささやきと疑わしげな一瞥《いちべつ》を引き寄せるにすぎなかった。

ベルマンはクレイコートにいて、ボールを籠から取り出しては、少年に向かって優しく打ってやっていた。バックハンドで対角線に打ち返す練習かもしれなかったが、何しろボールがあちこちへ飛んでいっていたから、そうと断言もしにくかった。

ハリーはベルマンの背後のゲートからコートに入り、彼の横に立って言った。「苦労してるみたいだな」そして、煙草を取り出した。

「ハリーか」ベルマンはボールを打つ手を休めることも、少年から目を離すこともしなかった。「上達しつつあるよ」

「確かに似てるな。あの子は……」

「おれの息子のフィリープ、十歳だ」

「光陰矢のごとしだな。才能はあるのか？」

「父親の才能をたっぷり受け継いでいるとは言い難いが、それでもおれは信じてる。必要なのは背中を押してやることだけだ」

「押しつけはもう流行《はや》らないんじゃないのか？」

「自分の子供に最善のことをしてやりたいだけだよ、ハリー、まあ、向こうは迷惑かもしれないがな。足を使うんだ、フィリープ！」

「マルティン・プランのことは調べがついたか？」

「プラン？」

「〈ラディウムホスピタル〉の猫背の変人だよ」

「ああ、例のおまえの勘ってやつか。答えはイエスとノーだ。調べたことについてはイエスだが、何かわかったかと訊かれればノーだ。何一つ出てこなかった」

「ふむ。ほかにも頼みたいことがあったんだがな」

「腰を落とせ！　どんな頼みだ？」

「グスト・ハンセンを掘り出す許可令状が欲しい。爪のあいだに血液が残っていないか確かめたいんだ。残っていれば、改めて鑑定をしたい」

　ベルマンの目が息子から離れた。ハリーが本気なのかどうかを明らかに確かめようとしていた。

「非常に信憑性《しんぴょうせい》の高い自白があるんだぞ、ハリー。かなりの自信を持って言ってもいいと思うが、その令状申請は却下されるだろうな」

「グストの爪のあいだには血がついていた。鑑定される前に行方不明になったんだ」

「あることだ」

「非常に稀《まれ》にしかあり得ない」

「それで、おまえの考えでは、その血液はだれのものなんだ？」

「わからない」

「わからない？」

「ああ、わからない。だが、最初のサンプルが破壊されたのだとしたら、それはだれかに危険が及ぶことを意味する」

「さしずめ、自白したあのディーラーか。アディダスと言ったかな？」

「本名はクリス・レディだ」

「いずれにせよ、オレグ・ファウケは釈放されたんだから、おまえにとってこの事件は終わったんじゃないのか？」

「いずれにせよ、バックハンドのショットのときにはラケットを両手で握るほうがいいんじゃないか？」

「おまえ、テニスを知ってるのか?」

「テレビで観たことはある」

「片手打ちのバックハンドのほうが目立つんだ」

「その血液があの殺人と関係があるかどうかすらわからないんだ。もしかすると、だれかがグストと結びつけられるのを恐れているのかもしれない」

「そのだれかとは、たとえばだれだ?」

「ドバイ、かもしれない。それに、アディダスがグストを殺したとは、おれは考えていない」

「根拠は?」

「筋金入りのディーラーが、何もないのにいきなり自白するか?」

「おまえの言いたいことはわかるが」ベルマンが応じた。「自白があるんだ。しかも、信憑性のある自白がな」

「そして、あれは薬物がらみの殺人にすぎない」ハリーは間違って飛んできたボールをよけながらつづけた。「おまえには解決しなくちゃならない事件が山ほどある」

ベルマンがため息をついた。「昔から常に同じなんだ、ハリー。おれたちは人手が足りない、みんな無理に無理を重ねていて、解決済みの事案に集中するなんて不可能だ」

「解決? 本当の解決はどうなるんだ?」

「まあ、責任者としては怪しげな推論でも聞く義務があるんだろうな」

「いいだろう、そういうことなら、二つの事件をおれが解決してやろう。それと引き替えに、ある家を見つけるのに力を貸してもらいたい」

ベルマンがボールを打つのをやめた。「何だと？」

「アルナブルーの殺人だ。被害者はトゥトゥという名前の暴走族。ある情報源がおれに教えてくれたところでは、彼はドリルで頭に穴をあけられたんだ」

「その情報源は証言するか？」

「かもしれない」

「二件目は？」

「オペラハウスの近くの水辺で発見された囮捜査官だ。同じ情報源によると、彼はドバイの家の地下室で、その捜査官の死体を見ている」

ベルマンが片目を細めた。顔の白い斑点が赤くなり、ハリーは虎を思い出した。

「パパ！」

「更衣室から水を取ってこい、フィリープ」

「更衣室は鍵が掛かってるよ、パパ！」

「暗証番号は？」

「国王が生まれた年だけど、忘れてしまって——」

「思い出して、水分を摂るんだ、フィリープ」

少年は両腕をだらりと下げたまま、そそくさとゲートをくぐっていった。

「何が欲しいんだ、ハリー？」

「フレデリッケプラッセンの周辺、大学、その半径八百メートルを虱潰しにするチームが欲しい。それから、この形式と合致する二戸建て住宅すべてのリストも欲しい」ハリーは一枚の紙をベルマンに渡した。

「フレデリッケプラッセンで何があったんだ？」

「コンサートがあっただけだ」

これ以上は何も教えてくれないだろうと気づいて、ベルマンは紙を見ながら、そこに書かれてあることを読み上げた。「砂利敷きの長い車道《ドライブ》、複数の落葉樹、玄関へ上がる階段があり、玄関ポーチのない古い木造住宅？　ブリンデルンの住宅の半分はこの形式に合致するぞ。おまえ、何を追いかけているんだ？」

ハリーは煙草をつけた。「鼠の巣。鷲《わし》の塒《ねぐら》」

「それが見つかったら、そのあとは？」

「おまえとおまえの部下が捜索令状を取らなくちゃならなくなる。おれのような普通の一般市民がある秋の夕刻迷子になり、無理やり最寄りの家に連れ込まれた可能性があるとして、おまえたちが何でもできるようにするためにな」

「いいだろう――何ができるかやってみよう。だが、その前に説明してくれ、そのドバイとやらをそこまで必死に捕まえようとする理由は何なんだ？」

ハリーは肩をすくめた。「職業訓練のなせるところかもしれないな。リストができたら、一番下に書いているアドレスにメールで送ってくれ。そうしたら、おれがおまえのために何を手に入れられるかわかるはずだ」

フィリープが水を持たずに戻ってきたのを潮に、ハリーは車へ引き返した。その途中で、ボールがラケットのフレームに当たる音と、悪態をつく小さな声が聞こえた。

雲の艦隊が遠くで大砲を撃ちはじめ、その轟《とどろ》きとともにあたりが夜のように暗くなった。ハリーは車に乗り込むとエンジンをかけ、ハンス・クリスティアン・シモンセンに電話をした。

「ハリーだ。墓を暴いた罪の、現在の刑期を教えてもらいたい」

「そうだな、四年から六年、というところだったと思う」

「あんた、その危険を冒す気はあるか？」

短い間があって、声が返ってきた。「何のために？」

「グスト殺しの犯人を捕まえるためだ。それから、もしかするとオレグを捜している人物を捕まえられるかもしれない」

「もしやる気がないと言ったら？」今度はとても短い間があった。「わかった、やるよ」

「いいだろう――グストが埋められているところを突き止めて、シャベルを数本、懐中電灯を一本、爪切り鋏《ばさみ》を一本、ドライバーを二本、用意してくれ。実行は明日の夜だ」

ソッリー広場を走っているとき、雨になった。雨は屋根を叩き、通りを叩き、ドアが開いているバーの向かいの、クヴァドラトゥーレンに立っている男を叩いた。

ハリーが入っていくと、フロントの若者が退屈そうな顔を向けた。

「傘を借りたいとか？」

「このホテルが雨漏りするんでなければ、その必要はない」ハリーはブラシのような髪を手で払い、雨の滴を細かい霧にしてまき散らした。「メッセージはあるか？」

それは冗談かと言うように若者が笑った。

三階へと階段を上がっているとき、はるか下で足音が聞こえたような気がして立ち止まり、聴き耳を立てた。静かだった。自分の足音の谺《こだま》を聞いたか、その人物も立ち止まったか、どちらかだった。

ハリーはゆっくりと歩き出した。廊下に出ると足取りを速くし、解錠して、ドアを開けた。暗い部屋を透かし見、中庭の向こうの明かりがついている女性の部屋をうかがった。だれもいなかった。その部屋も、この部屋も、無人だった。

ハリーは明かりをつけた。

とたんに、窓に映る自分が見えた。そして、背後に立っているだれかも。直後に、がっちりした手で肩をつかまれた。

こんなに静かに、こんなに速く動けるのは亡霊だけだ、とハリーは身体を回転させられながら思った。が、もう手後れだということもわかっていた。

27

「一度、彼らを見たことがある。ほんの束の間だったがね」

ハリーの肩に、カトーのいまも汚れている大きな手があった。

ハリーは自分の喘《あえ》ぎが聞こえ、肋《あばら》の内側で肺が圧迫されるのを感じた。

「彼らとは？」

「私はある売人と話をしていた。ビスケンという名前で、革製の犬の首輪をしていた。私のところへきたのは、怯《おび》えていたからだ。ヘロイン所持のかどで警察に引っ張られ、"ベレー帽をかぶった警官" にドバイがどこに住んでいるか教えてしまったんだ。"ベレー帽をかぶった警官〟は、法廷で証言したら身の安全は保障するし、罪は問わないことにすると約束した。私がそこに立っているあいだに、彼らが黒い車でやってきた。黒いスーツを着て、黒い手袋をしていた。年寄りで、顔の幅が広く、色の白いアボリジニみたいだった」

「だれだったんだ？」

「彼を見たんだが……もうそこにいなかった。亡霊みたいだった。ビスケンも彼を見たが、動かなかった。逃げようともしなかったし、彼らに捕らえられたときももがこうともしなかった。彼らが行ってしまったあと、私は夢でも見ていたんじゃないかという気がした」

「どうしてもっと早く教えてくれなかった？」

「私は臆病なんだ。煙草はあるか？」

ハリーが箱を渡してやると、カトーは椅子に腰を下ろした。

「きみは亡霊を追いかけている、そして、私はそれに関わり合いたくない」

「しかし？」

カトーが肩をすくめ、手を差し出した。ハリーはライターを渡してやった。

「私は死にかけている年寄りだ。失うものはない」

「死にかけてるのか？」

カトーが煙草をつけた。「それは正確ではないかもしれないが、われわれはみんな死ぬんだ、ハリー。私はきみの力になりたいだけだよ」

「どんな力に？」

「わからない。きみの計画を教えてくれ」

「あんたを信用していいのかな？」

「まさか、絶対にだめだ。だが、私は呪《まじな》い師だ。それに、自分を消すこともできる。だれにも気づかれずに行き来できるんだ」

ハリーは顎を撫《な》でた。「なぜ？」

「理由なら教えたぞ」

「もう一回聞かせてくれ」

カトーがハリーを見た。最初は咎《とが》めるような目で睨《にら》み、次に無駄だとわかって苛立ちの目に変わり、深いため息をついた。「昔、私にも息子がいたかもしれない。だが、息子としてちゃんと待遇してやらなかった。これが新しい機会かもしれない。きみは新たな機会を信じるか、ハリー？」

ハリーは老人を見た。顔の皺《しわ》が暗闇のなかで深さを増したようにさえ見えた。谷のように、ナイフで深く切り裂かれたかのように。ハリーは手を差し出した。カトーは渋々ポケットから煙草を出してハリーに返した。

「ありがとう、カトー。あんたが必要になったら、そう言うよ。だが、いまおれがやろうとしているのは、ドバイをグストの死と結びつけることだ。そこからたどって行けば、警察のなかにいるバーナーと、ドバイの家で溺れ死んだ囮捜査官にまっすぐたどり着けるはずなんだ」

カトーがゆっくりと首を横に振った。「きみは純粋で勇敢な心を持っているんだな、ハリー。もしかしたら天国へ行けるかもしれんぞ」

ハリーは煙草をくわえた。「だったら、最終的には何らかのハッピーエンドってことになるわけだ」

「それなら、お祝いをしなくちゃな。一杯どうだ、ハリー・ホーレ？」

「払うのはどっちなんだ？」

「もちろん、私だよ。きみはきみのジムに挨拶し、私は私のジョニーに挨拶する」

「お引き取り願おうか」

「おいおい、ジムは根はいいやつだぞ」

「おやすみ。よく寝ろよ」

「おやすみ。あまりよく寝過ぎるなよ、もしかしたら――」


それはこれまでも常にそこにあった。だが、ハリーはそれを抑え込むことに成功していた。これまでは。カトーのお誘いまでは。いまはもう、その絶え間ない苦しみを無視するのは不可能だった。それはバイオリンの一回で始まり、動き出して、ふたたび犬どもを解き放った。いま、その犬どもが唸《うな》り、爪を立て、声をからして吼《ほ》え、ハリーの腸《はらわた》を食いちぎろうとしていた。ハリーはベッドに横になって目を閉じ、雨に耳を傾け、眠りが訪れて連れ去ってくれることを願っていた。

だが、眠りは訪れなかった。

携帯電話には、ある電話番号が二文字で登録されていた。〝AA〟。断酒会《アルコホーリクス・アノニマス》――AAの会員で、ぎりぎりのときに何度か使ったことのあるスポンサーのトリグヴェ。三年前だった。いまになってなぜ始める？　戦うためのすべてが揃い、いつより素面《しらふ》でいなくてはならないいまになって？　正気の沙汰じゃない。外で悲鳴が聞こえ、そのあと笑い声が聞こえた。

　十一時十分、ハリーは起き上がってホテルを出た。頭に当たる雨もほとんど感じられないまま、開いているドアへと通りを渡った。今度は背後で足音は聞こえなかった。カート・コバーンの声が耳道に満ちていたのだ。抱擁するような彼の音楽が。ハリーは店に入り、カウンターに向かってストゥールに腰かけると、バーテンダーに言った。

「ウィス……キー。ジム……ビーム」

　バーテンダーがカウンターを拭く手を止め、栓抜きの横に布巾を置くと、背板が鏡になっている棚からボトルを取った。そして、液体を注ぎ、グラスをカウンターに置いた。ハリーは両腕をグラスの左右に置き、金褐色の液体を凝視した。その瞬間、それ以外は何も存在していなかった。

　ニルヴァーナも、オレグも、ラケルも、グストも、ドバイも、トール・シュルツの顔も。通りのくぐもった音とともに入ってきた男の姿も。ハリーの背後の動きも。刃が飛び出すときの発条《ばね》の音も。両脚を揃え、両手を下げてわずか数メートルのところに立っている、セルゲイ・イワノフの荒い息遣いも。何一つ存在しなかった。

　セルゲイは男の背中を見た。男は両腕をカウンターに突いていた。これ以上ないぐらい完璧だった。ついにそのときがきた。心臓が激しく高鳴り、新しい血を送り出していた。初めてコックピットに隠してあるヘロインを取りにいって戻ったときと同じだった。恐怖はまったくなかった。なぜなら、いまわかったからだ——生きている、と。生きていて、目の前にいる男を殺そうとしている。この男の命を奪い、自分の一部にする。まさにその考えがセルゲイを大きくした。すでに敵の心臓を止めてしまったかのようだった。いまだ。動くんだ。セルゲイは深呼吸をし、一歩前に出て、左手をハリーの頭に置いた。まるで祝福するかのように。洗礼を施すかのように。

28

セルゲイ・イワノフはつかめなかった。単につかむことができなかった。糞忌々しい雨で男の頭頂と髪がずぶ濡れになっているせいで、また、髪が極端に短く刈り込んであるせいで手が滑り、髪をつかんでのけぞらせることができなかった。ふたたび左手を伸ばし、今度は額をつかんで自分のほうへ引っ張って、ナイフを喉に当てた。男が反射的に身体をよじった。セルゲイは喉に当てたナイフに力を込めた。刃が食い込んで皮膚を切り裂く感触があった。

やったぞ！　噴き出した血が熱く親指を濡らした。期待したほど深くはなかったが、あと三回心臓が打つあいだにはすべてが終わる。セルゲイは血の噴水を見ようと、背板が鏡になっている棚へ目を向けた。剝《む》き出しになって並んでいる歯と、開いた傷口と、シャツの前を流れ落ちる血が見えた。そして、男の目が。それは冷ややかで怒りに満ちていて、仕事はまだ完了していないことをセルゲイに気づかせた。

頭に手を置く感触があったとき、ハリーは本能的にわかった。酔っぱらった客でも、昔の知己でもなく、やつらだと。その手が滑って外れた瞬間、十分の一秒だけ鏡を見たとき、鋼鉄のきらめきが目に入った。それがどこへ向かおうとしているかは、すでにわかっていた。直後、手が額に置かれ、ぐいと後ろへ引っ張られた。喉と刃のあいだに手を入れるのは間に合わなかったから、カウンターの下のフットレールに足を乗せて立ちながら伸び上がり、顎を胸に強く押しつけた。刃が皮膚を切ったときは痛みを感じなかった。顎を切り裂かれて骨の周辺の敏感な膜組織を貫かれるまでは、痛みはさほどでもないはずだった。

そのあと、鏡に映った男と目が合った。男はハリーの頭を自分のほうへ引っ張り、そのせいで、あたかも二人の友だちが写真のためのポーズを取っているかに見えた。刃が顎と胸に押しつけられる感触があった。二本の頸動脈《けいどうみやく》のどちらかへ到達する道を見つけようとしていて、その試みはあと数秒で成功するはずだった。

セルゲイは左腕全体を男の額に巻きつけ、力を振り絞って自分のほうへ引きつけた。男の顔がのけぞり、刃がようやく顎と胸のあいだに入口《ブリン》を見つけて滑り込むのが鏡に映った。鋼鉄が喉に食い込み、頸動脈のほうへ動いた。急げ！　男が何とか右手を持ち上げ、ナイフと頸動脈のあいだに指を差し込んだ。だが、剃刀《かみそり》のように鋭い刃なら、指だって切断できるはずだった。必要なのは充分な力を加えることだけだ。セルゲイは力を込めてナイフを引きつづけた。

ハリーはナイフに力が加わるのを感じることができたが、それが目的を達成できないこともわかっていた。あらゆる金属のなかでも最高の比強度を持つチタン——それが香港のものであれ、どこのものであれ——を切断できるものは存在しない。だが、背後にいる男は力が強く、刃が食い込んでいかないことにすぐに気づくはずだった。

自由なほうの左手でカウンターをまさぐり、ウィスキーのグラスを倒しながらも、何かを見つけた。

コルクの栓を抜くための短いスクリューがついている、T字形の最もシンプルなタイプの栓抜きだった。ハリーはその取っ手をつかみ、スクリューの部分を人差し指と中指のあいだから突き出させた。ナイフの刃がチタンの義指を擦《こす》る音が聞こえてパニックに襲われそうになりながらも、何とか目を下に向けて鏡を見、狙うべき場所を探した。そして、左手を横に伸ばし、自分の後頭部のさらに後ろを殴《うが》りつけた。

栓抜きの先端が男の首の横の皮膚を穿ち、男の身体が強ばるのがわかった。しかし、それは大したことのない浅傷《あさで》を与えたにすぎず、戦意を失わせるには至らなかった。男はナイフを左へ動かしはじめていた。ハリーは集中した。この栓抜きを使いこなすにはしっかりした熟練の手業が要求されたが、コルクを貫通するには二回転させるだけでよかった。というわけで、ハリーは栓抜きを二回転させた。肉を裂いて奥へ進んでいく感触があった。抵抗はほとんどなかった。ついに食道に到達した。ハリーは栓抜きを引き抜いた。

赤ワインが一杯に詰まっている樽《たる》の胴体の栓が開いたかのようだった。

セルゲイ・イワノフの意識ははっきりしていた。鏡のなかで起こっていることもちゃんと見えた。心臓の最初の一打ちで、鏡に映っている自分の首の左側から血が噴き出した。脳がそれを認識し、分析し、結論を形作った。いま喉を掻き切ろうとしている男が栓抜きを使っておれの大動脈を見つけ、首の血管を引きちぎった。そしていま、そこからおれの命の血液が噴き出している。心臓がもう一回打って意識を失う前に、セルゲイはさらに三つのことを考えた。

叔父さんを失望させてしまった。

愛するシベリアを見ることは二度とない。

嘘《うそ》を彫りつけたタトゥーとともに埋められることになる。

セルゲイはもう一度心臓が打つと同時に倒れた。そして、歌が終わるのを待たずに死んだ。

ハリーはストゥールから腰を上げた。鏡を見ると、顎に傷が横に走っていた。だが、それは最悪の傷ではなかった。喉に深い傷があり、そこから血が滴って、すでに襟全体が赤く染まっていた。

三人いた客はいなくなっていた。ハリーは床に倒れている男を見下ろした。首からはいまも血が流れていたが、もう間欠的に噴き出してはいなかった。それはつまり、心臓が打つことをやめたということであり、蘇生の努力をしても意味がないということだった。それに、万に一つ助かったとしても、男が自分をここへ送り込んだ人物の名前を明らかにしないことは、シャツから覗《のぞ》いているタトゥーを見てわかった。何を意味するシンボルかは不明だが、ロシアのものであることはわかった。〝黒い種《ブラック・シード》〟かもしれない。バーテンダーが入れている典型的な西ヨーロッパのタトゥーとは違っていた。バーテンダーは鏡になっている棚に背中を押しつけ、真っ黒な、白目の部分を覆っているかのような瞳孔で、ショックを露わに見つめていた。ニルヴァーナはすでに演奏を終え、店内は完全な静寂に包まれていた。ハリーは横倒しになっているグラスを見た。

「騒がせて悪かった」彼は言った。

そして、カウンターに置いてあった布巾を取り、まずは自分の両手があったところを、次にグラスを拭いた。そして、最後に栓抜きの取っ手を拭き、元あったところへ戻した。そのあと、カウンターにも床にも自分の血が残っていないことを確認すると、死体の横にしゃがみ、男の血塗《ちまみ》れの手と、ナイフの長い暗褐色の柄《つか》と、薄い刃を拭いた。その武器は――それは武器以外の何物でもなく、ほかの役には立ちそうもなかった――、ハリーがこれまでに手にしたナイフのどれよりも重かった。刃は日本の柳刃包丁より鋭利だった。ハリーはためらったあと、刃の部分を折りたたんで鞘《さや》にしまってロックし――低い音がした――、安全装置をかけてからジャケットのポケットに入れた。

「支払いはドルでいいかな?」ハリーは布巾を使って財布から二十ドル札を取り出した。

「アメリカ合衆国法貨、だそうだ」

バーテンダーが哀れっぽく鼻を鳴らし、何か言おうとするかのようだったが、言葉にする力を失ってしまっていた。

ハリーは店を出ようとしたが、その足が止まった。鏡張りの棚に並んでいるボトルを見た。ふたたび唇を舐《な》めた。束の間、そこに立ち尽くした。そのあと、後ろ髪を引かれるかのようにして出ていった。

ハリーは土砂降りの雨に打たれながら通りを渡った。彼らはおれがどこに泊まっているか知っている。尾行された可能性ももちろんあるが、フロントの若者がしゃべった可能性もある。あるいは、バーナーが教えたか。バーナーなら通常の手続きで宿泊客をチェックできる。裏庭を通ってなかに入れば、だれにも気づかれないで自分が泊まっている部屋にたどり着けるはずだ。

通りに面した門は鍵がかかっていた。ハリーは呪詛《じゅそ》の言葉を吐き捨てた。

ホテルに入ると、フロントは無人だった。

ハリーは階段と廊下の淡青色のリノリウムに、モールス信号のように赤い点を連ねて残していった。

部屋に入ると、ベッドサイド・テーブルから裁縫キットを取り出してバスルームへ行き、服を脱いで洗面台の上に身を乗り出した。とたんに洗面台が真っ赤に染まった。ハンドタオルを濡らして顎と首を拭いたが、首の傷からはすぐにまた血が溢《あふ》れた。冷え冷えとした白い明かりのなかで、何とか針に糸を通し、首の傷の縁の白くなっている部分を下から上へ、上から下へと針を刺して、縫合作業を進めていった。途中で手を止めて血を拭き、作業を再開するということを繰り返したが、もう少しで終わるというところで糸が切れてしまった。ハリーは悪態をつき、せっかく縫った糸を引き抜いて、今度は糸を二重にしてやり直した。そのあと、顎の傷を縫合した。これは首より簡単だった。完了すると、上半身の血をきれいに洗い落とし、スーツケースから新しいシャツを出して着替えた。そして、ベッドに腰かけた。目眩《めまい》がした。だが、急がなくてはならなかった。彼らが遠くにいるとは思えなかったし、生きていると知られる前に、いますぐ行動しなくてはならなかった。ハンス・クリスティアン・シモンセンに電話をすると、四回の呼出し音で眠そうな声が返ってきた。「ハンス・クリスティアン」

「ハリーだ。グストが埋められているのはどこだ？」

「ヴェストレ墓地」

「道具は用意できたか？」

「何とか」

「今夜、決行する。一時間後に東側の小径で待ってる」

「いまか？」

「いまだ。それから、包帯を持ってきてくれ」

「包帯？」

「下手くそな床屋だったんだよ――それだけだ。いまから六十分後だぞ、いいな？」

わずかな間があり、ため息が聞こえて、声が返ってきた。「わかった」

電話を切ろうとしたとき、眠そうな声が聞こえた。別のだれかの声だった。しかし、着替えを始めたときにはすでに自分を納得させていた——空耳だ。

29

ハリーは一本しかない街灯の下に立っていた。そうやって二十分待ったとき、黒のウォームアップ・スーツ姿のハンス・クリスティアンが歩行者用の小径を全速力で走ってきた。

「車はモノリット通りに駐めてある」息が切れていた。「リネンのスーツって、墓を暴くときの標準的な衣装か？」

ハリーは顔を上げた。とたんに、ハンス・クリスティアンの目が丸くなった。「何だその顔は？　いったいどうしたんだ？　その床屋とやらは――」

「薦められないな」ハリーは言った。「行こう――明かりの下を出るんだ」

暗闇に入るや、ハリーは足を止めた。「包帯は？」

「持ってきた」

ハンス・クリスティアンが背後の明かりの消えている家々に目を凝らすあいだに、ハリーは縫合を終えた顎と首の傷の上に慎重に包帯を巻いた。

「そんなに緊張しなくても大丈夫だ――だれにも見えやしない」ハリーはシャベルをつかんで歩き出した。ハンス・クリスティアンが急いであとにつづきながら、懐中電灯を出してスイッチを入れた。

「見えてしまうぞ」ハリーは言った。

ハンス・クリスティアンがスイッチを切った。

戦没者記念碑のある小さな森を急ぎ足で通り抜け、イギリスの船乗りの墓が並ぶ前を過ぎて、砂利道を歩きつづけた。死は決して平等でないことを、ハリーは改めて確認した。この西オスロの墓地の墓石は、街の東側のそれらよりも大きくて立派だった。一歩進むごとに足の下で砂利が軋《きし》み、二人の足取りはどんどん速くなっていって、ついには一つの連続した音のようになった。

二人はある墓の前で足を止めた。

「左側の二つ目の区画だ」ハンス・クリスティアンがささやき、印刷してきた地図を朧《おぼろ》な月明かりにかざそうとした。

ハリーは背後の闇を凝視した。

「どうかしたか?」ハンス・クリスティアンが小声で訊いた。

「いま、足音を聞いた気がした。おれたちが立ち止まったら、その音もしなくなった」

ハリーは空気を嗅ぐようにして顔を上げた。

「冴だ」彼は言った。「行こう」

二分後、二人は控えめな黒い墓石の前に立った。ハリーは懐中電灯を墓石に近づけてからスイッチを入れた。彫り込まれた文字が金色で塗られていた。

グスト・ハンセン
一九九二年三月十四日――二〇一一年七月十二日
安らかに眠れ

「これだ」ハリーは十字も切らずにささやいた。

「しかし、どうして……」ハンス・クリスティアンが言おうとしたが、ハリーのシャベルが軟らかい土に食い込む音にさえぎられた。ハンス・クリスティアンもシャベルを手にして作業を開始した。

三時半、月は雲に隠れてしまっていた。ハリーのシャベルが硬いものに当たった。

十五分後、白い棺《ひつぎ》が現われた。

二人はそれぞれドライバーを握って棺の上に乗り、膝を突いて、棺の蓋を留めている六本の螺旋《ねじ》を緩めはじめた。

「二人ともここにいたんじゃ蓋を開けられない」ハリーは言った。「どっちかが上に上がって、もう一人が棺を開けられるようにしなくちゃだめだ。あんた、蓋開け係に志願するか？」

ハンス・クリスティアンはすでに半分這《は》い上がっていた。

ハリーは一方の足を棺の端に置き、もう一方の足を土の壁に当てて踏ん張ると、蓋の下に手を差し込んだ。そして、蓋を持ち上げようと力を込めながら、長年の習慣で口で息をしはじめた。顔を下に向けるまでもなく、棺から熱が立ち昇るのが感じられた。腐敗が始まっていて、その過程でエネルギーが発生しているのだとわかった。だが、首筋の毛を逆立たせたのは音だった。

蛆《うじ》が肉のなかをうごめく低い音だと判明した。ハリーは棺の蓋を墓穴の壁に立てかけ、膝で押さえた。

「ここを照らしてくれ」彼は言った。

懐中電灯の光で、死者の鼻と口のなかや周囲をうごめいている蛆がぬらぬらときらめいた。まぶたがくぼんでいたが、それは眼球が最初に腐敗するからだった。

ハリーはハンス・クリスティアンが立てているいまにも吐きそうな音を遮断し、脳の分析回路のスイッチを入れた。顔は変色していて、暗いこともあり、グスト・ハンセンの顔かどうかを判別するのは不可能だ。だが、髪の色と顔の形が、そうだと示唆している。

しかし、何かがハリーの目に留まり、息をするのをやめさせた。

グストが出血していた。

白い屍衣《しい》に紅《あか》い薔薇《ばら》が咲きはじめていた。血の薔薇が。

二秒後、ハリーはそれが自分の血だと気づいた。首を押さえると、ぬらりとした感触が指にあった。縫合した傷が開いていた。

「おまえさんのTシャツをくれ」

「何だって？」

「ここを押さえるものが必要なんだ」

ファスナーを引く短い音が聞こえたと思うと、数秒後、懐中電灯の明かりのなかをTシャツが舞い降りてきた。ハリーはそれをつかみ、ロゴを見た。〝無料法律相談〟。何たる理想主義者だ。ハリーはTシャツを首に巻きつけた。どれだけ止血の役に立つかはわからなかったが、いまはそれしか術《すべ》がなかった。そのあと、グストに覆い被さるようにしてしゃがみ、両手で屍衣をつかんで引き裂いた。死体は黒ずみ、わずかながら膨張していて、銃弾が穿った胸の穴から蛆が這い出していた。

その傷は報告書の記述と一致していた。

「鋏をくれ」

「鋏？」

「爪切り鋏だ」

「しまった」ハンス・クリスティアンが呻いた。「持ってくるのを忘れた。車に何かあるかもしれない。見てこようか――」

「いや、いい」ハリーはジャケットのポケットから大型の飛び出しナイフを出し、安全装置を外してリリース・ボタンを押した。刃が獰猛《どうもう》な勢いで飛び出し、その力の強さに取っ手が振動した。それで、その武器が完璧なバランスを持っていることがわかった。

「何か聞こえるぞ」ハンス・クリスティアンが言った。

「スリップノットだ」ハリーは応えた。「それに蛆の這い回る音が混じってる」彼は小声で歌を口ずさんでいた。

「いや、違う。だれかがやってきてるんだ!」

「おれが見えるように懐中電灯を固定して、おまえさんは逃げろ」ハリーはグストの両手を持ち上げ、右手の爪を観察した。

「しかし、あんたは——」

「いいから、逃げるんだ」ハリーは言った。「早く」

ハンス・クリスティアンの足音が遠ざかっていった。グストの中指の爪がほかより短く切られていた。ハリーは人差し指を検《あらた》め、薬指を検めた。そして、落ち着いた声で言った。

「葬祭場の者です。ちょっと残業をしていましてね」

顔を上げると、かなり若い制服警備員が墓の縁に立って見下ろしていた。

「遺族がマニキュアを喜ばなかったんですよ」

「そこから出てくるんだ!」警備員が命じた。かすかだが声が震えていた。

「なぜ?」ハリーは訊き返すと、ジャケットのポケットから小さなビニール袋を取り出してグストの薬指の下に構え、その指の爪を切り取った。まるでバターを切っているような切れ味で、実際、夢のような道具だった。「きみにとっては残念だが、侵入者にその場で飛びかかってはならないと指示されているはずだ」

ハリーはナイフの先端を使って、短い爪のあいだの乾いている血を採取した。

「もし飛びかかったら、きみは解雇され、警察学校にも受け容れてもらえなくなり、大口径の銃を携行して正当防衛でだれかを撃つこともできなくなる」

ハリーは人差し指に目を戻した。

「だから、指示されたとおりにすることだ――警察にいる大人に通報しろ。運がよければ、三十分で駆けつけてくれる。しかし、実際のところは、いま通報してもたぶん明日の彼らの勤務時間まで待つことになるんじゃないか？　よし！」

ハリーはビニール袋の口を閉じると、それをジャケットのポケットにしまい、棺の蓋を元に戻して穴をよじ登った。そして、スーツについた泥を払い、腰を屈《かが》めて懐中電灯とシャベルを拾った。

車のヘッドライトが礼拝堂のほうへ曲がっていくのが見えた。

「それどころか、すぐに駆けつけると言ってくれたよ」若い警備員が安全な距離まで下がりながら明らかにした。「撃ち殺されたあの若者が埋められている墓だと教えてやったんだ、わかったか。おまえはだれだ？」

ハリーは懐中電灯を消した。真っ暗になった。

「おまえが捜すことになるはずの男だよ」

ハリーはとたんに走り出した。東へと礼拝堂から遠ざかり、ここへきたときの道を引き返した。

フログネル公園の街灯と思われる明るい光を目印に方向を確認した。公園に入ることができればこのまま逃げ切れるはずで、警察が犬を連れてきていないことを願うしかなかった。

ハリーは犬が大嫌いだった。砂利道を外れさえしなければ、墓石にぶつかったり、花束につまずいたりする心配はなかった。だが、砂利を踏む足音のせいで、追跡してくる者がいたとしてもその音が聞こえにくかった。戦没者記念碑のある森の近くで草地へ出た。背後に音はなかった。だが、それが見えた。木々の頂きの上で揺れている明かりの条《すじ》が。だれかが懐中電灯を持って追いかけてきているということだった。

ハリーは小径へ出ると公園を目指した。首の痛みを遮断し、力を抜いて効率的な走り方をして、足運びと呼吸に集中しようとした。追っ手を引き離しつつあると自分に言い聞かせた。モノリッテンのほうへ走った。丘のてっぺんまでは街灯が連なっているから、姿は見える。その姿は東側の正門を目指しているように見えるはずだった。

ハリーは自分の姿が見えなくなるてっぺんへたどり着くと、南西のマッツェルー・アレー通りのほうを目指した。アドレナリンのおかげで足は動きつづけていたが、それでも筋肉が強ばりはじめているのがわかった。一瞬目の前が暗くなり、気を失ったのかと思った。その闇はすぐに晴れたが、今度はいきなり吐き気がして、圧倒的な目眩に襲われた。見下ろすと、ジャケットの袖の下から血が流れて指のあいだを垂れ落ちていた。祖父の家でパンから垂れていた苺《いちご》ジャムのようだった。最後まで走り切れそうになかった。

ハリーは首を伸ばした。丘のてっぺんの街灯の下を通り過ぎる人影が見えた。大男だが、走る足取りは軽快だった。着ているものは身体にぴったり貼りついていた。警察官の制服ではなかった。デルタ・フォースか？　しかし、彼らがこんな夜中に、こんなに急に出動するだろうか？　だれかが墓を暴いているというだけで？

　ぐらりと身体が揺れたが、何とかこらえた。この状態では相手がだれだろうと逃げ切れない。隠れるところを見つけなくてはならなかった。

　ハリーはマッツェルルー・アレー通りの家の一軒に狙いをつけた。小径を外れ、草地になっている下り坂を一気に駆け下りた。転ばないように両腕を広げてバランスを取らなくてはならなかったが、そのまま舗装道路を横断し、低い杭垣を飛び越えて林檎の木のあいだを家の裏へ回った。そこで、長く伸びて濡れている草のなかに倒れ込んだ。深呼吸をし、胃袋が締めつけられるのを感じて、嘔吐《おうと》するのではないかと身構えた。呼吸することに集中しながら、耳を澄ませた。

　何も聞こえなかった。

　だが、追っ手がやってくるのは時間の問題にすぎないだろうし、首の包帯もきちんと巻き直さなくてはならなかった。ハリーは立ち上がると、その家のテラスへと歩いていき、ドアのガラスからなかを覗いた。暗い居間だった。

　ガラスを蹴破り、手をなかに差し込んだ。古き良き初心《うぶ》なノルウェーだった。鍵はドアの内側にあった。ハリーは暗闇に滑り込んだ。

　息を殺す。寝室はたぶん二階だろう。

　テーブル・ランプをつけた。

　ベルベット張りの椅子。キャビネット・テレビ。百科事典。テーブルを覆っている家族写真。編み物。これを見る限り、住人は年寄りだ。老人の眠りは深い。いや、逆だったか？

キッチンを見つけて明かりをつけた。引き出しを探索する。ナイフやフォーク、布巾。子供のころ、いま探しているものがどこにしまってあったかを思い出そうとした。下から二段目の引き出しを開ける。あった。セロハン・テープ、マスキング・テープ、ダクト・テープ。ダクト・テープをつかんで、ドアを二つ開け、バスルームを見つけた。ジャケットとシャツを脱ぎ、浴槽の上に頭を突き出し、手持ち式シャワーの栓を捻《ひね》って首に水をかけた。白いエナメルの上に、一瞬にして赤い膜ができた。そのあと、Tシャツで頭と首を拭き、指で傷口を挟んで閉じ、銀色のテープを何度か首に巻きつけて、きつすぎないか確かめた。結局のところ、脳に血が行ってくれなくては困るのだ。シャツを着た。また目眩がした。浴槽の縁に腰を下ろした。

ハリーは何かが動くのに気づき、顔を上げた。

年配の女性が入口に立ち、青ざめた顔で、目を恐怖に見開いてハリーを見つめていた。ナイトガウンの上に、赤いキルトのバスローブを羽織っていた。動くたびにそれが奇妙にきらめき、静電気の音が低く弾けた。発癌性《はつがんせい》があるために使用が禁じられ、いまはもう存在しない合成繊維で作られているのではないかと思われた。

「私は警察官です」ハリーは言い、咳払《せきばら》いをして訂正した。「正しくは元がつきますが。実はいま、困っているんです」

彼女は黙って立ち尽くしていた。

「もちろん、ガラス代は弁償します」ハリーは床に落ちているジャケットを取って財布を出し、何枚かの紙幣を洗面台に置いた。「香港ドルです。言われているよりは……使い道があります」

彼は何とか笑顔を作ったが、老女の皺の寄った頬を一条の涙が伝っていることに気がついた。

「いや、待ってください」ハリーは狼狽《ろうばい》し、その狼狽がさらにひどくなり、冷静さを失いそうになっていることがわかった。「怖がらなくても大丈夫です。本当に何もしません。すぐに出ていきますから。いいですね？」

ハリーは何とかジャケットの袖に腕を通し、老女のほうへ歩き出した。彼女は小さく摺《す》り足で後ずさったが、目はハリーから離れなかった。ハリーは掌《てのひら》を見せるようにして両手を上げ、そのままテラスのドアへ移動した。

「ありがとうございました」彼は言った。「そして、すみませんでした」

彼はドアを押し開け、テラスへ出た。

爆発の力が、それが大口径の銃であることを示唆していた。次いで、銃声が、雷管の破裂音が聞こえ、間違いないとわかった。ハリーが両膝を突いた瞬間、二発目が彼の横のガーデン・チェアの背に炸裂した。

とんでもない大口径だった。

ハリーはもがくようにして居間へ戻った。

「伏せて!」叫んだ瞬間、居間の窓が砕け散り、ガラスが寄木張りの床で、テレビで、家族写真に覆われたテーブルで音を立てた。

ハリーは身体を二つ折りにして居間と玄関ホールを走り抜け、玄関のドアを開けた。街灯の下の黒いリムジンのドアが開いていて、そこから銃弾の発射炎が見えた。顔に刺すような痛みを感じたと思った瞬間、甲高い、何かを貫いたような金属的な音が鳴り響いた。反射的に振り向くと、壁に取り付けられていたドアベルがばらばらに吹き飛ばされて、大きな白い木の破片が突き出ていた。

ハリーは後退し、床に伏せた。

どの警察の銃よりも大口径だった。ハリーは丘のてっぺんを走って横切っていた長身の男を思い出した。あいつは警察官じゃなかったんだ。

「頬に何か刺さっているわよ……」

あの老女の声だろうと思われた。銃弾が命中して甲高く鳴り響くドアベルの音に負けないよう、叫んでいるに違いなかった。彼女はハリーの後ろ、玄関ホールの奥に立っていた。ハリーは顔に触れた。木の破片だった。それを引き抜いた。顔の傷と同じ側だったのは幸運だと思う時間はあった。これなら、どれほど劇的なまでに傷がひどくても、市場価値が下がることはないはずだ。そのとき、また銃声が轟いた。今度はキッチンの窓だった。これじゃ手持ちの香港ドルでは足りなくなる。

残響の向こう、遠くでサイレンの音が聞こえた。ハリーは頭を上げた。廊下の先、居間の外に、周囲の家々の明かりが見えた。通りはクリスマス・ツリーのようにきらめいていた。どのルートで逃げようと、投光照明を浴びる動く標的にしかなれない。撃ち殺されるか、逮捕されるかだ。いや、それすらないかもしれない。あいつらにもサイレンは聞こえていて、時間がなくなろうとしていることはわかっているはずだ。それに、おれは撃ち返していないから、きっと丸腰だと考えているに違いない。だとしたら、ここへ踏み込んでくるはずだ。逃げなくてはならない。ハリーは携帯電話を取り出した。くそ、どうして〝T〟の欄に番号を登録する手間を惜しんだんだ？　アドレス帳がいっぱいというわけでもないのに。

「電話番号案内は何番ですか？」ハリーは叫んだ。

「電話……番号……案内？」

「そうです」

「待って」彼女は指をくわえて考えながら、赤いキルトのローブをたくし込んで木の床に坐った。「一八八〇があるけど、一八八一のほうが親切かもしれないわね。彼らは早口じゃないし、気が立ってもいないし、時間をかけて話してくれるわ、もしあなたが――」

「電話番号案内一八八〇です」ハリーの耳に鼻にかかった声が聞こえた。

「アスビョルン・トレスコヴ」ハリーは言った。「cとhのあるトレスコヴだ」

「アスビョルン・ベルトルル・トレスコヴという方が、オスロのウップサールの住所で、それから――」

「そのトレスコヴだ！　携帯電話の番号を教えてもらいたい」

永遠とも思えた三秒後、よく知っている不機嫌な声が応えた。

「何もいらないぞ」

「トレスコーか？」

返事がないまま、長い間があった。ハリーはでぶの友人の驚いた顔が目に浮かんだ。

「ハリーか？　ずいぶん久し振り——」

「仕事中か？」

「まあな」曖昧な返事が、疑っていることを示唆していた。理由なくトレスコーに電話する者はいなかった。

「急な頼みがあるんだ」

「ああ、そうだろうとも。ところで、おまえに貸した百クローネはどうなってるんだ？　おまえ、言ったよな——」

「フログネル公園からマッツェルー・アレー通りまでの地域の送電を止めてもらう必要がある」

「おまえ、何を——？」

「警察の緊急事態だ。銃を持った、頭のおかしいやつがいるんだよ。それで、闇に助けてもらう必要がある。おまえ、いまもモンテベッロの変電所にいるんだろ？」

ふたたびの間。

「いまのところはな。だけど、おまえはいまも警官なのか？」

「当たり前だ。トレスコー、これは本当に緊急なんだ」

「知るか。おまえに頼まれたようなことをする権限はおれにはない。ヘンモーに言ってくれ、彼なら――」

「彼は寝てた。時間がないんだ！」ハリーは叫んだ。その瞬間、またもや銃声が轟き、キッチンの戸棚に命中した。そこにしまってあった皿一式が音を立てて床に滑り落ち、ばらばらに割れた。

「いまのはいったい何の音だ？」トレスコーが訊いた。

「何だと思う？　四十秒の停電の責任を取るか、人間の死体の山の責任を取るか、おまえ、どっちを選ぶ？」

電話の向こうがしばし沈黙し、そのあと、ゆっくりと声が戻ってきた。

「察してくれよ、え、ハリー？　おれはいまここの責任者なんだ。そんなこと、おまえは絶対に信じないよな？」

ハリーは深く息を吸った。影がテラスを移動するのが見えた。「ああ、トレスコー、信じないな。おまえ――」

「おまえとエイステインは、おれが大したものになるなんて思いもしなかっただろ？」

「ああ、思いもしなかった。おれたちはへまばかりしてたからな」

「おまえ、言ってただろう――」

「いいから、早く送電を止めろ！」ハリーは怒鳴った。ダイヤル・トーンしか聞こえなくなった。ハリーは立ち上がり、老女の脇を抱えると、半ば引きずるようにしてバスルームへ連れていった。「ここにいてください」そうささやいてドアを閉め、開け放しになっている玄関へ走った。そして、降り注ぐ銃弾を覚悟して身構え、明かりのなかへ飛び出した。

その瞬間、すべてが暗くなった。

あまりの暗さに敷石に足がついたとたんに前のめりに転び、死んでしまったのではないかと一瞬困惑した。直後、アスビョルン・〝トレスコー〟・トレスコヴがスイッチを弾くか、キイを押すか、何であれ変電所でするべきことをしてくれたことに気づいた。そして、四十秒しかないことにも。

ハリーは真っ暗ななかへ闇雲に飛び出し、杭垣につまずき、足の裏にアスファルトを感じながら走りつづけた。叫び声とサイレンが近づいてくるのがわかった。しかし、車のエンジンが力強く唸りを上げたのも聞こえた。ハリーは右側を走りつづけた。そうしていれば、目が利いて、道路を外れずにすんだ。彼はフログネル公園の南側にいた。そこにたどり着くチャンスはあった。明かりの灯《とも》っていない二戸建て住宅の前を、並木を、森を通り過ぎた。そのあたりは停電していて静かだった。車のエンジン音が近くなってきた。ハリーはいきなり左に折れ、テニスコートの横の駐車場に入った。砂利敷きのなかの水溜まりに足を取られそうになったが、何とか持ち堪《こた》えた。月明かりの照り返しで辛うじて見えるのは、金網のフェンスの奥のテニスコートに引かれた白線だけだった。オスロ・テニスクラブの建物の輪郭が見分けられた。更衣室のドアの前の壁へ突進し、頭からそれを飛び越えた。その瞬間、車のヘッドライトがよぎっていった。ハリーはコンクリートの上に着地し、横に転がった。激突したわけではなかったが、それでも目眩がした。鼠のようにじっと横になったまま、待った。何も聞こえなかった。

ハリーは真っ暗な夜を見上げていた。

そのとき、何の前触れもなく明るくなって目が眩《くら》んだ。屋根の下、外に向かって設置されている照明の明かりだった。送電が再開されたのだ。

ハリーは二分間、そこに横たわったまま、サイレンに聴き耳を立てた。クラブハウスの脇の道路を何台もの車が通っていった。捜索隊だ。このあたりはすでに包囲されているに違いなく、もうすぐ警察犬がやってくるものと思われた。

逃げる力は残っていなかったから、建物に押し入って隠れるしかなかった。

立ち上がり、壁の上端越しに向こうをうかがった。

ドアの横に、赤いランプとキイパッドのある箱が見えた。

国王が生まれた年。何年だったか、知っているのは神だけだ。

ハリーはゴシップ雑誌の写真をまぶたに浮かべ、１９４１を試した。電子音が鳴り、ハリーはドアの取っ手を回した。解錠は不成功だった。待てよ――一九四〇年に一家でロンドンへ行ったとき、国王は生まれたばかりではなかったか？　それとも、四〇年ではなくて、三九年だったか？　もう少し大きくなっていたかもしれない。三度失敗して打ち止めになるのが怖かった。１９３８かもしれない。取っ手を回した。くそ——１９３７か？　緑のランプが点灯し、ドアが開いた。

ハリーはなかに入った。ふたたび施錠される音が聞こえた。

静かで、安全だった。

ハリーは明かりをつけた。

そこは更衣室で、幅の狭い木のベンチと鉄製のロッカーが並んでいた。いまようやく、自分がどんなに疲労困憊《こんぱい》しているかがわかった。夜明けまで、狩りの終了が宣言されるまでは、ここにいられる。ハリーは室内を探検した。鏡付きの洗面台が一つ、シャワーが四つ、トイレが一つ。部屋の奥の頑丈な木のドアを開けた。

サウナだった。

ハリーはそこへ入り、ドアを閉めた。木の匂いがした。冷えたストーブの横の幅の広いベンチに横になり、目をつむった。

30

三人いた。三人はお互いの手をつかんで廊下を走り、ハリーは雪崩《なだれ》に呑《の》みこまれても離れないようしっかり握れと叫んでいた。背後で雪が迫る音が聞こえた。最初はごろごろと低く鳴る音が、次いで轟きが。そして、それはそこにあった。白い闇、黒い混沌《こんとん》が。精一杯手に力をこめたが、それでも、二人の手が自分の手から滑っていくのがわかった。

ハリーはぎょっとして目を覚ました。時計を見て、三時間眠ったことがわかった。低い音とともに長く息を吐き出した。ずっと溜めたままにしていたかのように。全身に極度の疲労感があり、打撲したような痛みがあった。首も痛み、激しい頭痛がした。そして、汗を掻いていた。スーツに黒い染みができるほどの大量の汗だった。理由は見るまでもなくわかった。ストーブだ。だれかがサウナのスイッチを入れたのだ。

立ち上がり、よろよろと更衣室へ戻った。ベンチに衣服が置いてあり、ラケットにボールが当たる音が外で聞こえていた。テニスをしたあと、サウナへ入ろうというのだった。

ハリーは洗面台へ行き、鏡に自分の顔を映した。目が充血し、顔は赤く腫れていた。銀色のダクト・テープが滑稽なネックレスのように首に巻きつき、その端が柔らかい皮膚に食い込んでいた。彼は顔を洗い、朝の太陽の下に出た。

引退した人間らしい細い脚と日焼けした肌色の三人組が、手と足を止めてハリーを見つめた。一人が眼鏡の位置を直した。

「ダブルスをやるのに一人足りないんだ、若いの。よかったら……」

ハリーは正面を見て、落ち着いて話すことに集中した。

「悪いがテニス肘なんだよ、坊やたち」

そして、三人の視線を背中に感じながら、スケイエンへと歩いていった。どこか近くにバス停があるはずだった。


トルルス・ベルンツェンは上司のオフィスをノックした。

「どうぞ」

ミカエルは電話を耳に当てて立っていた。トルルスはミカエルを知りすぎるぐらいよく知っていた。落ち着いているように見えたが、手はきちんと整えられた髪を触りつづけ、わずかだが早口になり、額には集中しているときの癖で皺ができていた。

ミカエルが受話器を置いた。

「朝からストレスがかかってるのか?」トルルスは訊きながら、ミカエルに湯気の立つコーヒーカップを渡した。

ミカエルは驚いた顔でカップを受け取った。

「本部長だ」ミカエルが電話へ顎をしゃくった。「マッツェルー・アレーの例の婆さんの件で、新聞に攻勢をかけられているんだそうだ。彼女の家にずいぶんな数の銃弾が撃ち込まれてひどい有様になっていて、何があったのか説明しろと言ってきたというわけさ」

「何と答えたんだ?」

「グスト・ハンセンの墓を暴いている者がいるとヴェストレ墓地の警備員から通報があり、オペレーション・センターがパトカーを急行させた。到着したときには犯人は逃走していたんだが、マッツェルー・アレーのあたりで発砲事件が起こった。だれかがあの家に押し入った者を撃っていたんだ。婆さんはショックを受けていて、押し入ってきたのは若い警察官で、身長は百八十センチ、顔に傷があったとしか言っていない」

「その発砲と墓を暴いたことは関係があるのかな?」

ミカエルがうなずいた。「彼女の家の居間に残されていた土塊《つちくれ》は、間違いなくあの墓地のものだった。本部長はこれが薬物がらみかどうか、新たなギャング同士の抗争かどうか、おれが状況を把握しているかどうかを知りたがっているんだ」そして、窓際へ行き、細い鼻梁《びりょう》を人差し指で撫でた。

「それがおれを呼んだ理由か?」トルルスは慎重にコーヒーに口をつけた。

「そうじゃない」ミカエルがトルルスに背中を向けたままで答えた。「おれはロス・ロボスの全員がマクドナルドへ集合すると匿名の垂れ込みがあった夜のことを知りたいんだ。おまえ、逮捕の現場にいなかったんだよな?」

「そうなんだ」トルルスは咳払いをして言った。「行けなかったんだよ、あの日の夜は身体の具合が悪かったんだ」

「いつものやつか？」ミカエルが振り返りもせずに言った。

「何だって？」

「到着したとき、暴走族のクラブハウスのドアが施錠されていなかったことを意外に思っている警察官が何人もいる。さらに、そこで見張り番をしていたとオーディンが言っているトゥトゥという男がどうやって逃走できたのかを訝《いぶか》っているんだ。われわれが踏み込むのを知り得た者はいないはずなんだ。それとも、知り得たのか？」

「おれが知る限りでは」トルルスは言った。「知っていたのはわれわれだけだった」

ミカエルは窓の外を見つめたまま、腰に手を当てて身体を揺らしつづけた。後ろへ、そして、前へ。

トルルスは上唇を拭い、汗が見えないことを願った。「ほかには？」

身体は揺れつづけた。後ろへ、前へ。何かを見ようとしているけれども、背が低くて思うに任せない少年のように。

「以上だ、トルルス。それから、コーヒーを……ありがとう」

トルルスは自分のオフィスへ戻ると窓際へ行き、ミカエルが見ていたに違いないものを見た。赤いポスターが木に吊るされていた。

十二時、〈シュレーデルス〉の前では、リータが店を開けるのを喉の渇いた常連が待っていた。

「まあ！」ハリーがそこにいるのに気づいて、彼女が声を上げた。

「心配無用だ。欲しいのはビールじゃない、朝食だけだ」ハリーは言った。「それと、頼みが一つある」

「わたしが心配してるのは、その首よ」リータがドアを押さえてハリーをなかに入れながら言った。「青くなってるじゃないの。それに、首に巻いてあるのはいったい……？」

「ダクト・テープだ」ハリーは言った。

リータがうなずき、ほかの客の注文を取りに行った。他人のことには立ち入らない、というのが〈シュレーデルス〉の方針だった。

ハリーはいつもの窓際の隅のテーブルに腰を下ろし、ベアーテ・レンに電話をした。

留守番電話が応え、ハリーは電子音が鳴るのを待った。

「ハリーだ。ある年配のレディに出会い頭にぶつかったんだが、顔を憶えられたとか、そういうことがあるかもしれない。だから、しばらくは警察などへは近づかないほうがいいと思うんだ。というわけで、証拠品袋を二つ、〈シュレーデルス〉に預けておく。おまえさんが自分で取りにきて、リータからもらってくれ。それから、もう一つ頼みがある。ベルマンがブリンデルンの住所集めを始めている。そのリストのコピーを手に入れられるかどうか、可能な限り秘密裏にやってみてくれ。オルグクリムに送られる前に欲しい」

ハリーは電話を切った。今度はラケルにかけた。また留守番電話だった。

「やあ、ハリーだ。かっこいい新しい服が必要なんだ。その……あのころのものがきみのところに置いてあると思うんだ。ちょっとランクを上げてプラザ・ホテルにチェックインするから、帰宅したら、見繕ってタクシーで送り届けてもらえると……」ふと気づくと、無意識のうちに言葉を探していた。彼女を微笑させられるかもしれない言葉、〝素晴らしい〟とか、〝最高だ〟とか、〝すごい〟といったような、しかし、それ以外の言葉を。だが、結局は思いつかず、ありきたりの〝ありがたい〟に落ち着いた。

ハリーがハンス・クリスティアンに電話をしているとき、リータがコーヒーと目玉焼きを運んできて、咎める顔で彼を見た。〈シュレーデルス〉では、コンピューター、ボードゲーム、携帯電話の禁止が、おおよその暗黙の了解事項だった。ここは飲み――ビールが望ましい――、食べ、しゃべり、黙り、やむを得ないときは新聞を読むところで、読書はたぶんグレーゾーンだった。

あとほんの何秒かで終わるからと身振りで訴えると、慈悲深いうなずきが返ってきた。

ハンス・クリスティアンの声には安堵《あんど》と恐れの両方があった。「ハリー？　ああ、よかった。無事か？」

「十段階で言うと……」

「何？」

「マッツェルー・アレーの発砲事件のことは知ってるか？」

「何だって！　あれはきみだったのか！」

「あんた、武器は持ってるか、ハンス・クリスティアン？」

電話の向こうで、ごくりと唾を呑む音が聞こえたような気がした。

「私に必要なのか、ハリー？」

「そうじゃない、おれに必要なんだ」

「ハリー……」

「護身用ってだけだ。万一の場合に備えてだよ」

間があった。「父が遺してくれた、古い狩猟用ライフルがある。ヘラジカ用だけど」

「よさそうじゃないか。それを見つけたら、何かに包んで〈シュレーデルス〉へ持ってきてくれないか？　四十五分以内に頼む」

「やってみる。で、きみはこれからどうするんだ？」

「おれは」リータがカウンターから警告の目で見ていた。「朝飯を食う」


ガムレビーエン墓地が近くなると、普段使っている門の前に黒いリムジンが停まっているのが見えた。助手席側のドアが開き、男が降りてきた。黒いスーツを着て、身長は間違いなく百八十センチを優に超えていた。がっちりした顎で、前髪をまっすぐ切りそろえ、トルルスが昔からつるんでいたサーミ人、フィン人、ロシア人に何となく共通している、アジア系の民族を感じさせるところがあった。ジャケットは採寸して作られているに違いなかったが、それでも肩が窮屈そうだった。

男は脇へ退《の》き、助手席に乗れと身振りで示した。

トルルスは足を止めた。これがドバイの手下どもなら、予想外の掟《おきて》破りだ。直接接触することは禁じられている。トルルスはあたりを見回した。だれもいなかった。

ためらった。

バーナーを排除すると決めたのであれば、こういうやり方もありだろう。

トルルスは大男を見た。表情からは何も読み取れなかった。わざわざサングラスをかけているのがいい印なのか悪い印なのか、判断できなかった。

もちろん、踵《きびす》を返して逃げることもできる。だが、そのあとはどうする？

「Ｑ５」トルルスは小声でつぶやいた。

助手席に坐るやすぐにドアが閉められた。たぶんスモークガラスなのだろう、車内は妙に暗かった。それにエアコンも効きすぎていて、零度を何度か下回っているように思われた。運転席にいるのは狼の顔をした男だった。やはり黒いスーツを着て、前髪をまっすぐに切りそろえていた。おそらく、ロシア人だ。

「よくきてくれた」トルルスの背後で声がした。振り返るまでもなかった。訛《なま》りでわかった。彼だ、ドバイだ。だれも知らない男、ほかにだれも知らない男だ。しかし、名前を知り、顔を知って、おれにとっていいことは何だ？　それに、人は自分を食わせてくれている手を食ったりはしない。

「人を捕まえてほしい」

「捕まえる？」

「そうだ。そして、連れてきてほしい。それ以外は知る必要はない」

「オレグ・ファウケの居所なら知らないと言ったはずだ」

「今回はオレグ・ファウケではない、ベルンツェン。ハリー・ホーレだ」

トルルス・ベルンツェンはほとんど自分の耳が信じられなかった。「ハリー・ホーレ？」

「彼を知らないのか？」

「もちろん、知ってる。昔、刑事部にいた。正気とは思えない変わったやつで、酔っぱらいだ。事件をいくつか解決している。オスロにいるのか？」

「ホテル・レオンに泊まっている。三〇一号室だ。今夜の十二時きっかりに、そこで彼を回収してくれ」

「どうやって？」

「逮捕する。殴り倒す。船を見てほしいと言う。手段は任せる――コンゲンのマリーナに連れてきてくれればいい。そこからあとはわれわれがやる。五万だ」

そこからあと。ハリー・ホーレを殺すつもりなんだ。殺人をやろうとしているんだ。警察官殺しを。

トルルスが断わろうと口を開いたそのとき、後部座席の声が早口になった。

「ユーロだ」

開いた口がそのまま固まり、〝断わる〟という言葉が脳と声帯のあいだのどこかで難破してしまった。その代わりに、聞いたはずだがほとんど信じられないいまの言葉を繰り返した。

「五万ユーロ？」

「嫌か？」

トルルスは時計を見た。十一時間と少しある。彼は咳払いをした。

「その時間にあいつが部屋にいるとどうしてわかるんだ？」

「われわれがくることを彼が知っているからだ」

「何？　あんたたちが行くことを知らないからじゃないのか？」

背後の声が笑った。木造ボートのエンジン音のような、断続的な破裂音だった。

31

四時、ハリーはラディソン・ブルー・プラザ・ホテル十八階のシャワーの下に立っていた。ダクト・テープが熱い湯で剝《は》がれてしまわないことを祈った。短時間ではあっても、少なくとも痛みを緩和してくれていた。一九三七号室のキイを渡されたとき、頭をよぎった――国王の誕生年、ケストラー、同時性《シンクロニシティ》、などなど。ハリーはそれを信じなかった。信じているのはパターンを見つける人間の能力、そして、実はそれがないところを見つける能力だった。だから、昔から刑事として疑う人であり得たのだ。疑い、探し、疑い、探し、パターンを見つけ、有罪を疑う。あるいは、その逆を。

電話が鳴った。耳に届くが控えめで心地いい音、高級ホテルの音だった。ハリーはシャワーを止めてベッドへ行き、受話器を上げた。

「ご婦人がお見えになっていて」フロント係が言った。「ラケル・ファウスケ……失礼いたしました……ファウケさまが、お客さまにお渡しするものがあるとおっしゃっていますが」

「エレベーターのキイを渡して、上がってもらってくれ」ハリーは応え、クローゼットに吊るしてあるスーツを見た。それは二つの世界大戦をくぐり抜けてきたかのようだった。ハリーはドアを開け、腰にタオルを巻いてベッドに腰を下ろして待った。エレベーターの到着音がし、彼女の足音が聞こえた。いまでもそれを聞き分けることができた。実にしっかりした、まるで常にタイトスカートを穿《は》いているかのように間隔の短い、高い足音。ハリーは一瞬目を閉じた。その目を開けると、彼女がすぐ前に立っていた。

「こんにちは、裸の人」ラケルが微笑してバッグを床に置き、ハリーの隣りに腰を下ろしてダクト・テープに触った。「これは何？」

「間に合わせの包帯だよ」ハリーは答えた。「わざわざ持ってきてくれなくてもよかったのに」

「そうなんだけど」ラケルが言った。「あなたの衣服が全然見つからなかったの。アムステルダムへ引っ越すときに行方不明になったみたい」

捨てたんだろう、とハリーは思った。まあ、仕方がないか。

「でも、そのあとでハンス・クリスティアンと話したんだけど、彼は着ない服をたくさん持っていたの。あなたの好みじゃないけど、サイズはそんなに違わないでしょ？」

ラケルがバッグから引っ張り出したものを見て、ハリーはぞっとした。〈ラコステ〉のシャツが一枚、アイロンをかけた下着のパンツが四枚、折り目がついている〈アルマーニ〉のジーンズが一本、Vネックのセーターが一枚、〈ティンバーランド〉のジャケットが一着、ポロ・プレイヤーが刺繡《ししゆう》されたシャツが二枚、柔らかい茶色の革靴まで一足揃っていた。

ラケルがそれらをクローゼットに吊るしはじめ、ハリーは立ち上がって仕事を交代した。

彼女は横に立ち、髪を耳の後ろにかけながら微笑した。

「そのスーツが本当にぼろぼろになるまで、新しい服は一切買う気がなかったみたいね。そうでしょ？」

「いや」ハリーはハンガーを動かしながら言った。初めて見る服だったが、かすかな匂いには馴染《なじ》みがあった。「白状すると、新しいスーツと下着のパンツは買おうと考えていたよ」

「きれいなパンツを持ってないの？」

ハリーは彼女を見た。「〝きれいな〟の定義によるな」

「ハリーったら！」ラケルが笑いながら彼の肩をたたいた。

ハリーは微笑した。彼女の手は肩にそのまま残っていた。

「あなた、熱いわよ」彼女が言った。「熱があるんじゃない？　あなたの言うところのその包帯の下がどうなってるのか知らないけど、ほんとに感染症か何かになってない？」

ハリーは首を横に振った。傷が熱を持っていることはどくどくと脈打つ鈍い痛みでわかっていたが、長年の刑事部の経験でほかのこともわかっていた。警察はすでにニルヴァーナの曲がかかっていたバーのバーテンダーと客に事情聴取していて、ナイフの男を殺して店を出ていった人物が顎と首に深傷《ふかで》を負っていることを知っているはずだ。そして、オスロ市内のすべての医者に警報を発し、全救急治療室を調べているに違いない。いまは警察の相手をしている時間はない。

ラケルがハリーの肩から首まで撫で上げ、撫で下ろし、そのあと胸に手を置いた。おれの心臓の鼓動が感じられるに違いないとハリーは思い、ラケルは〈パイオニア〉のテレビみたいだと思った。彼らはテレビの生産をやめていたが、その理由は質がよすぎるからだった。それがよく見えるのは、画像の黒の部分がとても黒いからだった。

ハリーは窓を何とかわずかに開けることができた。ホテルで心中したくなかった。十八階という高みにいてさえ、ラッシュアワーの音が、ときにはクラクションが聞こえ、どこかほかのところ——別の部屋かもしれない——から、この時季にふさわしいとは言えない夏の歌が聞こえた。

「本当にこれを望むのか?」ハリーは声の掠《かす》れを直す咳払いもしないまま訊いた。二人はそこに立ち、彼女は彼の肩に手を置いて、集中しているタンゴのダンサーのような目で彼の目を見つめていた。

彼女がうなずいた。

ハリーは漆黒の果てしない闇に呑み込まれた。彼女が足でドアを閉めたことにも気づかなかった。閉まる音が聞こえただけだった。とても穏やかな、キスのような音だけが。

セックスしているあいだ、ハリーの頭には、その黒さと、あの香りしかなかった。彼女の髪の黒さ、眉の黒さ、そして、目の黒さ。それから、訊いたことはないが、彼女のものでしかない香水の香り。衣服から漂い、クローゼットで漂い、ハリーの衣服と擦れ合うときに漂い、彼女の服とくっついているときに漂う香り。いま、その香りがここのクローゼットにあった。なぜなら、別の男の衣服が彼女のクローゼットに掛かっていたからだ。そして、彼女が今日持ってきた服はその男の家ではなく、彼女の家にあったのだ。もしかすると、それはその男の考えですらなく、彼女が男に相談することさえしないで、黙ってクローゼットからここへ持ってきたのかもしれなかった。だが、ハリーは何も言わなかった。彼女を借りているのだとわかっているからであり、それがすべてだった。いまだけは彼女を所有する権利を持っていて、それを放棄すれば、あとは何もなかった。だから、何も言わなかった。彼女とのセックスは昔のままだった。激しく、自分のやり方で。彼女の貪欲さにも、せっかちさにも影響されることはなかった。あまりにゆっくりとした情熱だったので、彼女は彼に向かって悪態をつくかと思えば喘ぎを漏らし、それが交互につづいた。彼女が望んでいると思ったからではなく、彼が望んでいるからだった。彼女を借りているにすぎないからだった。この数時間だけ。

彼女が絶頂に達し、身体を強ばらせ、矛盾した、不当な扱いを受けたという目で彼を見つめたとき、二人がともに過ごした夜がすべて戻ってきて、ハリーは涙が出そうになった。

そのあと、二人は一本の煙草を分かち合った。

「カップルだと認める気はないのか？」ハリーは自分の喫った煙草を彼女に渡しながら訊いた。

「だって、カップルじゃないもの。まあ……暫定的なものというところかしら」ラケルが首を振った。「わからない。もう何もわからない。わたしはすべてのことから、すべての人から離れているべきなんじゃないかしら」

「いいやつじゃないか」

「そこなのよ。わたしはいい男性を必要としているのに、なぜいい男性を欲しないの？　わたしたちにとって何が最善かを本当にわかっているのに、なぜこんなにも理性に従えないの？」

「人間というのは曲解し、傷つく種なんだ」ハリーは言った。「そして、治癒はしない。救済があるだけだ」

ラケルが身体をくっつけてきた。「あなたのそういうところが好きなのよ、断固として楽観的なところがね」

「明るさを広げるのが義務だと考えているんでね、愛する人」

「ハリー？」

「ふむ」

「やり直せない？　わたしたちのことだけど？」

ハリーは目を閉じ、心臓の鼓動を聴いた。自分と彼女の鼓動を。

「いや、それはないな」ハリーはラケルを見た。「だけど、いまも自分のなかに未来があるときみが考えているのなら……」

「それはどういう意味？」

「これはただのピロートークだろ？」

「馬鹿」ラケルはハリーの頬にキスをすると、煙草を彼に返して立ち上がり、服を着た。

「ねえ、うちの二階を使ってくれてもいいのよ」

ハリーは首を横に振った。「いまはこういうふうでいるのが最善だ」

「わたしがあなたを愛しているのを忘れないで」ラケルが言った。「絶対に、何があろうとよ。約束してくれる？」

ハリーはうなずき、目をつむった。ドアが開いて閉まる、低い音がした。ハリーは目を開けて時計を見た。

いまはこういうふうでいるのが最善だ。

ほかに何ができた？　ラケルと一緒にホルメンコーレンへ戻るのか？　ドバイが尾行してきて、最終的に彼女を巻き込むことになるとわかっているのに？　あのスノーマンのときと同じになるのが確実なのに？　いまのおれにはそれが目に見えるようにわかる。まさに初日からおれをつけ回していたことが。ドバイの手下の売人経由で彼を招き寄せたのが不必要だったことが。あいつらはおれに見つかるより先におれを見つけるだろう。そして、オレグを。

そうだとしたら、おれにある唯一の利点は場所を選べることだ。犯行現場だ。そして、それはすでに選んである。このプラザではない。ここはおれが一人になり、二時間ほど眠り、自分を落ち着かせるための場所だ。おれが選んだのは、ホテル・レオンだ。

ハリーはハーゲンに、あるいはベルマンに連絡し、状況を説明することを考えた。しかし、それをすると、彼らはハリーを逮捕するしかなくなるはずだった。どのみち、クヴァドラトゥーレンのバーテンダーと、ヴェストレ墓地の警備員と、マッツェルー・アレーの老女から聞き取った人相から、警察が答えを見つけるのは時間の問題にすぎない。体重八十八キロ、リネンのスーツを着ていて、顔の片側に傷があり、顎と首に包帯を巻いている男。間もなくハリー・ホーレを見つけろとの指示が発せられるはずで、だからこそ急がなくてはならなかった。

ハリーは呻き声とともに立ち上がると、クローゼットを開けた。

アイロンのかかった下着のパンツを穿き、ポロ・プレイヤーの刺繍がされたシャツを着た。アルマーニのジーンズを穿くかどうか考え、呪詛の言葉をつぶやいて首を横に振り、代わりに自分のスーツを着た。

そのあと、帽子棚からテニスバッグを下ろした。ライフルが入る大きさのものがこれしかなかったというのが、ハンス・クリスティアンの説明だった。

ハリーはそのバッグを肩に掛けて部屋を出た。柔らかいキスの音とともにドアが閉まった。

32

どんなふうにして王《キング》が変わったのか、形勢が逆転し、バイオリンが力を持っておれたちを支配しはじめたのがいつなのか、正確に言うことができるかどうかわからない。だが、すべてが水の泡になってしまった――おれがイプセンとやろうとした取引も、アルナブルーでの盗みも。そして、オレグは意気消沈した怖い顔のロシア人と出歩き、イレーネのいない人生に意味はないと不満を口にした。三週間後、おれたちは儲《もう》ける以上のドラッグをやり、ハイになった状態で仕事をした。いずれすべてが終わるとわかっていたからだ。そして、すべての終わりは次の一回の注射に敵《かな》わなかった。陳腐な決まり文句に聞こえるかもしれない――確かに陳腐な決まり文句で、実際にそのとおりだ。恐ろしく簡単で、絶対にあり得ないことなんだ。こう言っても問題はないと思うが、おれは人間を愛したことがない。本当には、という意味では。だが、バイオリンはどうしようもないほどに愛していた。なぜなら、オレグが傷心を和らげるためにバイオリンを使っているときでさえ、おれはバイオリン本来の使い方をしていたからだ。ハッピーになるためだ。とんでもなくハッピー、という意味だぞ。食うことより、女と寝ることより、眠ることより、そう、息をすることよりもよかった。

だから、失敗に終わった大勝負のあとのある晩、アンドレイに脇へ連れていかれて、老人が心配していると告げられたときもショックではなかった。

「大丈夫ですよ」おれは言った。

アンドレイによれば、おれがこれから行ないを改めて毎日はっきりした頭で仕事に精を出さなかったら、無理やりにでも依存症患者矯正施設へ入れると老人が言っているとのことだった。

おれはそれを聞いて、この仕事に健康保険とかそんなつまらない手当があったとは知らなかったと一笑に付した。オレグとおれは歯の治療を受けられて、年金ももらえるのかと。

「オレグは違う」

それが意味するものが、おおよそアンドレイの目に宿っているのが見えた。

おれはまだその習慣を蹴飛ばすつもりはなかった。オレグもそれは同じだった。だから、おれたちは気にもせず、次の日の夜もポストオフィス・タワーに負けないぐらいハイになり、手許《てもと》にある商品の半分を売り、残りの半分を自分たちのものにした。そして、車を盗んでクリスティアンサンへぶっ飛ばしながら、最大音量で曲を流した。おれたちは運転免許すら持っていなかった。最後はオレグも歌い出したが、それはやつの言い分だと、おれの声を消すだけのためだった。おれたちは笑い、生ぬるいビールを飲んだ——昔の日々のように。おれたちはホテル・エルンストに泊まった。そこは聞いたほど退屈ではなかったが、フロントでドラッグのディーラーを見つけるにはどこへ行けばいいか訊くと、答えの代わりにきょとんとした顔が返ってきただけだった。オレグがこの町の音楽祭のエピソードを教えてくれたことがあった。そのときの音楽祭は結局お流れになったんだが、それはある馬鹿が何としても伝説になりたいばっかりに到底出演料なんか払えるわけがない有名バンドの出演を勝手に予定し、出演させられなかったからなんだそうだ。十八から二十五までの若いやつらの半分はその音楽祭を理由にドラッグをやっていると町の連中は言い張っていたが、おれたちは一人の客も見つけられなかった。ある闇夜なんか、人通りが多いと言われているあたりを狙ってみたんだが、出くわしたのは酔っぱらい一人――一人だぞ！――と、ＹＭＣＡだかＹＷＣＡだかの聖歌隊十四人だけで、そいつらときたらイエスに会いたいかと訊いてくる有様だった。「彼がバイオリンを欲しがっているんならな、そうでなかったらお断わりだ」おれは答えてやった。

だが、イエスはバイオリンを欲しがっていないようだったから、おれたちはホテルへ帰り、部屋でおやすみの一発を決めた。理由はわからなかったが、ひどく辺鄙《へんぴ》なところをぶらついた。何もせず、ただハイになって歌った。ある晩、目が覚めてみると、オレグがおれの横に立っていた。犬を抱いていて、急ブレーキの音で目が覚めたんで、窓の外を見たら犬が通りに倒れていたんだと言った。おれは犬を見た。ひどい状態だった。背骨が折れているという見立てはオレグと一致した。傷だらけだった。可哀相に飼い主に虐待されたか、ほかの犬にいじめられたのかもしれないが、どっちかははっきりしなかった。だが、すぐに死ぬことはなさそうで、落ち着いた茶色の目でおれを見た。おれが悪いところを治してくれると信じているかのように。だから、おれはやってみた。食いものと水を与え、頭を軽く叩いて、話しかけてやった。獣医に診せるべきだとオレグは言ったが、連中が何をするかはおれにはわかっていた。だから、ホテルの部屋にいさせてやることにしてドアに〈入室無用〉の札をかけ、ベッドに寝かせてやった。オレグと交代で寝ずの番をし、息をしているかどうか確かめた。犬は横たわったままで、どんどん体温が上がっていき、脈が弱くなっていった。三日目、おれは名前をつけてやった。ルーファス。いいじゃないか。最後まで面倒を見てやるのなら、名前があるのはいいことだ。

「苦しんでる」オレグが言った。「獣医のところへ連れていってやれば、注射で眠らせてくれるし、痛みもなくなる」

「ルーファスに注射してくれるやつなんかいるもんか、どんなに安いドラッグでもな」おれは注射器を構えた。

「おまえ、頭がどうかしたんじゃないのか?」オレグが言った。「そのバイオリンは二千クローネの価値があるんだぞ」

そうかもしれなかったが、いずれにせよ、ルーファスはビジネスクラスでこの世とおさらばした。

帰りの旅は暗いものになるという確信があった。どっちにしても、おれもオレグも歌わなかった。

オスロへ戻ると、オレグはこれからのことを恐れた。おれはというと、あまりに奇妙なことだが、まったく冷静だった。老人から連絡がないことがわかっているかのように。おれたちは二人の無害で落ち目のジャンキー、すっからかんで、雇い主を失い、しばらくしたらバイオリンが底を突くジャンキーだった。これはオレグが突き止めたんだが、〝ジャンキー〟という表現は百年以上前、最初のヘロイン中毒者どもがフィラデルフィアの港で屑鉄《ジャンク・メタル》を盗み、それを売ってヘロインを買ったことに由来していた。それはまさにオレグとおれがやったことだった。おれたちはビョルヴィーカの港に隣接する建設現場に忍び込み、何であれ目についたものを盗みはじめた。銅や工具は最高だった。銅はカルバッケンの屑鉄屋に売り、工具は二人組のリトアニア人に売った。

しかし、おれたちと同じことを考える連中が増えるにつれて、フェンスが高くなり、夜警の数が増え、警官の姿が見られるようになり、買い手は断わりもなく姿を消した。というわけで、おれたちはなす術がなくなり、渇望は二十四時間、残忍で執念深い奴隷監督者のようにおれたちを鞭打ちつづけた。まともな答え、最終的な解決策を見つけ出さなくてはならないことはわかっていた。だから、おれは見つけた。

もちろん、オレグには黙っていた。

丸一日を費やして、頭のなかに演説原稿を作った。そして、彼女に電話をした。イレーネはジムから戻ったところで、おれの声を聞いて喜んでいるようだった。おれは一時間、一気に話しつづけた。話し終えたとき、彼女は泣いていた。

次の日の夜、おれはオスロ中央駅へ行き、トロンハイムからの列車が入ってくるプラットフォームに立った。

彼女は涙を流しながらおれに抱きついた。

とても若く、とても思い遣《や》りに溢れ、とてもかわいかった。

前にも言ったが、おれは本当に人を愛したことがない。だけど、そのときはそれに近いところまで行っていたに違いない。だって、おれ自身がほとんど泣いていたんだから。

33

三〇一号室の細く開けた窓から、闇のなか、どこかの教会で十一時を知らせる鐘が聞こえた。痛む顎と喉には一つだけ、眠らせてくれないという利点があった。ハリーはベッドを出ると、椅子に腰を下ろし、窓の横の壁に後頭部を預けた。そして、ライフルを膝に置いてドアと正対した。

戻ってきたとき、フロントに立ち寄り、部屋の電球が切れたから付け替えたいのだと光量の大きい電球をもらい、敷居から釘が二本飛び出していてそれを引っ込めたいからとハンマーを借りた。どっちも自分でやるからと手伝いを断わり、廊下の光量の小さい電球を光量の大きな電球と交換して、ハンマーで敷居を緩めて取り外した。

そのおかげで、いまの位置にいれば、彼らがやってきたときに、ドアの下にできた隙間から影が見えるはずだった。

二本目の煙草をつけ、ライフルを確認した。最後の煙草に火をつけた。外の闇のなかで、教会の鐘が十二時を告げた。

電話が鳴った。ベアーテだった。五枚のリストのうちの四枚をブリンデルン地区を巡回しているパトカーから手に入れたとのことだった。

「最後のパトカーはすでにそのリストをオルグクリムに届けています」彼女が言った。

「ありがとう」ハリーは言った。「〈シュレーデルス〉でリータから袋を受け取ったか？」

「受け取りました。それを最優先するよう病理学班に指示して、いま、その血液を分析中です」

間があった。

「それで？」ハリーは訊いた。

「それでって、何がですか？」

「口調でわかるんだよ。まだ何かあるんだろ？」

「ＤＮＡ鑑定は数時間では終わらない場合があるんです、ハリー。ときには――」

「最終結果が出るまでに何日かかかることがある、だろ」

「そのとおりです。ですので、いまのところ証拠として不充分です」

「どのぐらい不充分なんだ？」そのとき、廊下で足音がした。

「そうですね、照合できない可能性が少なくとも五パーセントはあります」

「暫定的なＤＮＡ特性がわかっているんだから、ＤＮＡデータベースと照合できるんじゃないのか？」

「不充分な鑑定を使うのは、〝排除〟していい人物を明らかにするときだけです」

「だれと照合しているんだ？」

「いまは何も言いたくありません、結果が出るまで――」

「いいから」

「だめです。でも、グスト自身の血液でないことは言えます」

「そして?」

「そして、オレグの血液でもありません。これでいいですか?」

「大いに結構」ハリーは言い、自分が息を詰めていたことにいきなり気づいた。

ドアの下に影が見えた。

「ハリー?」

ハリーは電話を切り、ライフルをドアに向けて待った。三度、短いノックがあった。ハリーは待った。耳を澄ませた。影は動かなかった。ハリーは壁に沿い、可能性のあるあらゆる射線に入らないようにしながら忍び足でドアのほうへ移動して、ドアの中央の覗き穴に目を当てた。

男の背中が見えた。

ジャケットはまっすぐに垂れ下がり、裾がとても短かったから、ズボンの上縁が見えた。尻ポケットから黒い布製の何かが覗いていた。帽子かもしれなかった。だが、ベルトをしていなかった。両腕は身体の脇に垂れている。武器を持っているとしたら、胸かふくらはぎの内側のホルスターにあるに違いなかった。どちらも珍しかったが。

男がドアに向き直り、今度は二度、さっきより強くノックをした。ハリーは息を殺し、レンズのせいで歪《ゆが》んでいる男の顔を観察した。歪んではいたが、見間違いようのない特徴があった。ひどい受け口で、首からぶら下がっているカードで顎の下を掻いていた。警察官は逮捕に向かうときにときどき身分証を持っていくことがあるが、そのときにするような仕草だった。くそ！　ドバイより警察のほうが早かったか。

ハリーはためらった。逮捕にきたのだとすれば、捜索令状も持ってきていて、すでにそれをフロントに見せているはずであり、マスター・キイを受け取っているに違いない。ハリーは計算し、忍び足で後戻りして、ライフルをワードローブの奥に押し込んだ。そして、ふたたび引き返してドアを開け、廊下の左右に目を走らせながら訊いた。「あんたはだれで、何の用だ？」

男がハリーを見つめた。「ひどい顔だな、ホーレ。入ってもいいか？」そして、身分証をかざした。

「トルルス・ベルンツェンか。昔、ベルマンの下にいたよな？」

「いまでもそうだ。彼がよろしくと言っていたぞ」

ハリーは脇へ退き、ベルンツェンを先に通した。

「こぢんまりした部屋だな」ベルンツェンが室内を見回して言った。

「まあ、坐れよ」ハリーはベッドを指さし、自分は窓のそばの椅子に腰を下ろした。

「ガムはどうだ？」ベルンツェンが包みを差し出した。

「虫歯の元だな。で、用件は何だ？」

「変わらぬ友人としてだ」ベルンツェンがにやりと笑い、引き出しを開けるように下顎を開けて、包装紙を剝いたガムを口に入れてから腰を下ろした。

ハリーの脳がその口調、身振り、目の動き、匂いを登録しはじめた。相手はリラックスしているが、まだ油断はできない。両手は開いているし、不意を突くような動きはしていないが、目はデータを収集し、状況を読み、何かに備えている。ハリーはライフルをしまったことを早くも後悔した。銃所持免許のないことは、問題のなかでも一番小さなものだった。

「実は、昨夜のヴェストレ墓地での墓暴きの一件に関連する血液が見つかった。そして、DNA鑑定の結果、それがあんたのものだと判明したというわけだ」

ベルンツェンがチューインガムの銀色の包装紙を丁寧に折り畳むのを見ていて、ハリーは彼のことをもう少し思い出した。ビーバスと呼ばれていたこと、ベルマンの使い走りだったこと、愚かだが油断ならないこと、危険であること、フォレスト・ガンプの悪党版であること。

「いったい何の話だ、さっぱりわからんな」ハリーは言った。

「そうくると思ったよ」ベルンツェンがため息をついた。「システムの間違いかもしれんと言いたいんだろう。それなら、警察本部で血液検体を採り直せばいいじゃないか？」

「実は女の子を捜しているんだ」ハリーは言った。「イレーネ・ハンセンという娘だ」

「彼女がヴェストレ墓地にいるのか？」

「ともかく、この夏から行方不明なんだ。グスト・ハンセンの血の繫がりのない妹だ」

「初めて聞く話だな。そうだとしても、おれと一緒に警察本部へ――」

「真ん中の女の子だ」ハリーはジャケットのポケットから取り出していたハンセン一家の家族写真をベルンツェンに渡した。「少し時間が必要なんだ。長くはかからない。そうすれば、おれがなぜこんなことをしなくちゃならなかったか、おまえさんたちにもわかってもらえるはずだ。四十八時間以内に出頭すると約束する」

「四十八時間」ベルンツェンが写真を見ながら言った。「いい映画だったな。ノルティとあの黒人。マクマーフィだったっけか」

「エディ・マーフィだ」

「そうだった。あいつ、面白いことをしたり言ったりするのをやめたみたいだが、それって妙じゃないか？ 結構なものを持ってるのにいきなりそれを失ったら、そのときはどんな気分なんだろうな、ホーレ？」

ハリーはトルルス・ベルンツェンを見た。もはやフォレスト・ガンプ云々についての確信はなくなっていた。ベルンツェンが写真を明かりにかざし、集中して目を細めた。

「心当たりがあるのか？」

「いや」ベルンツェンが写真を返して身体を捻り、尻のポケットに入ったままでは坐りにくかったのだろう、布のような何かをジャケットのポケットに素速く移し替えた。「ともかく、本部へ行こう。おまえの四十八時間については、そこで検討させてもらう」

軽い口調だった。軽すぎた。ハリーはすでに考えはじめていた。ベアーテは病理学班での自分のDNA鑑定を優先させていて、最終結果はいまだ出ていない。だとすれば、ベルンツェンの言うところの、グストの屍衣についていた血液検査の鑑定結果はどうやって出されたのか？　それに、もう一つある。尻のポケットに入っていたのは帽子《キャップ》ではなく、目出し帽だった。グストが処刑されたときに使われたのと同じタイプだ。

そして、そのすぐあとに次の疑いがつづいた――バーナー。

一番乗りしたのは警察ではなかったのではないか？　そうではなくて、ドバイの手下だったとか。

ハリーはワードローブの狩猟用ライフルのことを考えた。だが、逃げるのはもう手後れだった。廊下で足音が近づいていた。二人だ。一人は大男らしく、床が軋んでいた。足音はドアの前で止まった。二組の大きく開いた脚の影が、ドアの下の隙間から見えた。もちろん、ベルンツェンの同僚の警察官で、これが本当の逮捕劇かもしれないと期待することはできた。だが、床が軋む音を聞いてしまっていた。大男だった。フログネル公園であとを追ってきた男と同じぐらいの体格のように思われた。

「さて」ベルンツェンが立ち上がり、ハリーの前に立った。「行こうか、二人でそこまでドライブしよう」

「二人だけじゃないんじゃないか？」ハリーは言った。「おまえ、応援を連れてきてるだろう」

そして、ドアの下の影へ顎をしゃくった。もう一つ影が現われた。まっすぐで横長の影だった。ベルンツェンがハリーの視線をたどった。そして、ハリーはそれを見た。彼の顔に純粋な驚きが浮かぶのを。トルルス・ベルンツェンには偽装できないタイプの驚きだった。彼らはベルンツェンの仲間ではないということだった。

「ドアから離れろ」ハリーはささやいた。

ベルンツェンがガムを嚙むのをやめ、ハリーを見下ろした。

トルルス・ベルンツェンはステアー拳銃をショルダーホルスターに収め、銃の横腹がぴたりと胸に当たるようにしておくのが好きだった。だれかと正対したときに気づかれにくいからだ。ハリー・ホーレが経験豊かな警察官で、シカゴでＦＢＩの訓練を受けたことがあるといったことを知っているように、いつもの場所に何であれかさばったものがあればホーレが自動的にそれに気づくことも知っていた。いま拳銃を携帯しているのは、それを使う必要があると考えたからではなく、予防措置にすぎなかった。もしホーレが抵抗したら、ステアー拳銃をそっとホーレの背中に突きつけ、自分は目出し帽をかぶって、ハリー・ホーレが地上から消える前に一緒にいたのがだれなのかをわからないようにして、彼を外に連れ出すつもりだった。サーブは裏通りに駐めてあったし、ナンバープレートを読み取れないよう、街灯まで壊してあった。何しろ五万ユーロだ、辛抱強く、一つ一つ丁寧に進めなくてはならない。そして、ヘイエンホールの少し高いところにあって見晴らしがよく、あいつらを、彼女を見下ろすことのできる家を手に入れるんだ。

いまのハリー・ホーレはベルンツェンの記憶にある大男よりも小さくなったようだった。醜さも増していた。顔色が悪く、醜く、汚れて、疲れ切っていた。諦めていて、集中もしていなかった。覚悟していたよりも簡単な仕事になりそうだった。だから、ドアから離れろと言われたときの最初の反応は苛立ちだった。何から何まで順調にいっているように見えるこの期に及んで、こいつはまだ何かやろうとするつもりか？　しかし、次に思ったのは、これは自分たちが使う声だということだった。ひどく厳しい状況にいる警察官の声。色彩も抑揚もない、中立で、冷たく澄んだ、誤解の可能性の最も低い声。そして、生き延びる可能性が最も高い声。

だから、トルルス・ベルンツェンは――ほとんど考えることなく――一歩横へ動いた。

その瞬間、ドア枠の上端の部分が内側へ吹き飛ばされた。

ベルンツェンが身体を回転させながら本能的に得た結論は、これだけの至近距離でこれだけ広範囲を破壊できるとすれば、銃身は短く切り落とされているに違いないというものだった。手はすでにジャケットの内側にあった。ショルダーホルスターが通常の位置にあってジャケットを着ていなかったら、グリップが突き出ているはずだから、もっと速く拳銃を抜けていた。

トルルス・ベルンツェンがベッドに仰向けに倒れ、ようやく拳銃を抜いてその腕を伸ばしたとき、半ば残骸になったドアが大きな音とともに開いた。背後でガラスの割れる音がしたと思うと、すべてが新たな爆発に呑み込まれた。

耳に音が満ち、部屋がホワイトアウトになった。

雪の吹き溜まりのなか、入口にシルエットになった二人の男が立っていた。背の高いほうが銃を構えた。頭がドア枠に届きそうで、百八十センチを優に超えていた。ベルンツェンは発砲した。素晴らしい反動が手に感じられ、これは本物だというもっと素晴らしい確信が感じられた――結果なんか知ったことか。とたんに長身の男の身体が動き、前髪が揺れたように見えた。そして後ずさり、視界から消えた。ベルンツェンは拳銃を構え直し、次の標的へ狙いを移した。二人目の男はそこに立ったまま動かなかった。その周囲で白い羽毛が舞っていた。だが、ベルンツェンは撃たなかった。さっきよりはっきり見えるようになっていた。狼のような顔だった。昔つるんでいたサーミ人、フィン人、ロシア人の顔。

いま、男が静かに銃を構えた。指が引鉄《ひきがね》にかかっていた。

「あばよ、ベルンツェン」英語だった。

トルルス・ベルンツェンは長すぎるぐらい長い叫び声を上げた。


ハリーは落ちた。

ショットガンの最初の一撃が頭上を通り過ぎたとき、彼はすでに頭を低くし、腰を落としていた。窓があるとわかっているところまで後退していた。手を伸ばして触った窓枠は歪んでしまっていて、記憶ではそこにあったはずのガラスもなくなっていた。

ハリーはそこから墜落した。

ブレーキがかかったように時間の進み方が遅くなり、まるで水のなかを沈んでいるみたいだった。身体が後ろ向きに回転しはじめ、それを止めようと反射的に動かす手と腕の動きがまるでスローモーションのように感じられた。伝達途中の考えが脳のシナプスのあいだで往ったり復たりした。

このままだと、頭から落ちて首の骨を折ることになるぞ。

カーテンがなかったのは運がいい。

向かいの窓の裸の女性が逆さまになっていた。

やがて、どこもかしこも柔らかい何かに受け止められた。空の段ボール箱、古新聞、汚れたおむつ、牛乳パック、ホテルの厨房から出された昨日のパン、濡れたままのコーヒーフィルター。

ガラスの破片が降り注ぐなか、ハリーは大型ごみ収集容器《ダンプスター》のなかで仰向けになっていた。頭上の窓から明かりの閃《ひらめ》きが現われた。まるでカメラのフラッシュのようだった。銃口からの発射炎。だが、それは不気味に静かで、ボリュームを落としたテレビに映し出されている明かりのようだった。首を触ると、ダクト・テープが剝がれているのがわかった。血が流れ出していた。一瞬、正気とは思えない考えが浮かんだ。ここから動かずにいようか。目を閉じて、眠り、ゆっくりと漂い去るのはどうだ。起き上がり、ダンプスターの縁を飛び越え、中庭の突き当たりの門へ走っていく自分を見ているような気がした。門を開け、窓からのいつまでもつづく怒声を聞きながら通りへたどり着く自分を。側溝の蓋で滑りそうになるが、何とか持ち堪える。タイトなジーンズを穿いた黒人女性と目が合う。彼女は本能的に微笑し、口をすぼめておれを見る。そして、状況を察知して目を逸《そ》らす。

ハリーは動き出した。

そして、今度はひたすら逃げることにした。

逃げるところがなくなるまで。

すべてが終わって捕まってしまうまで。

そのときまであまり長くかからないといいのだが。

一方では、追われる獲物がすべからくプログラムされていることはするつもりだった。逃げる努力、脱出しようとする努力、あと数時間、あと数分、あと数秒、生き延びる努力。

心臓が激しく抵抗するなか、ハリーは笑い出しながらも夜行バスの前を横切って通りを渡り、オスロ中央駅のほうへと向かった。

34

ハリーは閉じ込められていた。たったいま目が覚めて気づいた。頭のすぐ上の壁に、皮を剝がれた人体のポスターが掛かっていた。その横は十字架に掛けられ、血を流しながら死に向かっている男を丹念に彫り上げた木像だった。さらにその横には薬品戸棚が並んでいた。
カウチの上で身体を捻った。昨日終わったところから再開しようとした。全体像を描こうとした。たくさんの点があったが、それらをつなげることができなかった。その点でさえ、いまのところは単なる仮説だった。
仮説一――トルルス・ベルンツェンはバーナーである。オルグクリムの職員なら、ドバイに仕える立場としてはたぶん完璧だ。
仮説二――ベアーテがデータベースで探し出して一致したＤＮＡはベルンツェンのものだった。だから、彼女は百パーセントの確信が持てるまで何も言うつもりがなかった。グストの爪のあいだに付着していた血液の鑑定結果が示唆していたのは、それが身内の一人のものだということだった。その結果が正しければ、グストは殺された日、トルルス・ベルンツェンを強く引っ掻いたことになる。

しかし、わからないこともあった。ベルンツェンが本当にドバイのために働いていて、ハリーを片付ける仕事を与えられていたのだとしたら、あのブルース・ブラザースが現われてベルンツェンとハリーの頭を両方とも吹っ飛ばそうとした理由は何か？　あの二人がドバイの手下であるなら、彼らとバーナーがあんなふうに敵対したのはなぜか？　味方同士ではないのか？　それとも、単に共同作戦としての連携が悪かっただけなのか？　もしかすると、共同作戦ではなかったのかもしれない。グストの墓で手に入れられた証拠から足がついて自分の正体がばれるのを阻止すべく、トルルス・ベルンツェンが単独でやったのかもしれない。

鍵の回る音がして、ドアが開いた。

「おはよう」マルティーネがさえずった。「気分はどう？」

「よくなったよ」ハリーは嘘をつき、時計を見た。六時。毛布をはねのけ、起き上がってベッドに腰かけた。

「この診療室は一晩以上の滞在を想定していないの」マルティーネが言った。「首の包帯を取り替えるから、横になって」

「一晩泊めてもらっただけでありがたいよ」ハリーは言った。「だけど、言ったとおり、私に隠れ家を提供すると危険がつきまとう。だから、いますぐ出ていくべきだと思う」

「横になりなさい！」

ハリーは彼女を見た。ため息をつき、指示に従った。目を閉じて、耳を澄ませた。引き出しが開く音、閉まる音、ガラスの上に鋏が置かれる音、階下のカフェ〈灯台〉に朝食を求める最初の人々が到着した音が聞こえた。

マルティーネが昨夜の包帯をほどいて新しい包帯を巻き直してくれているあいだに、ハリーはベアーテに電話をし、最小限のメッセージを受け取った――〝電子音のあとで手短に用件をお伝えください〟。

「あの血液は元クリポスの刑事のものだとわかったぞ」ハリーは言った。「今日、そのことが病理学班の検査で確認されたとしても、まだだれにも教えないでくれ。それだけでは、いまやつの鳥籠を揺すったら、真実が燃やされて元も子もなくなる恐れがある。だから、心安らかに仕事をするためには、別件で逮捕すべきだと思う――たとえば、アルナブルーの暴走族のクラブハウスへの不法侵入容疑とかでだ。おれが大間違いをしているのでなければ、オレグも従犯だ。そして、オレグは証言してくれる。だから、トルルス・ベルンツェン――いまはオルグクリムの所属だ――の写真をハンス・クリスティアン・シモンセンのオフィスへファクスし、オレグに見せて確認してくれるよう頼んでもらいたいんだ」

ハリーは電話を切り、深呼吸をした。あれがやってくるのが感じられた。あまりに突然で、あまりに激しく、思わず喘がずにはいられなかった。胃の内容物が上昇を考えているのを感じて顔を背けた。

「痛む？」マルティーネがアルコール消毒綿で彼の顎と首を拭きながら訊いた。

ハリーは首を横に振り、蓋の開いているアルコールの瓶へ顎をしゃくった。

「ごめんなさい」彼女が蓋を閉め、小さな声で訊いた。「よくなってないの？」

「何が？」声が掠れた。

　答えは返ってこなかった。

　ハリーの目が診療室のなかを忙しく動き回り、気を紛らわせてくれるもの、何でもいいから頭を集中させてくれるものを探した。そして、彼女が手当を始める前に外してカウチに置いた金の指輪を見つけた。彼女がリカールと結婚したのは何年も前だから、指輪は欠けたり傷がついてたりして、テレノルのトルキルセンの指輪のように輝いてもいなければ、新しくもなかった。ハリーは不意にぞくぞくし、頭が痒《かゆ》くなりはじめた。もちろん、単に汗を掻いているからかもしれなかった。

「本物の金か？」ハリーは訊いた。

　マルティーネが新しい包帯を巻きはじめた。「これは結婚指輪よ、ハリー」

「だから？」

「だから、本物に決まってるじゃない。どんなに貧乏で安いものしか買えないとしても、そうじゃない結婚指輪を買う人はいないでしょう」

　ハリーはうなずいた。頭はどんどん痒さを増していた。首の後ろの毛が逆立つのがわかった。「私は買ったけどな」彼は言った。

　マルティーネが笑った。「だったら、それは世界であなただけよ、ハリー」

　ハリーは指輪を見つめた。それは彼女が言ったことだった。「ひどいな、私しか……」彼はゆっくりと言った。首の後ろの毛は決して間違わなかった。

「ねえ、待って――まだ終わってないわ！」

「大丈夫だよ」ハリーはすでに起き上がっていた。

「せめて服は着替えたほうがいいわね」ごみと汗と血がこびりついて臭いんだから」

「モンゴル人は昔、大きな戦いの前に全身に動物の糞をなすりつけたんだ」ハリーはボタンを留めながら言った。「何かくれるというんなら、コーヒーを一杯……」

　マルティーネが諦め顔でハリーを見た。そして、首を振りながらドアをくぐって階段を下りていった。

　ハリーは急いで携帯電話を出した。

「もしもし」クラウス・トルキルセンの声はゾンビのようだった。後ろで子供たちが金切り声を上げているのが、たぶんその理由だった。

「ハリー・Hだ。これをやってくれたら、トルキルセン、二度とおまえさんの手を煩わせることはない。だから、基地局をいくつかチェックしてもらいたい。トルルス・ベルンツェンが七月十二日の夜にいた場所――おそらくマングレルーのどこかだ――を、すべて知らなくちゃならないんだ」

「数メートルまでピンポイントで特定したり、一分ごとの動きを追跡したりするのは――」

「不可能なんだろ――そんなことは先刻承知だ。とにかく最善を尽くしてくれればいい」

　間があった。

「それだけですか？」

「いや、もう一人いる」ハリーは目をつむって頭のなかを引っ掻き回し、〈ラディウムホスピタル〉の名札の文字をまぶたに浮かべると、それを内心で復唱してから、大きな声ではっきりと送話口に向かって告げた。

「メモしました。ところで、〝二度とおまえさんの手を煩わせることはない〟というのは本当なんでしょうね」

「ああ、本当だ」

「わかりました」トルキルセンが言った。「それで、もう一つ訊かせてください」

「何だ?」

「昨日、あなたの電話番号を教えろと警察が言ってきたんです。電話を持ってないんですね」

「中国のなら持ってるよ、番号は未登録だけどな」

「その携帯を追跡したがっているようでしたよ。どういうことなんです?」

「どうしても知りたいか、トルキルセン?」

「いや、結構です」トルキルセンがふたたび間を置いてからつづけた。「何か出てきたら電話します」

ハリーは電話を切ると、自分にある選択肢を考えた。警察に追われている。携帯電話の番号を調べてもおれの名前は出てこないだろうが、ラケルの通話記録をチェックして中国の番号が出てきたら、あとは簡単なはずだ。その番号を追跡すれば、おれの居所はわかる。だとすれば、いま使っているこの携帯電話を処分しなくてはならない。

マルティーネが湯気の立つコーヒーカップを持って戻ってきた。ハリーはそのコーヒーを二口飲み、そのあとで、二日ばかり携帯電話を貸してもらえないかと頼んだ。

彼女は純粋な目でまっすぐにハリーを観察し、それで問題が解決するならかまわないと言ってくれた。

ハリーはうなずき、赤い小さな携帯電話を受け取ると、彼女の頰にキスをしてから、コーヒーを持って階下のカフェへ移動した。五つのテーブルが埋まっていて、早起きの案山子《かかし》たちが三々五々姿を現わしつつあった。ハリーは空いているテーブルに腰を下ろすと、中国の携帯電話のアドレス帳に登録してある番号を急いで書き留め、重要な連絡相手に当座の新しい番号をショートメッセージで送った。

薬物中毒者だってそれ以外の人々と同じぐらい計り知れないが、ある領域に関してはそこそこ予測可能だったから、中国の携帯電話をテーブルの真ん中に置きっぱなしにして化粧室へ向かったとき、ハリーはその結果に絶対的な確信があった。戻ってみると、案の定、携帯電話は消えていた。それは旅に出てしまい、警察は基地局経由でそれを追跡しながら、街じゅうを探し回ることになるはずだった。

ハリーはカフェを出ると、テイエン通りをグレンランへと下っていった。

パトカーがハリーのほうへ坂を上ってきた。ハリーは即座に俯《うつむ》くと、マルティーネの携帯電話を出し、顔のほとんどが隠れるようにして、いかにも会話をしているふうに装った。

パトカーは通り過ぎた。これからの数時間は隠れおおせていられるだろうと思われた。だが、もっと重要なのは、大事なことがわかっていて、始めるべき場所もわかっていることだった。

トルルス・ベルンツェンは二層に重ねた唐檜《トウヒ》の枝の下で身じろぎもしないで横たわっていた。

一晩じゅう、同じフィルムを再生していた。互いに銃を向け合い、休戦の祈りのように「落ち着け」と繰り返しながら後ずさった狼顔。狼顔。ガムレビーエン墓地の前のリムジンの運転手。ドバイの手下。トルルスに撃たれた大男をつかもうと前屈みになったとき、そいつは銃を下ろさなくてはならず、僚友を助けるためなら自分の命を危険にさらすのも厭《いと》わない男なんだとトルルスは気づいた。狼顔は元兵士、元警官に違いなかった。いずれにせよ、くだらない名誉のようなものが垣間見えていた。その瞬間、大男が呻いた。生きていた。トルルスは安堵と失望の両方を感じた。だが、狼顔にそれをさせなくてはならなかった。狼顔が大男を引きずり起こし、靴に流れ込んだ血の音を立てながら、二人でよろよろと廊下を裏口へと歩いて外へ出ていくのを。そのあと、トルルスはすぐさま目出し帽をかぶって走り出し、フロントの前を通り過ぎてサーブへたどり着くと、敢えて家に帰らず、まっすぐここへやってきた。ここは安全な場所、秘密の場所、だれにも見られることのない場所、自分しか知らない場所、彼女に会いたいときにくる場所だった。

マングレルーのこのあたりは人気のあるハイキング・エリアだが、ハイカーは小径をたどるだけで、トルルスのいる岩へ上ってくることはなかったし、いずれにしても、そこは鬱蒼《うっそう》とした雑木林に取り巻かれていた。

ミカエルとウッラ・ベルマンの家は岩の向かいの尾根の上にあり、トルルスはその家の居間の窓を完全に見ることができて、ほとんど毎晩のようにその居間に坐っているウッラを眺めた。ただソファに坐っているところを、美しい顔を、何年も変わることのない優雅な身体を。彼女はいまもウッラ――マングレルー一の魅力的な少女――だった。ときどき、ミカエルもそこにいた。二人がキスをするところや、身体をまさぐり合うところも見たが、何かほかのことが起こる前に必ず寝室へ入ってしまった。だから、トルルスは独りで居間に坐っている彼女を見るのが一番好きだった。本を手にソファに横坐りしている彼女を。見られているのを感じ取ったかのように、ときどき窓のほうへ目をやる彼女を。そういうとき、トルルスは自分が興奮するのがわかった。彼女は知っているのかもしれない、外のどこかにおれがいるとわかっているのではないかと思って。

しかし、いま、居間の窓は暗かった。二人は引っ越してしまった。彼女は引っ越してしまった。新しい家の近くには、安全に覗ける場所がなかった。それは確認済みだった。いまの状況を考えると、そういう場所が必要になるかどうかわからなかった。何かは必要になった。何しろ狙われているのだから。

連中はおれを騙《だま》し、ホテル・レオンへホーレを訪ねさせて、そこで攻撃してきた。

おれを排除しようとした。バーナーを殺そうとした。だが、その理由は何だ？　おれが知りすぎたからか？　しかし、おれはバーナーだぞ？　バーナーというのはそもそも知りすぎるものだ。言うまでもないことだろう。まったく理解できない。くそ！　理由は問題じゃない。とにかく生き延びなくてはならない。

寒さと疲れで骨まで痛かったが、明るくなって、危険がないとわかるまでは家へは帰れなかった。アパートのドアの内側までたどり着ければ、籠城戦に耐えるだけの武器は充分にあった。チャンスがあったわけだから二人とも撃ち殺しておくべきだったが、今度やってきたときには、トルルス・ベルンツェンを始末するのはそう簡単ではないとわかっているに違いなかった。

トルルスは起き上がった。服についた唐檜の尖《とが》った葉を払い、身震いし、腕で胸を叩いた。もう一度、あの家を見上げた。夜が明けはじめていた。ほかのウッラたちのことを考えた。たとえば〈灯台〉の黒髪の小柄な娘。マルティーネ。実は、彼女を手に入れられると考えていた。彼女は危険な者たちと仕事をしていて、自分は彼女を護《まも》ることのできる存在だと。だが、彼女はトルルスを無視した。トルルスは例によって、彼女に近づき、拒絶を乗り越えてことを成就する度胸がなかった。希望を持って待つほうがよかった。苦しみながらもいつまでもそれを長びかせ、見込みが潰《つい》えたわけではないかもしれないという望みにすがって普遍的な友情だけを見ている、より絶望度の少ない男でいるほうがましだった。そして、ある日、だれかが彼女に何かを言うのを聞くともなく聞いて、彼女が妊娠したことを知った。くそったれの売春婦。あいつらはみんな売春婦だ。グスト・ハンセンが見張りとして使っていたあの娘もそうだ。売春婦、売春婦、売春婦。トルルスはああいう女たちを憎悪していた。そして、ああいう女たちに自分を愛させる方法を知っている男どもも大嫌いだった。

トルルスは飛び跳ねたり、腕で身体を叩いたりしたが、温かさが戻ってこないことはわかっていた。

ハリーはクヴァドラトゥーレンへ戻っていた。〈ポストカフェエン〉のなかに席を見つけた。一番早く開いている店——〈シュレーデルス〉より四時間早かった——で、ビールに飢《かつ》えた客がすでに列をなしていて、ハリーも朝食として通用する物を買うのにその仲間入りをしなくてはならなかった。

ラケルに電話をし、オレグのコンピューターのメールをチェックしてくれるよう頼んだ。

「ベルマンから何かが届いているわ」彼女が言った。「住所のリストみたい」

「よし」ハリーは言った。「それをベアーテ・レンに転送してくれ」そして、彼女のメール・アドレスを教えた。

そのあと、ベアーテへのショートメッセージで、住所のリストを送ったこと、朝食を終えたことを伝えた。そして、ストールトルヴェの〈イェスティイーヴェリ〉へ移動し、上手に淹《い》れたコーヒーにありついた。そのとき、ベアーテから電話がかかってきた。

「わたしがパトカーから直接入手したリストと、送ってもらったリストを照合しました。これは何のリストですか？」

「ベルマンが受け取って、おれに転送してくれたリストだ。あいつが受けているのが正しい報告か、改竄《かいざん》されたものかを知りたい」

「なるほど。わたしが持っていたリストの住所は、あなたとベルマンが受け取ったリストに全部載っています」

「ふむ」ハリーは言った。「おまえさんがリストを手に入れられなかったパトカーが一台なかったか？」

「これはいったい何なんですか、ハリー？」

「バーナーを捕まえて、力を貸してもらおうとしているんだ」

「力を貸してもらうって、何のために？」

「ドバイが住んでいる家を特定するためだ」

間があった。

「最後のリストを手に入れられるかどうか、やってみます」ベアーテが言った。

「ありがとう。あとで話そう」

「待ってください」

「何だ？」

「グストの爪のあいだにあった血液のＤＮＡ鑑定の残りの結果に興味はありませんか？」

35

夏だった。そして、おれはオスロの王《キング》だった。イレーネと引き替えに五百グラムのバイオリンを手に入れ、その半分を通りで売った。何か大きなことの原資になるはずだった。あの老人を舞台から退場させてしまうはずの新しいネットワークだ。だが、その前に、まずはお祝いをしなくちゃならなかった。持ち金のほんのわずかを使って、イサベッレ・スケイエンがくれた靴に合うスーツを買った。大金持ちに見えたから、くそったれグランド・ホテルへ行ってスイートを要求したときも、フロント係はこれっぽっちも不審な顔をしなかった。おれたちはそこに泊まった。パーティに次ぐパーティだ。〝おれたち〟は日によって違うメンバーだったわけだが、そこはオスロの夏だ——女、男の子、昔と変わるところはないが、わずかながら薬の効き目がよくなっていた。オレグでさえ明るくなり、しばらくは昔のあいつを取り戻していた。おれには記憶にあるより多くの友人がいることが、そして、ドラッグは思ったより早くなくなることがわかった。おれたちはグランド・ホテルを追い出され、クリスチャニアへ移った。そして、ホルベルグス広場のホテル、ラディソンへ。

もちろん、それが永久につづくことはあり得ないが、だからどうしたというんだ？

ホテルを出たとき、一度か二度、黒いリムジンが通りの向かいにいるのを見た。それに乗っているのがだれであっても不思議はなかったが、そのリムジンはどこへも行かなかった。そして、とうとうその日がやってきた。手持ちの金がなくなり、さらにドラッグを売らなくちゃならなくなった。おれは下階の清掃具保管室の天井タイルの内側、電線の束の後ろに隠し場所を作っていた。だが、ハイのときのおれは口を閉じていることもできなかったし、おれがそこへ行くところを見られないよう用心もしなかった。なぜなら、そこに何もなかったからだ。備蓄が底を突いてしまっていたんだ。

おれたちは振り出しに戻った。ただし、もう〝おれたち〟ではなかった。チェックアウトするときだった。その日の一発目を決めたが、それは本来なら通りで売るべき商品だった。だが、宿泊料金を払う段になって、二週間以上もそこに泊まっていたこと、一万五千も足りないことがわかった。

おれは唯一実際的な手段に出た。

逃げたんだ。

まっすぐロビーを突っ切って通りへ飛び出し、公園を抜けて海のほうへ走った。だれも追ってこなかった。

そのあと、買い物をするためにクヴァドラトゥーレンをゆっくり歩いた。アーセナルのレプリカ・ユニフォームは視界になく、虚《うつ》ろな目の中毒者どもがディーラーの見張り役のいるあたりをうろついているだけだった。おれはメタンフェタミンを売ろうと近づいてきたやつと話をした。そいつによれば、もう何日もバイオリンを拝んでいない、買おうにもそもそも商品がないとのことだった。だが、プラータに行けば、常用者が自分の持っている最後のバイオリンの四分の一《クオーター》グラムを五千クローネで売っているという噂《うわさ》が駆け巡っていた。五千あれば、一週間はラリっていられるだけのものが買えた。

もちろん、おれは五千なんて持ってなかった。窮地に立たされているということだった。選択肢は三つ、売るか、騙すか、盗むか。

まずは売るという選択肢だ。だが、実のところ、売ると言ったっておれに何がある？　血が繋がっていないとはいえ妹まで売ったのを忘れたか？　オデッサだ。あの拳銃がリハーサル室にある。そして、パキスタン人がいる。あいつら、続けざまにぶっ放せる銃だったら、五千なんかすぐに出すに決まってる。というわけで、おれは小走りにオペラハウスとオスロ中央駅を通り過ぎて北へ急いだ。だが、そこは空き巣にでも入られたようだった。なぜなら、南京錠が新しくなり、アンプがなくなっていたからだ。唯一、ドラムセットだけが残っていた。おれはオデッサを探した。だが、それも持っていかれたに違いなかった。くそったれの盗人ども。

次の選択肢は、騙すことだ。おれはタクシーを止め、西へ、ブリンデルンへ向かってくれと言った。運転手は乗り込んだ瞬間からおれを疑い、ちゃんと料金を払ってもらえるんだろうなとうるさかった。おれが何を企んでいるか、わかっていたんだ。おれは鉄道線路の近くの道路が終わるところで止めるよう言い、そのまま飛び降りて歩道橋を渡って、運転手を振り切った。そのまま走ってフォルスクニング公園を突っ切り、追ってくる者などいないのに、それでも走りつづけた。急いでいたからだ。理由はわからなかった。

門を開け、砂利道をガレージへと駆け上がった。鉄のシャッターの横の隙間から、向こうを覗いた。リムジンはそこにあった。おれは玄関をノックした。

アンドレイがドアを開けた。老人は留守だ、と彼は言った。おれは隣りの家の玄関を指して言った――あっちにいるんでしょう、だって、ガレージにリムジンがあるじゃないですか。頭領《アタマン》は留守だ、とアンドレイが繰り返した。金がいるんです、とおれは言った。力にはなれない、二度とここへくるな、とアンドレイが言った。バイオリンが必要なんです、この一回でいいんです、とおれは言った。いま、バイオリンはない、とアンドレイが言った。イプセンが材料不足だから、二週間は待たなくちゃならないだろう、と。おれは言った――そのころにはおれは死んでますよ、金か、バイオリンか、どっちかがどうしても必要なんです。

アンドレイがドアを閉めようとした。おれは片足を突っ込んでそうさせなかった。

そして、言った――どうしてもだめだと言うんなら、老人の居場所を人に教えますよ。

アンドレイがおれを見た。

「おまえ、死にたいのか？」彼は言った。滑稽なアクセントだった。「ビスケンを忘れたのか？」

おれは片手を差し出して言った――ドバイとその手下の居場所を教えたら、警察は結構な報奨金をはずんでくれるんじゃないですかね。ビスケンがどうなったかがわかったら、もう少し色を付けてもらえるかもしれませんよ。さらに、地下室で死んでいた囮捜査官のことを話してやったら、もっと気前がよくなると思いますよ。

　アンドレイがやれやれというように首を振った。

　そういうことだったから、おれはコサックの馬鹿野郎にうろ覚えのロシア語で「地獄へ堕《お》ちろ」と言い捨てて、引き返した。

　門を出るまでずっと、アンドレイの視線が背中に感じられた。

　商品を盗んだおれを老人がここまで見逃している理由はわからなかったが、このまま無事ではすまないことはわかっていた。だが、そんなことはどうでもよかった。おれは崖っぷちにいて、聞こえるのは飢えを訴える血管の悲鳴だけだった。

　ヴェストレ・アーケル教会の裏の小径を上り、そこに立って、年のいったご婦人たちが行き来するところを眺めた。墓へ向かう途中の寡婦たち、亭主と自分の墓へ向かう彼女たちのハンドバッグには現金が唸っている。だが、おれにはその勇気がなかった。おれは、〝盗人〟は、身じろぎもせず、豚のように汗を掻きながら、骨粗鬆《こつそしょう》症の八十の婆どもに糞も出ないぐらい怯えていた。彼女たちのそのざまは人を泣かせるに充分だった。

　その日は土曜日で、おれに金を貸してくれそうな友人のリストを検討してみたが、長くはかからなかった。だれ一人いなかった。

　それから、メリットがあるとわかれば金を貸してくれそうな人物が浮かんだ。

　おれはバスに忍び込み、川を渡って東へ、街の上品な側へ戻った。そして、マングレルーでバスを降りた。

今回、トルルス・ベルンツェンは家にいた。

彼は建物の六階の自分の部屋の入口で、おれがブリンデルン通りで突きつけた最後通告とほぼ同じ内容の最後通告を聞くことになった。有り金をはたいてでも五千クローネを差し出さなかったら、トゥトゥを殺して死体を隠したことをばらす、という最後通告を。

だが、ベルンツェンは冷静だった。まあ入れと促し、何らかの合意に達すると確信しているると言った。

しかし、彼の目にはまったく違う、よくない何かがあった。

おれは譲歩する気がなかったから、話し合うことなんか何もないと言ってやった——あんたが金を出すか、おれがあんたを売って金を手にするか、どっちかだと。警察は警官をちくったやつに金は出さない、とベルンツェンが言った。だが、五千は払おうじゃないか。ほとんど友だちだった昔に戻ろうじゃないか。いま、ここには現金がないから、ATMへひとっ走りしなくちゃならない。車なら下のガレージにあるから、と。

おれはその提案をじっくり考えた。警報が鳴っていたが、飢えはほとんど悪夢のようで、理性は完全に遮断されていた。だから、よくないとわかっていながらも、おれはうなずいた。

「それは最終結果が出たってことだな?」ハリーはカフェを見渡しながら言った。疑わしそうな様子の男がいないか目を凝らしながら、というほうが正確だが、警察官を思わせるような者はいなかった。

「そうです」ベアーテが答えた。

ハリーは携帯電話を握り直した。「グストを消したのがだれか、おれはわかったように思うんだ」

「そうなんですか？」ベアーテが意外そうに言った。

「そうなんだ。普通、ＤＮＡデータベースにあるのは、容疑者か、有罪が確定した犯罪者か、犯行現場を汚染した可能性のある警察官だ。今回は三番目だ。そいつの名前はトルルス・ベルンツェン、オルグクリム所属の警察官だ」

「どうして彼だとわかるんですか？」

「まあ、起こったことを総合的に考えて、といったところかな」

「なるほど」ベアーテが言った。「あなたの推理はいつだってしっかりしていますからね」

「ありがとう」ハリーは言った。

「それを疑ったことはありませんが、今回ばかりは間違ってます」ベアーテが言った。

「何だって？」

「グストの爪のあいだにあった血液は、ベルンツェンという名前の人物のものではないんです」

だが、おれはトルルス・ベルンツェンの部屋の前に立っているあいだに――彼は車のキイを取りにいったところだった——、足元を見た。自分が履いている靴を。ろくでもないほど素敵な靴を。そして、イサベッレ・スケイエンのことを考えはじめた。

彼女はベルンツェンのように危険ではなかった。そして、おれに首ったけだった。違うか？　そうだろ？

ただの首ったけじゃなくて、五割増しの首ったけじゃないのか？

というわけで、おれはベルンツェンが戻ってくる前に、それぞれの階でエレベーターのボタンを押しながら、階段を六段飛ばしで駆け下りていった。

そして、オスロ中央駅行きの地下鉄に飛び乗った。彼女に電話すべきだろうという考えがまず頭に浮かんだが、思い直した。電話だと軽くあしらわれる可能性が常にあった。だが、度肝を抜くほど素晴らしい人物として立ち寄ったときは、そういうことは皆無だった。それに、土曜日だから厩《うまや》の世話をする若造もいないはずで、つまり、馬も豚も冷蔵庫から食いものを取り出すのがかなり不得手だから彼女が家にいるということでもあった。おれはオスロ中央駅でエストフォル線にシーズンチケットで乗り込んだ。なぜなら、リッゲまでの料金は百クローネを超えていて、依然としてその金がなかったからだ。駅から農場までは歩いた。いつものことだった。特に雨の日は。雨が降りはじめていた。

中庭に入ると、彼女の車が見えた。ダウンタウンの通りを、人を人とも思わずに強引に走る四輪駆動車だ。母屋のドアをノックした。だれも開けてくれなかった。叫んでみた。声が壁に反響したが、だれも応えてくれなかった。馬を運動させるために出かけている可能性はもちろんあった。いいだろう——現金のある場所はわかっていたし、こういう郊外の連中は出かけるときに鍵をかける習慣がいまもなかった。で、ドアの取っ手を押してみた。案の定、何の抵抗もなく開いた。


寝室へ行こうとしたそのとき、いきなり彼女がそこにいた。大柄な女が、バスローブ姿で、階段の上で両脚を踏ん張っていた。

「何の用なの、グスト？」

「会いたかったんだ」おれはすぐさま笑顔を作って言った。

「あなた、歯医者に行かなくちゃ」彼女が冷ややかに言った。

何のことを言っているかは明らかだった——おれの歯には虫歯に見えなくもない茶色の染みがついていて、どんなにいい歯ブラシをもってしてもそれを落とすことができなかったんだ。

「用は何？」彼女が繰り返した。「お金？」

それがイサベッレとおれに共通する関心事で、おれたちは同類であり、そうでない振りをする必要はなかった。

「五千なんだけど？」

「お断わりよ、グスト。わたしたちはもう終わってるの。駅まで車で送りましょうか？」

「頼むよ、イサベッレ。久し振りに一回どう？」

「静かに！」

気づくまでに一瞬の間があった。おれともあろう者が、何たる呑み込みの悪さだ。金欲しさのあまり、目が眩んでいたんだ。昼の日中に、バスローブ姿で、しかし、化粧はきっちりしてるんだぞ？

「だれかを待ってるのか？」おれは訊いた。

答えはなかった。

「新しいやり友だちか？」

「そういうことがあるとすれば、それはあなたがいなくなったときよ、グスト」

「たったいま帰ってきたじゃないか」おれは素速く彼女の手首をつかみ、よろめく彼女を引き寄せた。

「あなた、濡れてるじゃないの」彼女はもがいたが、欲しくてたまらないときの見かけだけの抵抗にすぎなかった。

「雨が降ってるんだ」おれは彼女の耳たぶを噛んでやった。「あんたの言い訳は何だ？」おれの手はすでにバスローブの下にあった。

「それに、臭いわ。放してちょうだい！」

おれの手が毛を剃《そ》ったあそこを撫で、割れ目を見つけた。そこは濡れていた。しかも、滴るほどに。指を二本突っ込むことができた。濡れすぎていた。何かぬらりとした感触があった。バスローブの下から手を出してかざしてみた。指が粘りけのある白いものに覆われていた。おれは驚いて彼女を見た。彼女は勝ち誇ってにやりと笑みを浮かべ、おれに寄りかかってささやいた。「言ったでしょう、そういうことがあるとすれば、あなたがいなくなったとき……」

おれはかっとなり、彼女をひっぱたこうと手を上げた。だが、その手をつかまれ、振り下ろすことができなかった。力の強いあばずれ、それがイサベッレだった。

「さあ、行きなさい、グスト」

おれは目のなかに何かを感じた。分別がなかったら、涙だと言っていただろう。

「五千」おれは掠れた声で言った。

「駄目よ」彼女が言った。「また戻ってくるんでしょうけど、もう昔のようにはなれないわ」

「あばずれ！」おれは叫んだ。「おまえは大事なことをいくつか忘れてるぞ。金を出せ、さもないと、おまえの企みを新聞に垂れ込んでやる。おれとファックしてたなんてことじゃなくて、オスロ浄化計画全体が実はおまえとあの老人が考えたものなんだってことを、おまえたちが似非《えせ》社会主義者だってことを、ドラッグ・マネーと政治が同じベッドで寝てるってことをな。〈ヴェルデンス・ガング〉がいくら出すと思う？」

寝室のドアが開く音が聞こえた。

「わたしがあなたなら、いますぐ逃げるわね」イサベッレが言った。

彼女の背後の闇で床板が軋んだ。

逃げたかった──心底逃げ出したかった。だが、おれは動かなかった。

足音が近づいてきた。

闇のなかの光で、男の顔に縞《しま》が見えたような気がした。やり友だちってのは虎か？

男が咳払いをした。

そして、明かりのなかへ出てきた。

びっくりするほど美しく魅力的だったので、おれは気分が悪くなりながらも、それをふたたび感じることができた。胸に手を置きたいという欲望、太陽に温められて汗ばんだ肌に手を触れたい、何であれおれが好き放題にすることにショックを受けて反射的に緊張する筋肉を感じたいという欲望を。


「いま、だれだと言った？」ハリーは訊いた。

ベアーテが咳払いをして繰り返した。「ミカエル・ベルマン」

「ベルマン？」

「そうです」

「死んだグストの爪のあいだにあったのがミカエル・ベルマンの血？」

「そのようですね」

ハリーは椅子に背中を預けた。これですべてが変わった。いや、本当にそうだろうか？それがあの殺人と関係がある必要はない。だが、何かが何かに関係している。ベルマンが話したくない何かに。

「出ていけ」ベルマンが言った。大きいと言えるほどの声ではなかった。なぜなら、その必要がなかったからだ。

「じゃ、あんただったのか？」おれは言った。「イサベッレが雇っていたのはてっきりトルルス・ベルンツェンだと思ってたんだけどな。もっと上を手に入れるとは抜け目がないじゃないか、イサベッレ。どういうことなんだ？　ベルンツェンはあんたの奴隷にすぎないのか、ミカエル？」

おれはその名前を愛撫《あいぶ》するように口にした。だって、あの日、そういうふうに自己紹介をし合ったんだから。グスト、ミカエル、と。二人の友だち、遊び仲間のように。それが彼の目のなかの何かに火をつけ、燃え上がらせるのがわかった。ベルマンは素っ裸だった。攻撃してこないとおれが考えたのは、だからかもしれない。だが、彼は恐ろしく素速かった。あっという間におれを捕まえ、頭を脇に抱えて締め上げてきた。

「放せ！」

おれは階段のてっぺんへ引きずり上げられた。ベルマンの胸と脇のあいだに鼻が押しつけられ、両方の匂いを嗅ぐことができた。ある考えが頭から離れなかった。おれを追い出したいんなら、どうして階段の上まで引きずり上げたんだ？　逃れようにも拳を振るうことができなかったから、彼の胸に爪を立て、両手を鉤《かぎ》のようにして自分のほうへ引っ張った。爪の一本が彼の乳首に食い込むのが感じられた。悪態が聞こえ、頭を締めつけている力が緩んだ。おれはベルマンの手を逃れて飛び降りた。階段の真ん中あたりに着地したが、何とか立ったままでいられた。玄関ホールへ突進し、車のキイをつかんで中庭へ飛び出した。もちろん、車もロックされていなかった。クラッチを解放すると、タイヤが砂利の上で空回りした。ミカエル・ベルマンが飛び出してくるのがバックミラー越しに見えた。やつの手で何かがきらめいた。そのとき、タイヤがしっかりと砂利を噛み、おれは運転席で後ろにのけぞった。車は中庭から道路へと飛び出していった。

「トルルス・ベルンツェンをオルグクリムへ連れていったのはベルマンだ」ハリーは言った。「ベルンツェンがベルマンの指示でバーナーの仕事をしているってことがあり得るものかな？」

「わたしたちがここへ何を持ち込もうとしているかはわかっているんでしょうね、ハリー？」

「わかってる」ハリーは答えた。「だから、ベアーテ、たったいまから、おまえさんはそれと何の関係もない」

「止められるものなら止めてみなさいよ！」電話の声がひび割れた。ベアーテ・レンがここまで激した記憶が、ハリーにはなかった。「ここはわたしの警察なんです、ハリー。それをベルンツェンのような連中に汚されたくありません」

「わかったよ」ハリーは言った。「だが、何だろうと結論を急ぐなよ。おれたちにある証拠は、ベルマンがグストと会っていたということだけなんだからな。それに、トルルス・ベルンツェンについても、確たるものはまだ何もないんだ」

「だったら、どうするんですか？」

「どこか別のところから始める。そして、おれの願っているとおりなら、それぞれがつながり、ドミノ倒しのように導いていってくれるはずだ。問題は、計画を実行に移すまで、おれが自由の身でいられるかどうかだ」

「計画があるんですか？」

「もちろんだ」

「いい計画なんですか？」

「そうは言わなかったぞ」

「でも、計画はあるんでしょ？」

「ある」

「嘘ですよね？」

「半分は嘘じゃない」


Ｅ18号線をぶっ飛ばしてオスロへ入ったとき、おれは自分が恐ろしくやばいことになっていると気がついた。

ベルマンはおれを二階へ引きずり上げようとした。寝室へ、おれを追いかけて出てきたときに持っていた拳銃があったところへ。つまり、おれを殺して口封じをするつもりでいるということだ。それは、あいつにとっておれがまずい存在だってことしか意味しない。だとしたら、あいつはこれからどうするだろう？　もちろん、逮捕を目論むに決まってる。車を盗んだ容疑、ドラッグ売買の容疑、ホテルの宿泊料金を踏み倒した容疑――よりどりみどりだ。おれがだれかにしゃべる前に鉄格子の向こうへ送り込む。そして、そうなったとたんに何が起こるか、ほとんど疑いの余地はない。おれが自殺したように見せかけるか、同房者に殺されたように見せかけるかだろう。だとすると、何が愚かって、いつまでもこの車で街を走り回っているほど愚かなことはない。だって、たぶんやつらのレーダーにもう引っかかっているはずだから。というわけで、おれはアクセルを踏み込んだ。行き先は街の東側、ダウンタウンを通り抜けるのを避ければいい。おれは丘を上り、静かな住宅街を目指した。そして、目的地から離れたところに車を乗り捨て、歩き出した。

太陽はふたたび姿を現わしていて、人々も外に出てきていた。ハンドルにピクニックのバスケットを吊るしたベビーカーも一台ならず目についた。みんな、太陽を見上げてにやついていた。それが幸福そのものであるかのように。

おれは車のキイを中庭へ放り投げ、アパートへ歩いていった。

ドアベルの上に名前を見つけて、ボタンを押した。

「おれだ」あいつがようやく応え、おれは言った。

「いま、おれはちょっと手が離せないんだ」あいつがインターフォン越しに言った。

「そして、おれは薬物中毒者だ」おれは言った。［冗談のつもりだったが、その言葉の衝撃の強さは感じていた。おれは笑ってもらいたいとき、ときどき客に訊くことがあった。もしかしてあんたたちは薬物中毒で、バイオリンが欲しいんじゃないか、とな。オレグはそれを面白がっていたっけ。

「用は何だ？」声が訊いた。

「バイオリンが欲しい」

客の台詞《せりふ》がおれの台詞になっていた。

間があった。

「ない。底を突いた。材料がなくて作れない」

「材料？」

「レヴォルファノールだよ。作り方も欲しいか？」

嘘でないことは確かだが、それでもまったくないはずはなかった。いくらかはあるに違いない。だが、そうは言っても仮定にすぎない。おれは仮定を考えた。リハーサル室へは行けない。あいつらが待ってるに決まっている。オレグ。古き良きオレグなら、おれを入れてくれるだろう。

「二時間やるから、イプセン、四分の一《クオーター》グラム入りを四つ持ってハウスマンス通りへこい。もしこなかったら警察へ直行して、洗いざらいぶちまけるぞ。おれはもう、失うものは何もないんだ。わかったか？　ハウスマンス通り九二番地だ。そこの三階へまっすぐきてくれ」

おれはイプセンの顔を想像しようとした。怯えて汗を掻いている顔を。老いぼれ変質者の顔を。

「わかった」イプセンが言った。

こういうやり方でいいんだ。状況がいかに深刻であるかをわからせるだけでいい。

ハリーはコーヒーの残りを一気に飲み干し、通りに目を凝らした。動く時間だった。ヨングストルゲ広場を横切ってトルグ通りのケバブ店へ向かっているとき、電話が鳴った。クラウス・トルキルセンだった。

「いい知らせです」彼が言った。

「そうか、それで?」

「問題の時間、トルルス・ベルンツェンの携帯電話はオスロのダウンタウンの四つの基地局で記録されていました。彼がいたのはハウスマンス通り九二番地と同じ区域です」

「その区域はどのぐらいの広さなんだ?」

「そうですね、差し渡し八百メートルの六角形といったところですか」

「わかった」ハリーはその情報を呑み込みながら訊いた。「もう一人のほうはどうだ?」

「その名前に関しては正確なことは何もわかりませんでしたが、〈ラディウムホスピタル〉名義の電話の通話が記録されていました」

「それで?」

「それで、いま言ったでしょう、いい知らせです。その電話が使われたのは、トルルス・ベルンツェンの電話が使われたのと同じ時間で、基地局も同じでした」

「ふむ」ハリーは店へ入ると、塞がっているテーブルを三つ通り過ぎて、異常に鮮やかなケバブがいくつか並べてあるカウンターの前に立った。「彼の住所はわかるか?」

トルキルセンが読み上げ、ハリーはナプキンに走り書きした。

「その住所のほかの番号はわかるか?」

「どういう意味です?」

「彼に妻かパートナーがいるのかどうかと思ってな」

トルキルセンがキイボードを叩く音が聞こえ、やがて答えが返ってきた。「いや、ありませんね。その住所にはほかにだれも住んでません」

「ありがとう」

「では、取引成立ですね?　私が煩わされることは二度とないんですよね?」

「ない。ただし、最後に一つだけ。ミカエル・ベルマンをチェックしてほしい。この数カ月、だれと話したか、七月十二日の夜、どこにいたかを知りたい」

大きな笑い声が返ってきた。「オルグクリムの親玉をですか?　お断わりします。下っ端なら調べたことを隠しもできるし、言い逃れることもできますが、いまあなたが頼んでるのは、私が直ちに馘《くび》になりかねないことなんですよ」トルキルセンがまた笑った。本気で冗談だと思っているかのようだった。「約束は守ってくださいよ、ホーレ」

電話が切れた。

ナプキンに走り書きした住所でタクシーが停まると、男がそこで待っていた。

ハリーはタクシーを降り、男に歩み寄った。「管理人のオーラ・クヴェルンベルグさん？」

男がうなずいた。

「電話をしたホーレ警部です」管理人が待っているタクシーを盗み見るのに気づいて、ハリーは付け加えた。「パトカーが出払っているときはタクシーを使うんです」

クヴェルンベルグが目の前に差し出された身分証を検めてから言った。「押し入られた形跡なんかどこにもないんですがね」

「しかし、通報があったんですよ。それで、確認にきたというわけです。マスター・キイはありますよね？」

クヴェルンベルグがうなずき、正面入口の鍵を開けた。そのあいだに、警察官はドアベルの上の名前を確認した。「だれかがバルコニーを上って三階に押し入ったのを目撃したということなんです」

「通報したのはだれですか？」管理人が階段を上がりながら訊いた。

「職務上の秘密事項です」

「ズボンに何かついてますよ」

「ケバブのソースです。きれいに落とす方法をずっと考えているんですがね。そのドアの鍵を開けてもらえますか？」

「薬剤師の方の部屋ですか？」

「ああ、ここに住んでいるのは薬剤師なんですか？」

「〈ラディウムホスピタル〉にお勤めです。入る前に、仕事場へ電話すべきじゃありませんかね？」

「まずなかを見たいんですよ、犯人がいたら逮捕できるでしょう。かまいませんか？」

管理人が詫《わ》びのようなものをつぶやき、急いで鍵を開けた。

ハリーはアパートに足を踏み入れた。

一目で独身男性の住まいだとわかった。だが、こぎれいで、クラシック音楽のCDが専用のラックにアルファベット順に並べられ、化学と薬学に関する科学雑誌が高く、しかし、きちんと積んであった。本棚の一つに、額入りの写真が立ててあり、大人が二人と男の子が一人写っていた。男の子はハリーが知っている人物で、陰気な顔でわずかに片方へ傾《かし》いでいた。せいぜい十二歳、あるいは十三歳というところだった。管理人が入口で用心深く観察していたから、いかにも捜査をしているように見せかけるために、バルコニーをチェックしてからそれぞれの部屋を調べにかかった。引き出しを開け、戸棚を開けたが、目に見える限りでは疑わしいところは何もなかった。

これだけ何もないとかえって怪しい、と感想を漏らす捜査官もいるだろうと思われるほどだった。

だが、ハリーにとっては初めてではなかった。確かによくあることではなかったが、それでもないわけではなかった。管理人が寝室で体重を左右に移動させている音が背後で聞こえていた。

「押し入られた形跡も、何かを盗《と》られた形跡もありませんね」ハリーは管理人の前を出口へと通り過ぎながら言った。「通報は何かの間違いだったんでしょう」

「なるほど」管理人がドアを施錠したあとで言った。「ところで、もし盗人がいたらどうしたんです？　タクシーで警察へ連行したんですか？」

「たぶん、パトカーを呼んだでしょうね」ハリーは微笑し、玄関で足を止めた。

クヴェルンベルグが顎を掻きながら、目を眇めるようにしてハリーを見た。

「もう一度身分証を見せてもらえますか？」

ハリーはカードを渡した。

「有効期限が――」

「タクシーが待ってるんで」ハリーはひったくるようにしてカードを取り返すと、小走りに階段を下りた。「ご協力に感謝します、クヴェルンベルグさん！」


おれはハウスマンス通りへ行った。錠なんかつけてるやつはもちろんいなかったから、そのままアパートへ入った。オレグはいなかった。がらんとしていた。ストレスがかかるあまり、みんな外へ出ざるを得なくなっていたんだ。一発決めなくなっちゃって、居ても立ってもいられなくなっていたんだ。ジャンキーが一緒に暮らしていれば、一目でそういうところだとわかるようになる。だけど、そこにはもちろん何もない、あるのは空き瓶と使い捨てられた注射器、血の染みがついたコットン・ガーゼの切れ端、そして、煙草の空箱だけだ。おれは汚れたマットレスにしばらく坐り、鼠を見て悪態をついた。鼠はいつだって〝巨大な〟という形容詞がつくが、鼠は巨大じゃない。かなり小さい。尻尾が長いってことがあり得るだけだ。まあ、脅威を感じたら二本足で立つことがあるから、そのときは実際より大きく見えるかもしれない。だけど、実はおれたちと同じようにストレスを受ける、哀れな生き物なんだ。一発決めなくちゃいられないんだ。

教会の鐘が鳴った。イプセンは必ず現われる、とおれは自分に言い聞かせた。

こないわけにはいかないんだ。くそ、ひどく気分が悪かった。おれたちがやってくるのを待っているジャンキーどもがどんなふうかを思い出した。おれたちが動いているのを見て、とても嬉しそうになる。震え、金を握り締め、値引きしてくれと懇願する。そして、いまのおれはあいつらだ。吐きそうになりながら、イプセンが脚を引きずって階段を上がってくるのを、あの馬鹿面が現われるのを待っているんだ。

おれは馬鹿みたいに手札《カード》を切った。一発決めたいだけだった。ほかは何も欲しくなかった。その結果、あいつら全員を敵に回すことになった。老人とコサック。ドリルといかれた目を持ったトルルス・ベルンツェン。イサベッレ女王とオルグクリムの親玉のくそったれ。

鼠が幅木の縁を走っている。おれは辛抱たまらず、カーペットとマットレスの下を調べた。一枚のマットレスの下に、一枚の写真と一本のワイヤーを見つけた。くしゃくしゃになり、褪色《たいしょく》した、イレーネのパスポート用の顔写真。だとすると、そのマットレスはオレグが使っていたはずだ。だが、ワイヤーが何のためのものかは理解できなかった。が、ゆっくりとわかりはじめた。掌が汗ばみ、心臓の鼓動が速くなった。考えてみれば、隠し場所の作り方をオレグに教えたのはおれなんだ。

36

ハンス・クリスティアン・シモンセンは観光客にもみくちゃにされながら、オペラハウスをフィヨルドの先端に浮かぶ氷山のように見せている、イタリアの白大理石の傾斜を上っていた。屋根のてっぺんにたどり着くと周囲を見回し、壁際で腰を下ろしているハリー・ホーレを見つけた。独りだった。観光客のほとんどはフィヨルドの景色を愉しむために反対側に行っていたが、彼はそこに坐ったまま、この街の古くて醜い部分を物思わしげに見つめていた。

ハンス・クリスティアンは隣りに腰を下ろした。

「H・C」ハリーが、読んでいるパンフレットから顔も上げずに言った。「この大理石はカッラーラ大理石と呼ばれていて、オペラハウス建設にはノルウェー国民一人当たり二千クローネ以上支払った形になっているのを知ってたか？」

「知ってた」

「『ドン・ジョヴァンニ』について何か知ってるか？」

「モーツァルト。二幕もの。若い傲慢な遊び人が自分は人間への神の贈り物だと信じていてみんなを騙し、みんなに嫌われる。自分は不死だと考えているが、結局は謎の石像がやってきて、彼を地獄に引きずり込む」

「ふむ。明後日、新作のプレミアがある。最後の場面でコーラスがこう歌うんだそうだ。〝これこそが悪人の最期、罪人の死は常に彼の生を映す〟。真実だと思うか、H・C?」

「真実ではないな、私にはわかってる。死は、こう言うのは悲しいことだが、まさしく生そのものだ」

「ふむ。ここの水辺で警察官が死んでいたのは知ってるか?」

「知ってる」

「あんたは知らないことがないのか?」

「グスト・ハンセンを撃った犯人のことは知らない」

「ああ、謎の石像か」ハリーがパンフレットを置いた。「知りたいのか?」

「きみは知りたくないのか?」

「どうしても知りたいってわけじゃないな。重要なのは撃ってないのはだれかを証明することだ、オレグじゃないってことをな」

「そうだな」ハンス・クリスティアンはハリーを観察した。「だけど、きみの話は、私が聞いてる熱心なハリー・ホーレと一致しないんだけどな」

「結局のところ、人は変わるってことかもしれんぞ」ハリーがすかさず笑みを浮かべた。

「あんたの友だちの検察官に、捜査の状況を確認してくれたか?」

「きみの名前はまだ公表されていないが、すべての空港と国境検問所には通知されている。きみのパスポートには大した価値がないと言っていいだろう」

「マヨルカへの旅も立ち消えになったわけだ」

「自分が指名手配されているのに、それでもオスロ一の観光名所で会うのか？」

「実証済みのつまらん理屈だよ、ハンス・クリスティアン。浅瀬にいるほうが安全なんだ」

「独りでいるほうが安全だと考えてると思ってたんだがな」

ハリーは煙草の箱を出して振った。一本が頭を出した。「ラケルから聞いたのか？」

ハンス・クリスティアンがうなずき、頭を出した煙草を抜いた。

「いつから一緒にいるんだ？」ハリーは顔をしかめて訊いた。

「しばらく前からだ。痛むのか？」

「喉か？　ちょっと感染してるかもしれんな」ハリーはハンス・クリスティアンの煙草に火をつけてやった。「愛してるんだろ？」

弁護士が煙を吸い込んだ。学生時代以降あまりやっていないことがわかるような喫い方だった。

「ああ、愛してる」

ハリーはうなずいた。

「だけど、常にきみがいるんだ」ハンス・クリスティアンがまた煙草を吸った。「陰に、クローゼットに、ベッドの下に」

「まるで化け物みたいじゃないか」ハリーは言った。

「ああ、そうだと思ってるよ」ハンス・クリスティアンが言った。「それで、悪魔を追い払おうとした。だけど、失敗した」

「全部吸うことはないんだぞ、ハンス・クリスティアン」

「ありがとう」弁護士が煙草を捨てた。「今度は何をしてほしいんだ」

「不法侵入だ」ハリーは答えた。


二人は暗くなるとすぐに行動を開始した。

ハンス・クリスティアンがグルーネルレッカの〈バー・ボカ〉でハリーを拾った。

「いい車だ」ハリーは言った。「ファミリー・カーだな」

「私は狩猟犬《ノルウエジアン・エルクハウンド》を飼っていたんだ」ハンス・クリスティアンが言った。「狩猟。小屋。わかるだろ」

ハリーはうなずいた。「いい生活だ」

「ところが、そいつがヘラジカに踏み殺された。私は自分を慰めたよ、猟犬の死に方としてはよかったはずだと考えることにしたんだ。いわゆる殉職なんだとね」

ハリーはうなずいた。車はリーエンを上り、曲がりくねった道を抜けて、東オスロの絶景を望めるところへと向かっていた。

「あれだ」ハリーは明かりのついていない家を指さした。「ヘッドライトで窓を照らせる角度で駐めてくれ」

「私が……？」

「いや」ハリーは言った。「あんたはここで待つんだ。携帯電話をつけっぱなしにして、だれかきたら連絡をくれ」

ハリーは金梃子《かなてこ》を手にして、家へつづく砂利の小径を上っていった。秋、鋭い夜気、林檎の匂い。一瞬、既視感に襲われた。トレスコーに柵のそばで見張りをさせ、エイステインと庭に忍び込んだ。そのとき、暗闇から不意にだれかが現われてよたよたと近づいてきた。アメリカ先住民のかぶり物をつけて、豚のように甲高い声を上げながら。

ハリーはドアベルを押した。

待った。

だれも出てこなかった。

それでも、だれかがいるような感じがした。

ハリーは錠の横の隙間に金梃子を差し込み、慎重に体重をかけた。木造のドアは古くて軟らかくて湿っていて、錠も旧式だった。ハリーはもう一方の手で湾曲した発条錠の内側へIDカードを差し込み、力を加えて押した。勢いよく錠が外れた。ハリーは静かになかへ入り、ドアを閉めた。暗闇に立って、息を殺した。片方の手に細い糸のようなものが触った。たぶん蜘蛛《く も》の巣の名残りだろう。湿った、見捨てられた臭いがした。だが、それ以外の何かもあった。酸のような鼻を突く臭い。病気と病院の臭い。おむつと薬の臭い。

ハリーは懐中電灯をつけた。コート掛けには何もかかっていなかった。ハリーは奥へ進んだ。

居間は粉をはたかれたかのようで、壁や調度は色が吸い出されてしまったかのようだった。懐中電灯の明かりの条が部屋を横切り、二つの目がその光を反射したときは心臓が止まった。が、すぐにまた打ちはじめた。部屋のほかの部分と同じ灰色の梟《ふくろう》の剝製だった。

勇気をふるってさらに奥へ進むと、そこもほかの部分と同じだと確認できた。異常なところはまったくなかった。

しかしそれは、キッチンへたどり着き、テーブルの上の二人分のパスポートと航空券を発見するまでだった。

パスポートの顔写真は十年近く前のものに違いなかったが、ハリーは〈ラディウムホスピタル〉を訪ねていたおかげで、その男がだれかわかった。彼女のほうのパスポートは新しかった。写真の顔はほとんど彼女とわからないぐらいで、青白く、細く編んだ長い髪が垂れ下がっていた。航空券の行き先はバンコク、出発は十日後だった。

ハリーはまだ調べていない最後の部屋へ向かった。ドアは鍵が差し込まれたままだった。

ハリーはそのドアを開けた。玄関ホールと同じ臭いがした。ドアのそばの照明のスイッチを入れると、裸電球が地下へ下りる階段を照らし出した。だれかがいるという感覚。あるいは、マルティン・プランの記録を調べたかどうか訊いたときのベルマンの軽い皮肉を含んだ返事――〝ああ、例のおまえの勘ってやつか〟その感覚に惑わされていたことが、いまわかった。

その階段を下りたかったが、何かが押しとどめた。地下室。実家にあったものと似ていた。じゃがいもを取ってきてくれと母に頼まれたとき、それは暗い地下室の大きな二つの袋に入れてあったから、階段を地下室へ駆け下りたものだった。何も考えないようにしながら、走っているのは寒いからだと思おうとしながら。食事の準備を急がなくちゃならないからだ、走るのが好きだからだ、そこで待っている黄色い男、裸で、にやにや笑っていて、舌なめずりする音が聞こえるほど長い舌を持ったやつなんか関係ないんだと思おうとしながら。だが、いまハリーを押しとどめているのはそれではなかった。ほかの何か、夢、地下室の廊下を襲ってくる雪崩だった。

ハリーはその恐怖を抑え込み、一段目に足を置いた。板が軋んで警告を発した。気持ちは急《せ》いたが、何とかゆっくり足を運ぼうとした。手にはいまも金梃子があった。階段を下り切ると、左右に並んでいる物置のあいだを歩き出した。天井の電球が力のない光を投げていた。そして、さらに影を作り出していた。すべての部屋が閉ざされ、南京錠がかけられていた。だれが自宅の地下室の物置に鍵をかける？

ハリーは一つの留め金の下に金梃子の尖った先端を差し込んだ。音がするのを恐れて息を吸った。素速く金梃子を引き戻した。一瞬だったが、木が割れる音がした。息を殺して聴き耳を立てた。家自体も息を殺しているようだった。音はまったくなかった。

ハリーはそうっとドアを開けた。あの臭いが鼻を突いた。ドアのそばを手探りして照明のスイッチを見つけた。次の瞬間、ハリーは蛍光灯の明かりを浴びた。

物置は外から見て想像していたよりはるかに大きかった。ハリーはそこが以前に見た部屋、〈ラディウムホスピタル〉の研究室のコピーだと気がついた。作業台にフラスコや試験管立てが並んでいた。大きなプラスティックの箱の蓋を開けた。白い粉に茶色の粉が混じっていた。ハリーは人差し指を舐めて粉に突っ込み、歯茎に擦り込んだ。苦かった。バイオリンだった。

ハリーはぎょっとした。音が聞こえた。ふたたび息を詰めた。また音が聞こえた。だれかが洟《はな》をすすった。

ハリーは急いで引き返して照明を消し、金梃子を構えてうずくまった。

また洟をすする音がした。

ハリーは数秒待ち、素速く、静かに物置を出て、音のしたほうへ向かった。左側の物置へ。金梃子を右手に持ち替え、忍び足でドアの前に立った。実家のそれとそっくりの、金網で覆われた小さな覗き穴があった。一つ違っているのは、ドアが金属で補強されているところだった。

ハリーは懐中電灯を構えてドアの横の壁に背中をつけると、三つ数えてから、明かりをつけて覗き穴にあてがった。

そして、待った。

三秒過ぎても明かりに向かって銃弾は飛んでこなかったし、飛びかかってくる者もいなかったから、金網に目を当てて覗き穴からなかをうかがった。懐中電灯の明かりが壁を彷徨《さまよ》い、鎖をきらめかせ、マットレスをよぎったあと、捜していたものを見つけた。顔を。

彼女は目を閉じていて、身じろぎもせず、声も発しなかった。まるでこれに、懐中電灯に照らされるのに、慣れているかのようだった。

「イレーネか？」ハリーはためらいがちに呼びかけた。

そのとき、ハリーのポケットで携帯電話が振動した。

37

おれは時計を見た。アパートを隅から隅まで探したが、オレグの隠し場所はまだ見つかっていなかった。それに、イプセンは二十分前にきているはずだった。この代償は絶対に払わせてやるからな、変態野郎！　拉致とレイプの人生じゃないか。イレーネがオスロ中央駅へやってきた日、おれは彼女を、オレグがそこで待っているからと言ってリハーサル室へ連れていった。もちろん、オレグはいなかった。だが、イプセンがいた。イプセンが彼女を押さえ、そのあいだに、おれは彼女に一発決めてやった。あのとき、おれはルーファスのことを考えていた。ああすることがルーファスにとって一番よかったんだと。やがてイレーネが大人しくなり、おれたちは彼女を車に引きずり込むだけでよかった。イプセンはおれの五百グラムをトランクに入れていた。多少なりとでも後悔したかって？　したとも、一キロにしてくれと頼まなかったことをな！　いや、もちろん、おれだって悔恨の心は持っている。まったくの人でなしじゃないんだ。だけど、〝くそ、こんなことはするべきじゃなかったんだ〟と思いはじめたとき、こう自分に言い聞かせた。イプセンなら——あいつ独特の歪んだ形ではあるにせよ——彼女によくしてくれるだろう、イレーネを愛してくれるに違いないってな。

いずれにしても手後れだった――いま何より大事なのは、薬を手に入れて健康を取り戻すことなんだ。

身体が必要としているものを手に入れないというのは、おれにとって新しい領域だった。いつだっておれは欲しいものを手に入れてきた――そのことにいま気づいた。そして、それがこの先もつづかないとしたら、むしろ、いまこの場で死んでしまうほうがよかった。若くて美しいままで死ぬほうが。多かれ少なかれ歯が無事なあいだに。イプセンはこない、いまそれがわかった。おれはキッチンの窓際に立ち、外の通りを見たが、脚を引きずる男の姿はどこにも見えなかった。オレグの気配もなかった。

おれはすでにすべてを試み、あとは一つしか残っていなかった。

長いこと避けてきた選択肢だった。怖かったからだ。そう、本当に怖かったんだ。だが、おれはあいつが街にいるのを知っていた。彼女が姿を消したのを突き止めた日からここにいたんだ。ステインが、血の繋がりのない兄が。

おれはもう一度通りを見た。

駄目だ、あいつに電話するぐらいなら死んだほうがましだ。

数秒が過ぎた。イプセンはこない。

こんなに気分が悪いんなら、死ぬほうがいい。

おれはもう一度目を揉んだ。また、虫が体腔から這い出てきて、まぶたの下を走り、顔じゅうを引っ掻いている。

万事休して死のうとしている。

大団円《フィナーレ》が待っている。

あいつに電話するか、それとも、死ぬか？

くそ、くそ、くそ！


ハリーは懐中電灯を消し、振動する携帯電話を取り出した。ハンス・クリスティアンの番号だった。

「だれかがくる」不安に掠れた声がハリーの耳にささやいた。「門の前に車を駐めて、いま家のほうへ向かってるところだ」

「わかった」ハリーは応えた。「落ち着け。何か見えたらショートメッセージで知らせてくれ。それから、ここを離れてくれ――」

「ここを離れる？」心底憤慨している声だった。

「やばいことになりそうだとわかったら、だ。いいな？」

「なぜ私が――」

ハリーは電話を切り、懐中電灯をつけ直して、金網に覆われた覗き穴の向こうを照らした。

「イレーネ？」

彼女が瞬きをし、目を丸くして明かりを見た。

「よく聴いてくれ。私の名前はハリーだ。警察官で、きみを連れ出しにきた。だが、だれかがここへこようとしている。そのだれかがもしここへ降りてきたら、何もなかったように振る舞うんだ。いいね？　すぐにここから出してやるからな、イレーネ。約束する」

「あなた、持ってない……？」彼女がつぶやくように何かを言ったが、ハリーは最後まで聞き取れなかった。

「何を？」

「……バイオリンを」

ハリーは歯嚙みをし、小声で言った。「もうちょっと辛抱するんだ」

そして、階段を駆け上がって明かりを消し、ドアを薄く開けて様子をうかがった。玄関をはっきり見通すことができた。外からは、脚を引きずって砂利を擦るような音が聞こえていた。そして、玄関のドアが開いた。

明かりがついた。

彼がいた。大きくて、丸くて、ぽっちゃりしていた。

スティーグ・ニーバック。

〈ラディウムホスピタル〉の研究科長。同じ学校へ通っていた人物。トレスコーを知っている人物。黒い刻み目の入った結婚指輪をしている人物。普通でないものを何一つ見つけることができない、独身者用のアパートの部屋に住む人物。両親が遺してくれたけれども買い手のつかない家も持っている人物。

彼はコート掛けにコートを掛けると、片手を前に突き出すようにしてハリーのほうへ歩き出した。そして、突然立ち止まり、突き出した手をひらひらさせた。額に深い皺が刻まれた。耳を澄ませた。いま、ハリーはその理由がわかった。さっき入ってきたときに触った蜘蛛の巣のようなものは、実は何か別のもの、ニーバックが玄関ホールに張り巡らせた見えない繊維、歓迎すべからざる訪問者があったかどうかを教えてくれる警報装置だったに違いない。

ニーバックは驚くほど速く、驚くほど敏捷《びんしょう》に戸棚のほうへ移動した。そして、手をなかへ突っ込み、ぎらりと光る金属を取り出した。ショットガンだった。

くそ、くそ、くそ。ハリーはショットガンが大嫌いだった。

次いで弾薬筒《カートリッジ》の箱が姿を現わした。すでに封が切られていて、ニーバックが大きな赤いカートリッジを二つ、人差し指と中指でつまんだ。

ハリーの頭脳は回転を繰り返したが、どんな名案も引き出せなかった。というわけで、仕方なく名案でない案の一つを選択し、携帯電話を出してショートメッセージを打ちはじめた。

〝クラクションを鳴らして、待つ〟

くそ！　間違えた。

カチンという金属的な音が聞こえた。ニーバックがショットガンを二つ折りにしたのだ。

おまえはどこにいる？　〝待つ〟じゃない。〝待て〟だ。

カートリッジを装塡《そうてん》する音が聞こえた。

〝彼が〟

くそ、キイが小さすぎる。頼む！

二つ折りになっていた銃身が元に戻る音が聞こえた。

〝的に〟

また間違えた！　〝窓の〟だ。ニーバックが摺り足で近づいてくる音が聞こえた。時間がない。ハンス・クリスティアンが正しく想像してくれるのを期待するしかないのか？

〝明かりのなかに出てくるまで〟

そして、送信ボタンを押した。

ニーバックがショットガンを肩に当てるのが見えた。ハリーは覚悟した――地下室のドアが薄く開いていることに気づかれたか。

そのとき、車のクラクションが鳴り響いた。大きく、しつこく。ニーバックがたじろぎ、道路に面している居間のほうを見た。ためらっていたが、居間へ入っていった。

またクラクションが鳴り、今度は鳴り止まなかった。

ハリーは地下室のドアを開け、ニーバックのあとを追った。忍び足である必要はなかった。クラクションが足音を消してくれるとわかっていた。居間のドアから、ニーバックがカーテンを開けるのが見えた。ハンス・クリスティアンの車の強力なヘッドライトの光が、目も眩まんばかりに居間に満ちた。

ハリーは大股で四歩進んだ。スティーグ・ニーバックはハリーが近づくのを見ることができず、足音を聞くこともできなかった。ハリーは、ニーバックが片手を顔の前にかざして光をさえぎろうとしているところへ背後から近づき、両腕をニーバックの肩に回してショットガンをつかむと、弛《たる》んだ喉に銃身を食い込ませた。そして、膝でニーバックの両膝の裏を突き、息をしようともがくニーバックを跪《ひざまず》かせた。

クラクションが鳴り止んだところからすると、ハンス・クリスティアンは任務を果たしたと気づいたようだった。だが、ハリーは喉に当てた銃身を引く力を緩めなかった。ニーバックの動きがゆっくりになり、力が抜けてぐったりした。

ハリーはニーバックが意識を失いそうになっていることに気づいた。数分のあいだ酸素が送り込まれていないのだから脳がダメージを受けているはずで、あと数分その状態がつづけば、誘拐犯でありバイオリンの考案者であるスティーグ・ニーバックは死んでしまうはずだった。

ハリーは力を緩め、三つ数えたあとでショットガンから片手を離した。ニーバックが音もなく、ずるりと床に崩れ落ちた。

ハリーは喘ぎながら椅子に腰を下ろした。血中のアドレナリン・レベルが徐々に下がっていき、顎と喉の痛みが戻ってきた。その痛みはこの一時間でさらに悪化しつつあった。ハリーはそれを無視しようとしながら、ハンス・クリスティアンに宛てて〝o〟と〝k〟を打った。

ニーバックが小さく呻き、起き上がって胡座《あぐら》をかく格好で坐った。

ハリーは彼を身体検査し、ポケットにあったものを一つ残らずコーヒーテーブルに並べていった。財布、携帯電話、処方薬リシノプリルの錠剤が入った瓶。ハリーは祖父が心臓発作を起こしたあとでその薬を服《の》んでいたことを思い出した。彼はその錠剤を自分のジャケットのポケットに入れ、ニーバックの白い額に銃口を向けて、立つように命じた。

ニーバックはハリーを見て何か言おうとしたが思いとどまり、何とか立ち上がった。まだ身体は揺れていた。

「どこへ行くんだ？」背中を突かれて玄関ホールへ出ると、ニーバックが訊いた。

「地下だよ」ハリーは答えた。

スティーグ・ニーバックはまだ足取りがおぼつかず、ハリーは片手で彼の肩を支え、ショットガンを背中に突きつけて、よたよたと地下へ下りた。そして、イレーネを見つけた物置の前に立った。

「どうして私だとわかったんだ？」

「指輪だよ」ハリーは言った。「開けろ」

ニーバックのポケットにあった鍵で南京錠を開けた。

なかへ入り、明かりをつけた。

イレーネは移動していた。ハリーたちから一番遠い隅でうずくまり、片方の肩を上げて震えていた。だれかに殴られるのではないかと怯えているように見えた。片方の足首は、梁《はり》に釘付けされて下へ延びている鎖で縛《いまし》められていた。

彼女が動き回れるだけの長さを持った鎖だった。照明のスイッチのところへ行けるだけの長さがあった。

彼女は暗いままのほうがよかったのだ。

「彼女を解放しろ」ハリーは言った。「そして、自分の足首を鎖につなげ」

ニーバックが咳払いをし、両手を上げた。「聞いてください、ハリー――」

ハリーはニーバックを殴った。完全に理性を失って殴りつけた。金属が肉を打つ鈍い音がし、ショットガンの銃身がニーバックの鼻をよぎる形でみみず腫れをつけた。

「おれの名前をもう一度でも口にしたら」ハリーはささやきながら、自分がその言葉を無理やり口にしているような気がした。「このショットガンの台尻でおまえの頭を叩き潰して壁に貼りつけてやるからな」

ニーバックが震える手でイレーネの足枷《あしかせ》を外した。そのあいだ、彼女は身体を硬くして無表情に遠くを見つめていた。いま起こっていることにまったく関心がないかのようだった。

「イレーネ」ハリーは言った。「イレーネ！」

彼女は目を覚ましたかのように、ハリーを見た。

「ここを出るんだ」ハリーは言った。

彼女が瞬きをした。いまの音を解釈し、言葉に置き換えて意味を理解するのに集中力を残らず注ぎ込まなくてはならないかのようだった。そして、行動に移した。しっかりした足取りで、ゆっくりと、ハリーの前を通り過ぎて地下通路に出た。

ニーバックはマットレスに坐り、ズボンの裾を引き上げて、脂肪のついた白いふくらはぎに細い足枷を着けようとしていた。

く、その熱で毛穴という毛穴から汗が噴き出していた。汗でびしょ濡れになりながら、最初の震えが襲ってくるのがわかった。

バーの音楽は変わっていた。開け放したドアから流れているのはヴァン・モリソンの「ストーンド・ミー」だった。

酒。

ハリーは通りを渡ろうと歩き出した。甲高い、切羽詰まったベルの音が聞こえた。次の瞬間、青と白の壁が視野に満ちた。四秒間、ハリーは通りの真ん中で完全に固まった。そのあと、路面電車が通り過ぎ、開け放したバーのドアが戻ってきた。

バーテンダーが新聞から顔を上げ、ぎょっとした様子でハリーを見た。

「ジムビーム」ハリーは言った。

バーテンダーは二度瞬きをしただけで動かなかった。新聞が床に滑り落ちた。

ハリーは財布からユーロ紙幣を出してカウンターに置いた。「ボトルごともらおう」

バーテンダーの口があんぐりと開いた。〝EAT〟のタトゥーの〝T〟の上が脂肪でたるんでいた。

「急いでくれ」ハリーは言った。「すぐに出ていくから」

バーテンダーが紙幣を見下ろし、ハリーを見上げると、その目をハリーから離さないまま、ジムビームのプラスティックのボトルに手を伸ばした。

半分も入っていないじゃないか、とハリーはため息をついた。それでも、そのボトルをコートのポケットに入れると、周囲を見回し、忘れられない捨て台詞を残そうとした。だが、思いつくことができないまま諦め、うなずいただけで店を出た。

ハリーはプリンセンス通りとドロニンゲン通りの角で足を止めた。まず、電話番号案内に電話をした。そのあと、ボトルを開けた。バーボンの臭いで吐き気がした。だが、知覚を麻《ま》痺《ひ》させなければ、これからやらなくてはならないことを遂行できないとわかっていた。三年ぶりのアルコールだった。状況は改善されているかもしれない。ボトルを口にあてがい、のけぞるようにしてボトルを傾けた。三年の空白のせいで、毒がナパーム弾のように彼の体内システムに炸裂した。状況は改善されていなかった。ずっと悪くなっていた。ハリーは身体を二つに折り、壁に手を突いて身体を支えた。そうしないと、ズボンや靴に吐いてしまいそうだった。

舗道を打つハイヒールの音が背後で聞こえた。「ねえ、ミスター、わたし、美人?」

「もちろんだ」ハリーは何とか答えたが、次の瞬間、喉に迫《せ》り上がった黄色いものが凄まじい力と広がりを持って口から噴き出し、ハイヒールのカスタネットが遠ざかるのが聞こえた。ハリーは手の甲で口を拭い、もう一度試みようと、ボトルを口にあてがってのけぞった。アルコールと胃液が喉を流れ下っていき、また戻ってきた。

三度目、それはそこにとどまった。当面は。

四度目、それはずっとそこにとどまりつづけた。

五度目は天国だった。

ハリーはタクシーを止め、運転手に住所を告げた。

トルルス・ベルンツェンは霧のなかを急いでいた。明かりがきらめくアパートの前の駐車場を突っ切った。その建物のなかは安全で心地いい家庭で、そこに住む者たちは軽い食べ物やコーヒーポット、もしかするとビールまで用意し、ニュースが終わったからもっと面白い番組を観ようとテレビのチャンネルを切り替えているはずだった。トルルスは警察本部へ電話をし、身体の具合が悪いから欠勤すると告げた。どこがどう悪いのかと訊かれることもなく、三日休んだらどうだと言われただけだった。それなら医者の診断書は必要ないからと。トルルスはそれに対して、きっちり三日のあいだ病気でいられるかどうかなんてどうやったらわかるんだと応じた。何という怠惰な国だ。偽善的でろくでもない政治家どもは、国民は働けるのであれば働きたいと本心から願っていると言い張っている。だが、ノルウェー国民が社会党に投票するのは、仕事を回避するのを人間の権利にしてくれるからだ。医者の診断書なしで三日も休みをくれ、自分の家で自慰に耽《ふけ》ろうが、遊びに行こうが、二日酔いを覚まそうが、何だろうと自由にしていいと白紙委任してくれる党に投票しないやつなんてどこにいる？　もちろん社会党はこれが何をもたらすかを知っているが、それでも自分たちは責任能力があり、〝大半の国民の信頼を得ている〟と見せようとして、仮病を使うことをある種の社会改革だと宣言している。進歩党はもっと腹が立つと言ってもいいぐらいだ。減税で票を買い、その事実をほとんど隠そうともしていない。

トルルスはこのことを一日じゅう考えながら、自分の武器を点検し、装塡し、確認し、鍵をかけたドアに気をつけ、駐車場を出入りするすべての車をメルクリンの照準器越しに狙って過ごした。それは大昔の事件で押収した巨大な狙撃用ライフルで、そういう武器を管理する担当者は、いまもそれが警察本部にあるとたぶん考えているはずだった。早晩食料の買い出しに外へ出なくてはならないことはトルルスもわかっていたが、暗くなって、周辺に人が少なくなるのを待つことにしたのだった。そして、十一時ちょっと前、〈リーミ・スーパーマーケット〉が閉まる直前、ステアー拳銃を忍ばせてこっそり外へ出、小走りにそのスーパーマーケットへ向かった。そして、店に入ると片目で食料を、片目で客を見ながら通路を歩いて、一週間分のフィヨルドランド・リッソウル（パイ皮に肉などを詰めて揚げたもの）を買った。皮を剝いたじゃがいも、リッソウル、クリーム状になった豆、そして、グレイヴィソースが入っている透明な小袋を七日分。それを袋に入れたまま鍋で数分温め、袋を開けて中身を皿に移す。目をつぶって食べれば、間違いなく本物の食べ物を思い出させる味がする。

アパートへ戻ってエントランスの鍵穴に鍵を挿し込んだとき、背後の闇で、急いでいる様子の足音が聞こえた。トルルスはくるりと、慌てて身体を回転させた。手はすでにジャケットの内側の拳銃のグリップを握っていた。そして、ヴィグディス・Aの怯えた顔を見つめた。

「あの……怖がらせてしまったかしら？」彼女がもごもごと言った。

「いや」トルルスは素っ気なく答え、なかに入った。彼女のためにドアを押さえてやることもしなかったが、閉まる前に何とか脂肪太りした身体を擦り抜けさせる音が聞こえた。

トルルスはエレベーターのボタンを押した。怖がらせた？　当たり前だ。怖いに決まってる。シベリアのコサックに追われているんだぞ。何をもってしたって怖くないはずがないだろう。

ヴィグディス・Ａが後ろで息を切らせていた。御多分に漏れず、彼女も太り過ぎだった。おれなら言っただろうというわけではないが、なぜだれもそのことをはっきり口にしないのか？　ノルウェーの女はあまりに太っているから、死に至るあらゆる病気にかかる恐れがあるだけでなく、子供を作ることもできなくなるだろうということを？　国の人口を減らそうとしているのだということを？　なぜなら、結局のところ、それだけ大量の脂肪を相手にしろと頼まれても、男はうんとはとても言えないからだ。もちろん、自分の脂肪は別だが。

エレベーターがやってきて二人が乗り込むと、あまりの重さにワイヤーが悲鳴を上げた。

トルルスはどこかで読んだことがあったが、男は少なくともそれなりに太りはするけれども、女と同じようには見た目に表われない。尻が小さいし、大きく、強く見えるにすぎない。トルルス自身がそうであるように。十キロ近く増えているが、見かけは前よりずっといいはずだった。だが、肉がたるんで波打ち、震えている女を見ると、蹴飛ばして、自分の足が脂肪に埋まるところを見たくなった。脂肪が新しい問題点になっていることはだれもが知っているが、食事制限は精神衛生上よろしくないなどと抵抗し、〝本当の〟女性の身体を礼賛している。あたかも運動をしないことと食べ過ぎることが賢いあり方だとでも言わんばかりだ。

いまの肉体のままで幸せであれ、とかなんとか抜かしている。心臓病で何百人も死ぬほうが、摂食障害で一人が死ぬよりはるかにましだと。そしていま、マルティーネでさえそう見えていた。彼女は妊娠しているのだが、そして、そのことはトルルスも知っていたが、彼女もそういう女どもの一人になったという思いを頭から閉め出すことができなかった。

「寒そうね」ヴィグディス・Aが笑顔で言った。

〝A〟が何の頭文字なのかトルルスは知らなかったが、ともかく、ドアベルの上に〝ヴィグディス・A〟と記されていた。彼女を殴るか、力任せに右フックをお見舞いしてやるかしたくなった。あのろくでもないハムスターのように膨らんだ頰が相手なら、拳を痛める心配はない。あるいは、レイプするか。それとも、両方やるか。

なぜこんなに腹が立つのか、トルルスはその理由がわかっていた。携帯電話のせいだった。

ようやく〈テレノル〉経由でホーレの携帯電話の追跡に成功したとき、それはダウンタウン、正確にはオスロ中央駅付近にあった。これだけ夜も昼も人が溢れ返っているところは、オスロにはたぶんほかにない。そのあと、十二人の警察官を動員して、群衆のなか、ホーレを捜させた。数時間経《た》っても、見つからなかった。最後には一人の新顔の警察官が陳腐なアイデアを思いついた。おのおのの時計を合わせ捜索範囲を限定して配置し、彼らの一人が十五分おきにホーレの携帯に電話をする。電話が鳴る音を聞いたら、あるいは、だれかが電話を取り出したら、すぐさま全員がそこへ急行する。そのあたりのどこかに違いないのだから。作戦は口から出た瞬間に実行に移された。そして、携帯電話は見つかった。オスロ中央駅前広場の階段で半ば眠っていたジャンキーのポケットから。〈灯台〉である男にもらったとのことだった。

エレベーターが止まった。「おやすみ」トルルスはつぶやき、廊下へ出た。

背後で扉が閉まる音がし、エレベーターが動き出した。

ようやくリッソウルにありつける。そして、ＤＶＤだ。『ワイルド・スピード』の一作目。もちろんろくでもない映画だが、見せ場の一つや二つはある。それとも、『トランスフォーマー』にするか。ミーガン・フォックスでゆっくり抜いてもいい。

彼女の息遣いが聞こえた。一緒にエレベーターを降りたらしかった。まあ、女と言えば女だ。今夜は独り寝をかこつことはなさそうだ。トルルスは笑みを浮かべて振り返った。何かが額に当たった。硬くて冷たい何かだった。トルルス・ベルンツェンは目を凝らした。銃口だった。

「心から礼を言う」知っている声だった。「是非ともなかへ入れてもらいたいな」

トルルス・ベルンツェンはアームチェアに坐り、自分の拳銃の銃口を見つめていた。

彼は彼を見つけた。そして、彼も彼を見つけていた。

「いつまでもこんなふうに向かい合っているわけにはいかないんだ」ハリー・ホーレが言った。煙が目に滲《し》みないよう、煙草を口の端に斜めにくわえていた。

トルルスは応えなかった。

「おまえの銃を使いたい理由がわかるか？」ホーレが膝の上に置いた狩猟用ライフルを軽く叩いた。

トルルスは口を閉ざしつづけた。

「やつらにおまえの体内に残った銃弾を追わせて、おまえの武器にたどり着かせたいからだよ」

トルルスは肩をすくめた。

ハリー・ホーレが身を乗り出した。トルルスはいま、その臭いを嗅ぐことができた。息にアルコールが混じっていた。くそ、こいつ、酔ってるじゃないか。素面のときに何をするかは聞いているが、酔ってるいまはどうなんだ？

「おまえはバーナーだ、トルルス・ベルンツェン。これが証拠だ」

そして、銃と一緒にトルルスから奪った財布のなかにあった身分証をかざした。「トーマス・ルンネル？　ガルデモン空港のドラッグを回収してじゃがいも粉と取り替えた男じゃないのか？」

「何の用だ？」トルルスは目を閉じ、アームチェアに深く坐り直した。リッソウルとDVD。

「おまえ、ドバイ、イサベッレ・スケイエン、ミカエル・ベルマンとの繋がりを知りたい」

トルルスは思わず椅子の上で飛び上がった。ミカエル？　ミカエルがこれといったいどう関係があるというんだ？　そして、イサベッレ・スケイエンと？　あの女は政治家じゃないのか？

「知らないな……」

ハリーが拳銃の撃鉄を起こした。

「気をつけろ、ホーレ！　その引鉄はおまえが思ってるより敏感なんだ。それは——」

撃鉄がさらに持ち上がった。

「待て！　頼むから待ってくれ！」トルルス・ベルンツェンの舌が、潤滑油となるべき唾液を探して口のなかを忙しく彷徨った。「ベルマンやスケイエンのことは知らないが、ドバイのことなら——」

「何だ？」

「教えられる」

「何を教えてくれるんだ？」

トルルス・ベルンツェンは深く息を吸って止めた。そして、呻きとともに吐き出した。

「すべてをだ」

39

三つの目がトルルス・ベルンツェンを見つめていた。そのうちの二つは酒に洗われたライトブルーの虹彩。残る一つは丸くて黒い、トルルスのステアー拳銃。その拳銃を構えている男はアームチェアに坐るというよりは寝そべっていて、長い脚を敷物の上に伸ばしていた。その男がしわがれた声で言った。「教えてもらおうか、ベルンツェン。ドバイのことをな」

トルルスは二度咳払いをした。腹立たしいほどに喉が干上がっていた。

「ある晩、玄関でドアベルが鳴った。それで、インターフォンの受話器を上げると、ちょっと話がしたいという声が聞こえた。最初は部屋に入れたくなかったんだが、その男がある名前を口にし……それで……」

トルルス・ベルンツェンは親指と中指で顎を挟んだ。

もう一人の男が待ちつづけた。

「ほかにだれも知らないとおれが考えている、不運な一件があった」

「どんな一件だ?」

「被拘禁者だ。そいつは行儀ってものを教えられる必要があった。それを教えたのがおれだということは……だれも知らないと思っていたんだが」

「どんな目にあわせたんだ？」

「両親はおれを訴えたがったが、そのガキは面通しのときにおれを指させなかった。どうやら視神経にダメージが残っていたらしい。変装に祝福あれ、だろ？」トルルスは笑った。だが、その笑いは神経質な呻きのようにしかならず、口はすぐに閉ざされた。「玄関の前に立っている男はそのことを知っていた。そして、おまえにはレーダーをかいくぐる確かな才能があり、おまえのような男に大金を払う用意があると言った。話しているのはノルウェー語だが、ちょっと訛りがあった。かなりちゃんとした話し方だったから、部屋に入れた」

「ドバイに会ったのか？」

「会った。独りきりだった。上品だが流行遅れの三つ揃いのスーツを着た年寄りだった。帽子《ハット》をかぶって、手袋をしていた。おれに何をしてほしいかを教え、いくら払うかを明らかにした。用心深い男だった。二度と顔を合わせることはないし、電話も、メールも、足がつく恐れのあるものは一切無しだと言った。それはおれにも都合がよかった」

「その仕事のやり方を教えろ」

「仕事の内容は墓石に書かれるんだ。墓石の場所は教えてくれた」

「どこだ？」

「ガムレビーエン墓地だ。報酬もそこで受け取った」

「ドバイについて教えろ。何者なんだ？」

トルルス・ベルンツェンは遠くを見つめた。損得勘定をし、どっちが得か答えを出そうとした。

「何を待ってるんだ、ベルンツェン？　ドバイについてすべてを教えられると言ったばかりじゃないか」

「わかってるのか？　しゃべったら、おれがどんな危険にさらされると思ってる――」

「この前、おまえがホテル・レオンにきたとき、ドバイの手下の二人組はおまえに鉛の弾丸《たま》を喰らわせようとしたんだぞ。だとしたら、この銃がいまおまえを狙っていなくても、おまえはもうやつの不興を買っているんだ、ベルンツェン。全部吐いてしまえ。ドバイはだれだ？」

ハリー・ホーレの目がトルルスを穿った。まっすぐに貫かれているみたいだ、とトルルスは思った。いまや撃鉄が動いていて、損得勘定は簡単になりつつあった。

「わかった、いいだろう」トルルスは両手を上げた。「やっこさんの名前はドバイじゃない。みんながそう呼んでいるのは、やっこさんの売人があそこの周辺各国を飛んでいる航空会社の宣伝ロゴをくっつけたサッカー・チームのレプリカ・ユニフォームを着ているからなんだ。アラビアのな」

「おれが自分では突き止められなかったことを教えろ、十秒しかないぞ」

「待て、そんなに急かすな、いま話すから！　やっこさんの名前はルドルフ・アサーエフ、ロシア人だ。両親は反体制知識人で、政治難民だった。少なくとも、裁判ではそう言っていた。それで、いろんな国で暮らし、七カ国語を操れるようになった。七〇年代にノルウェーへきて、こう言ってもいいだろうが、ハシシ密輸の先駆者の一人になった。そんなに派手に儲けていたわけではないが、八〇年に手下の一人に警察に垂れ込まれた。それ以来、ドラッグを売ることと密輸することが同等の反逆罪と見なされ、同等の判決が下されるようになった。というわけで、やっこさんは長いあいだ臭い飯を食わされた。釈放後、スウェーデンに移り、扱う商品をヘロインに切り替えた」

「罪はハシシと同じだが、儲けははるかに大きいというわけだ」

「そういうことだ。やっこさんはイェーテボリでネットワークを構築したが、囮捜査官が殺されたあと、地下に潜らなくちゃならなくなった。そして、二年ほど前にオスロへ戻ってきた」

「やつがそれを全部教えてくれたのか？」

「まさか。おれが自分で突き止めたんだ」

「ほんとか？　どうやって？　てっきりだれも何も知らない亡霊のような男だと思っていたんだがな」

トルルス・ベルンツェンは自分の手を見下ろし、またハリー・ホーレを見上げた。思わず笑みを浮かべずにいられなかった。なぜなら、だれかに話したくてたまらなくなることがよくあったからだ。どうやってドバイを騙したかを。だが、それを話せる相手がいなかったのだ。トルルスは唇を舐めた。「やっこさんはアームチェアに坐っていた。いまおまえが坐っているそれに、腕をアームレストに置いてな」

「それで？」

「シャツの袖がずり上がって、手袋とジャケットの袖のあいだに隙間ができた。いくつか白い傷痕があった。知ってるだろう、タトゥーを消したときにできるやつだよ。やっこさんの手首にそれがあるのを見たとき、おれは思ったんだ——」

「刑務所に入っていたことがある、だろ。やつが手袋をしていたのは、指紋を残さないためだ。あとで、おまえがデータベースで調べることができないようにな」

トルルスはうなずいた。ホーレはかなり呑み込みが早い、それは認めざるを得ない。

「そのとおりだ。だが、おれが条件を呑んだあと、ちょっと気を許したようだった。取引成立の握手をしようと手を差し出したら、手袋を脱いだ。あとで、おれは手の甲に残った、何とか使える指紋を二つ浮き上がらせた。コンピューターで照合したら、一致したよ」

「ルドルフ・アサーエフ。すなわち、ドバイ。こんなに長いあいだ正体を隠しつづけていられたのはどうしてなんだ？」

トルルス・ベルンツェンは肩をすくめた。「オルグクリムにいたらすぐにわかることだが、捕まらない者と捕まる者とを隔てる要因が一つある。捕まらないのは小さな組織だってことだ。繋がりもほとんどない、信頼できる側近もほとんどいない、そういう組織だ。自分の周りに大きな軍隊を持っているからだれよりも安全だと考えるドラッグ・キングは、例外なく捕まる。不忠な使用人が必ず出てくるんだ。乗っ取ろうとして、あるいは、罪を軽くしてもらおうとして、密告したがるやつがな」

「おまえがやつに会ったのは、ここで、一度きりなんだな？」

「もう一度ある。〈灯台〉だ。あれはやっこさんだったと思う。おれを見ると、背中を向けて出ていったけどな」

「だったら、そうなんだろう。それで、街を亡霊のようにひらひら飛び回っているという噂は？」

「知るか」

「おまえは〈灯台〉で何をしていたんだ？」

「おれか？」

「警察官はあそこでの活動を許されていないはずだ」

「あそこで働いている娘を知っていたんだ」

「ふむ。マルティーネか？」

「彼女を知ってるのか？」

「おまえ、あそこに坐って、彼女を眺めていたのか？」

トルルスは頭に血が昇るのを感じた。「おれは……」

「落ち着け、ベルンツェン。たったいま、おまえは容疑者から外れた」

「何……何だと？」

「おまえはストーカーで、囮捜査官だとマルティーネが思っていた男だ。おまえ、グストが撃たれたとき、〈灯台〉にいたんだよな?」

「ストーカー?」

「それはいいから、答えろ」

「くそ、おまえが考えてたのはおれが……?　どうしておれがグスト・ハンセンを殺さなくちゃならないんだ?」

「アサーエフに任務として与えられた可能性が考えられなくはない」ホーレが言った。「だが、もっとしっかりした個人的な理由があった。おまえがアルナブルーである男をドリルで殺すのを目撃されたという理由だ」

　トルルス・ベルンツェンはホーレが言ったことを考えた。自分の人生が毎日、毎時間、偽りでありつづけ、真実と虚仮威し《ブラフ》を選り分けなくてはならない警察官が考えるようにして。

「おまえのあの殺人は、同時にオレグ・ファウケを殺す動機にもなった。彼も目撃者だったわけだからな。オレグを刺し殺そうとした囚人は――」

「あれはおれがやらせたんじゃない!　信じてくれ、ホーレ――おれはあれとは関係ない。おれは証拠を揉み消しただけだ。おれは人を殺したことなんかない。アルナブルーの一件はたまたまだ、本当に運が悪かったんだ」

　ホーレが首をかしげた。「ホテル・レオンへきたのは、おれを殺すためじゃなかったのか?」

　トルルスは息を呑んだ。このホーレって男はおれを殺せる、しかも簡単に。おれのこめかみに一発ぶち込み、銃から指紋を拭き取って、それをおれの手に握らせればいいんだ。押し入った形跡はない。ヴィグディス・Aはおれが一人で帰宅したと証言するかもしれない。寒そうで、寂しそうで、元気がなかった、と。加えて、おれは病気だと嘘をついて欠勤の電話をかけている。

「おまえのあとからやってきた二人組は何者だ？　ルドルフの手下か？」

トルルスはうなずいた。「二人とも逃げたが、片方は銃弾を喰らってるはずだ」

「何があったんだ？」

トルルスは肩をすくめた。「思うに、おれが知りすぎたと思われてるんだろう」そして、笑おうとした。だが、喘鳴にしかならなかった。

二人は黙って向かい合った。

「これからどうするんだ？」トルルスは訊いた。

「ルドルフ・アサーエフを捕まえるのさ」

〝捕まえる〟――トルルスはその言葉を久し振りに聞いた気がした。

「で、やつの周囲には手下どもがいるのか？」

「せいぜい三人か四人」トルルスは答えた。「あの二人だけかもしれん」

「ふむ。得物は持ってるか？」

「得物？」

「あれを別にしてだ」ホーレがコーヒーテーブルへ顎をしゃくった。その上に、拳銃が二挺とＭＰ５サブマシンガンが装塡され、いつでも銃弾を吐き出す準備を整えて横たわっていた。

「これからおまえに手錠をかけて、このアパートを捜索する。そうだな、おまえに案内してもらうのも悪くないな」

トルルス・ベルンツェンはその選択肢を考量した。そして、寝室へ顎をしゃくった。

トルルスはクローゼットを開け、蛍光灯をつけた。青い光がそこにあるものを照らしたとき、ホーレが首を横に振った。拳銃が六挺、大振りのナイフが二丁、黒い警棒が一本、ブラスナックルが一つ、ガスマスクが一つ、いわゆる暴動鎮圧銃——大きな催涙弾を込められるシリンダーが真ん中についた、銃身が太く短い銃——が一挺。警察の倉庫では少数ながら不用になったものを処分することがあり、みな、そこから持ってきたのだった。

「おまえ、頭がおかしいんじゃないのか、ベルンツェン？」

「どうして？」

ハリーが指さした。トルルスは壁に釘を打ち、武器の輪郭をインクでなぞっていた。すべてがあるべき場所にあった。

「防弾ベストを衣料用ハンガーに掛けてるのか？　折り目がつくのを恐れて？」

トルルス・ベルンツェンは答えなかった。

「いいだろう」ホーレが言い、ベストを手に取った。「暴動鎮圧銃とガスマスク、居間のＭＰ５用の銃弾をよこせ。それから、ナップサックもだ」

トルルスがナップサックに詰めるあいだ、ホーレは後ろにいた。そして居間に戻り、MP5を手に取った。

そのあと、二人は入口に立った。

「おまえが何を考えているかはお見通しだ」ホーレが言った。「だが、どこかへ電話をしたり、何らかの方法でおれを止めようとしたりする前に、これを思い出したほうがいいぞ。おまえのこと、この一件についておれの知っていること、それについては弁護士もすべて知っていて、万一おれの身に何かあったらどう行動すべきか、すでに指示を受けていることをな。わかったか？」

嘘だ、とトルルスは思った。だが、うなずいた。

ホーレが小さく笑った。「おれが嘘をついてると思ってるよな？　だけど、百パーセントそうだという確信がないんだろ？」

トルルスはホーレに対して心底からの憎悪を感じた。見下すような、無頓着な笑みに対して。

「おまえが生き延びたらどうなるんだ、ホーレ？」

「そのときは、おまえの問題は終わりだ。おれはノルウェーを出る。地球の反対側へ行く。そして、二度と戻ってこない。最後に一つ……」ホーレが防弾ベストの上に着たロングコートのボタンを留めた。「ベルマンとおれが受け取ったリストからブリンデルン通りの住所を削除したのはおまえだろ？」

トルルス・ベルンツェンは危うく無意識的に反応して「違う」と答えそうになった。だが、何か——勘、生煮えの考え——が、押しとどめた。ルドルフ・アサーエフがどこに住んでいるかは突き止められなかった——それが事実だった。

「そうだ」トルルス・ベルンツェンは答えた。頭が情報を吸収しようと必死で稼働し、それが包含する意味を分析しようとした。〝ベルマンとおれが受け取ったリスト〟。結論を引き出そうとした。だが、考える速度が遅く間に合わなかった。それはいまも昔もトルルスの弱みであり、もっと時間が必要だった。

「そうだ」彼は驚きが顔に出ていないことを願いながら繰り返した。「もちろん、あの住所を削除したのはおれだ」

「この狩猟用ライフルは置いていく」ホーレが薬室《チエンバー》を開き、なかに入っているカートリッジを取り出した。「おれが戻ってこなかったら、〈バッハ&シモンセン〉という法律事務所に届けてくれ」

ホーレが音高くドアを閉め、トルルスは大股で階段を下りる足音に聴き耳を立てた。そして、戻ってくることはないと確信できてから、次の行動に移った。

ホーレはバルコニーへ出るドアの横のカーテンの裏に隠してあったメルクリンを見つけていなかった。トルルスはその大型の狙撃ライフルを手に取ると、ドアを開けてバルコニーに出、手摺りに銃身を置いた。寒くて小雨が降っていたが、それより重要なのは、ほとんど風がないことだった。

下を見ると、ホーレが建物を出てくるところだった。コートをひらめかせながら、駐車場で待っているタクシーへ小走りに急いでいた。光学照準器に彼を捉えた。ドイツの光学技術の熟練の技だ。画像の粒子は粗かったが、焦点ははっきり合っていた。ここからホーレを撃ち抜くことは問題なくできる。銃弾は頭から爪先へ貫通する。あるいは、もっといいことに、生殖器の近くを通り抜けるかもしれない。考えてみれば、この銃はそもそも象狩りのために作られたものなのだ。だが、ホーレが駐車場の街灯の下に入るのを待てば、狙うのも仕留めるのももっと簡単になる。そのほうが実際的だ。こんな遅い時間に駐車場に人は多くないし、死体を車まで引きずっていく距離も短くてすむ。

弁護士に指示をした？　馬鹿馬鹿しい。だが、もちろん、おれ自身に累が及ばないようにするためには、そいつも排除すべきかどうかを検討しなくてはならない。ハンス・クリスティアン・シモンセンを。

ホーレが近づきつつあった。首だ。それとも、頭か。防弾ベストは上半身全体を覆うタイプで、恐ろしく頑丈だ。トルルスは撃鉄を起こした。ほとんど聞こえないぐらい低い声が、やるべきではないと言っていた。これは殺人だ、と。トルルス・ベルンツェンは過去に人を殺したことはない。意図しては。トール・シュルツ――あいつを殺《や》ったのはおれではない、ルドルフ・アサーエフの地獄の番犬だ。そして、グストは？　あいつを殺ったのはいったいだれだ？　いずれにしても、おれじゃない。ミカエル・ベルマンか、イサベッレ・スケイエンか。

低い声が沈黙し、十字線がホーレの後頭部で固定されたようだった。ズドン！　すでに飛沫が見えていた。引鉄にかけた指に力を込めた。二秒後には、ホーレは明かりのなかに現われる。撮影できないのが、ＤＶＤに焼き付けられないのが残念だ。フィヨルドランド・リッソウルがあろうとなかろうと、ミーガン・フォックスなんか敵ではなくなるのに。

40

トルルス・ベルンツェンは深く、ゆっくりと息を吸った。脈は速くなっていたが、手に負えないほどではなかった。

ハリー・ホーレは街灯の明かりのなかにいた。そして、照準器に満ちた。

撮影できないのが本当に残念だ……

トルルス・ベルンツェンはためらった。

瞬時に決断することは得意ではなかった。知能に問題があるというわけではないが、ときどき、物事がゆっくりとしか進まなくなることがあった。

子供のころからずっと、これがいつもミカエルとおれを分けていた。ミカエルは考える人かつしゃべる人で、問題は、おれがやっとそれができるようになったことだ。いまのように。リストの中の失われた住所の一件のように。ハリー・ホーレをいまはまだ撃つなと制してくれた低い声のように。そんなのは基礎の数学だ、とミカエルなら言っただろう。ホーレはルドルフ・アサーエフとおれを――幸いにもその順番で――追っている。だとすると、ホーレがアサーエフを射殺すれば、少なくともおれの問題の一つを片付けてくれたことになる。アサーエフがホーレを撃ち殺してくれても同じことだ。一方……

ハリー・ホーレはいまも明かりのなかにいた。

トルルスの指が均等な力で引鉄の上に伸びた。彼はクリポスで、ライフルを撃たせたら二番、拳銃を撃たせたら一番の腕を持つ射手だった。

トルルスは肺を空にした。完全に全身の力を抜いた。これで、妙な力が意志に逆らって不意に入ることはないはずだった。もう一度息を吸った。

そして、ライフルを下げた。

ハリーの前に、ブリンデルン通りがきらめきながら横たわっていた。その通りは起伏のある地形をジグザグに縫っていて、時代を経た家、広い庭、大学の建物、芝地が周囲を取り巻いていた。

ハリーはタクシーの明かりが遠くへ消えていくのを待って歩き出した。

一時まで四分、人っ子一人見えなかった。ハリーは六八番地の前でタクシーを降りていた。その家は二・七メートルの高さの塀の向こうにあり、道路から五十メートルほど引っ込んでいた。隣りの建物は円筒形の煉瓦《れんが》造りで、高さも直径も約三・五メートル、貯水塔のようだった。ハリーはこういう貯水塔をオスロで見たことがなかったが、隣りの家にも同じものがあることに気がついた。案の定、砂利敷きの小径が大きな木造家屋の正面玄関の階段へ延びていた。明かりが一つ、たぶん一枚板と思われる黒っぽいドアの上で灯っていた。

一階の窓の二つ、二階の窓の一つが明るかった。

ハリーは道路の向かい側の木立の陰に立った。ナップサックを開けた。暴動鎮圧銃の準備をし、引き下ろすだけで顔を覆えるような形で、ガスマスクを頭に載せた。

雨に接近を助けてほしかった。できるだけ近くまで行きたかった。MP5サブマシンガンをチェックし、装塡されていることを確かめて、安全装置を解除した。

時間だった。

だが、麻酔がどんどん効かなくなりはじめていた。

ジムビームのボトルを取り出し、キャップを外した。見えるか見えないかの量が、辛うじて底に残っていた。ハリーはもう一度家を見上げた。そして、ボトルへ目を戻した。これが成功したら、そのあとで呷《あお》る必要があるはずだった。キャップをし直し、ボトルを内ポケットに戻し、MP5の予備弾倉と同居させた。普通に呼吸していること、脳と筋肉が酸素を取り入れていることを改めて確認し、時計を見た。一時一分。二十三時間後には、搭乗を予定している便が離陸する。彼とラケルが乗るはずの便が。

二度、深呼吸をした。門にはたぶん警報装置がついているだろうが、装備が重すぎて、素速く塀を乗り越えてなかに入るのは無理だ。それに、塀を乗り越えようとまごまごしていると、マッツェルー・アレーのときのように生きたまま標的になる恐れがある。それはご免被りたい。

二・五秒、ハリーは考えた。三秒。

そして、門へと歩いていき、取っ手を押して一気に開けると、片手にMP5、もう一方の手に暴動鎮圧銃を持って走り出した。砂利敷きの小径ではなく、草の上を。目指すのは居間の窓。警察官だったときの経験で、迅速な逮捕には不意を突くのが驚くほど有利に働くことはわかっていた。先制射撃できるだけでなく、その音と閃光の衝撃が相手をまったくの麻痺状態にする可能性もあった。だが、不意を突く効果がいつまでもつづくわけではないこともわかっていた。十五秒というところか。ハリーの計算では、十五秒しかなかった。その時間内に相手を倒せなければ、相手はわれに返り、態勢を立て直して反撃してくる。相手は家のなかを熟知しているが、おれは間取りすら知らない。

十四秒、十三秒。

その瞬間、ハリーはガス弾を二発、居間の窓に撃ち込んだ。それは爆発して白い雪崩のようになり、あたかも時間が止まって画面が揺れている映画のようになった。ハリーは自分がそのなかで動き、身体はやるべきことをやっていて、頭はいくつもの断片でしかないものを捉えているのを自覚した。

十二秒。

ハリーはガスマスクを引き下ろし、暴動鎮圧銃を居間に投げ込むと、窓に残っている大きな破片をMP5で払いのけ、ナップサックを窓の下枠に置いた。そして、ナップサックに両手を突き、片足を高く上げて、自分のほうへ押し寄せてくる白い煙のなかへ飛び込んだ。鉛の防弾ベストのせいで身体は普段より動かしにくかったが、室内へ入ってしまえば、雲のなかへ着地するようなものだった。銃声が聞こえ、ハリーは床に伏せた。

八秒。

また銃声が弾けた。寄木張りの床が砕ける乾いた音がそれにつづいた。あいつら、麻痺もせずに動いている。ハリーは待った。そのとき、聞こえた。咳き込んでいた。目、鼻、肺を刺す催涙ガスに対してなす術のない咳き込み方だった。

五秒。

ハリーはいきなりMP5を構え、灰白色の霧のなかで音がしているほうへ引鉄を引いた。短い間隔で何かを叩く音が聞こえた。階段を駆け上がっているような足音だった。

三秒。

ハリーは立ち上がり、全速力で走り出した。

二秒。

二階には煙が達していなかった。そこへ逃げられたら、勝ち目は劇的に低くなるはずだった。

一秒、ゼロ。

階段の輪郭、手摺り、その下の柵の輪郭が見分けられた。ハリーはMP5を横に、そして上にねじって柵のあいだに差し込んだ。そして、引鉄を引いた。マシンガンが振動したが、ハリーはしっかりと押さえた。弾倉が空になった。マシンガンを柵から引き抜き、空になった弾倉を抜きながら、もう一方の手でコートのポケットを探した。予備弾倉があるはずなのに、ボトルしかなかった。床に伏せたときに飛び出したんだ！　ほかの予備弾倉は窓の下枠に置いてあるナップサックのなかだった。

　階段の上で足音がしたとき、ハリーは死を覚悟した。足音が下りてきた。ゆっくりと、ためらいがちに。その足取りが速くなり、ついには駆け下りてきた。その姿が霧のなかから飛び出した。白いシャツに黒いスーツの、千鳥足の亡霊だった。亡霊は手摺りにぶつかって身体が二つに折れ、気絶でもしたかのように親柱へと滑り落ちた。スーツの背にできた傷の穴の縁がほつれていた。銃弾がそこから入っていったということだった。ハリーは死体に歩み寄り、前髪をつかんで顔を上げさせた。窒息の恐怖が頭をもたげ、ガスマスクを外したいという衝動と戦わなくてはならなかった。

　一発の銃弾が鼻を半分もぎ取って貫通していた。それでも、だれだかわかった。ホテル・レオンの部屋の入口にいた背が低いほうの男、マッツェルー・アレーで車からハリーに発砲した男だった。

　ハリーは耳を澄ませた。静寂のなかで、催涙ガス弾が低い音を発していた。白い煙がいまも噴き出しているのだった。ハリーは居間の窓へ引き返し、ナップサックを見つけた。ＭＰ５の予備弾倉を装着し、さらに一つを防弾ベストの下に押し込んだ。そのとき、ベストの下を汗が流れ落ちていることにようやく気がついた。

　大男のほうはどこだ？　ドバイはどこにいる？　ハリーはふたたび耳を澄ませた。催涙ガス弾が煙を吐いている音。だが、上の階で足音がしなかったか？

ガスの幕を通して、もう一つの部屋と、開いているドアの向こうにキッチンが垣間見えた。閉まっているドアは一つだけだった。ハリーはその脇に立ってドアを開け、暴動鎮圧銃をなかに突っ込んで二度発砲した。ドアを閉めて待ち、十数えてからふたたび開けてなかに入った。

だれもいなかった。煙を透かして、本棚、黒い革のアームチェア、大きな煖炉《だんろ》が確認できた。煖炉の上に、ゲシュタポの制服を着た男の肖像画が掛かっていた。ここはナチの家だったのか？　ノルウェー・ナチスの突撃隊の親玉、カール・マルティンセンが科学ビルの前で銃弾に倒れて人生を終えたとき、ブリンデルン通りのナチスが差し押さえた家に住んでいたことをハリーは知っていた。

ハリーはそのまま踵を返し、きたとおりに引き返して、キッチンを抜けると、その奥のかつてはメイドが使っていた部屋へ入った。探していたものがそこで見つかった。裏階段。こういう階段は非常口の役目を果たすのが普通だが、この階段は外へ出るところで止まらずに地下へと下っていて、かつての裏口はいまは煉瓦で塞がれていた。

ハリーはまだ弾倉に催涙ガス弾が残っていることを確かめ、階段を大股で、音を立てないようにして上がっていった。最後の一発を廊下に撃ち込み、十数えてから前進を開始して、次々とドアを開けていった。喉の傷がひどく痛んだが、それでも何とか集中力を保ちつづけた。鍵がかかっていた最初のドアを別にすれば、ほかの部屋はすべて空っぽだった。寝室の二つは使われた形跡があった。しかし、一方はシーツもなく、血が染み込んだかのようにマットレスが黒くなっていた。もう一方はベッドサイド・テーブルに聖書が置いてあった。検めてみると、キリル文字で、ロシア正教のものとわかった。その横に、〝ツィウク〟の準備がしてあった。釘が六本打ち込まれた、聖書とまったく同じ厚さの赤煉瓦。

ハリーは鍵のかかっているドアへ戻った。ガスマスクの内側の汗でガラスが曇った。反対側の壁に背中を預け、片足を上げて、力一杯錠を蹴った。四回目で、ドアが軋んだ。ハリーは腰を落とし、部屋のなかへ連続射撃を見舞った。ガラスが砕ける音がした。廊下の煙がなかへ流れ込むのを待って部屋に入り、照明のスイッチを見つけた。

そこはほかの部屋より広かった。縦長の部屋の長いほうの壁際に四柱式のベッドが据えられて、使われたままの状態になっていた。指輪の青い宝石がベッドサイド・テーブルできらめいていた。

ハリーは上掛けの下に手を入れてみた。まだ温かかった。

あたりを見回した。だれであれついさっきまでこのベッドにいた人物が部屋を出て鍵をかけた可能性はもちろんあるが、それは鍵がこの部屋にまだ残されていない場合に限られる。窓を確認した。閉まっていて、鍵がかかっていた。長さが短いほうの壁の頑丈そうなクローゼットを開けた。

一見したところ、何の変哲もないクローゼットだった。奥の壁を押すと、そこが開いた。脱出用の通路だ。ドイツ人というのは念を入れることを本当に厭わない。

ハリーはそこに掛かっているシャツやジャケットを掻き分け、偽装された壁の向こうへ顔を覗かせた。冷え冷えとした空気が顔を打った。立坑《たてこう》だった。手探りしてみると、鉄の横板が壁に打ち付けてあった。横板はさらに下にもあるようで、地下へつづいているに違いなかった。ハリーの頭で、ある場面が揺らめいた。ある夢の切り取られた一場面が。ハリーはそれを抑え込み、ガスマスクを外して、見せかけの壁の向こうへ足を下ろした。足の裏が横板を見つけ、ハリーは用心深く、ゆっくりと下りはじめた。顔がクローゼットの床と同じ高さになった。そのとき、そこにある何かが目に留まった。U字形のコットン素材の硬い何かだった。ハリーはそれをコートのポケットに入れ、横板を数えながら闇のなかへと下りつづけた。二十二まで数えたとき、片足が硬い地面に着いた。もう一方の足を下ろそうとしたとき、もはや地面は硬くなかった。足を下ろしたところが動き、ハリーはバランスを失ったが、何とか持ち堪えてそっと足を着けた。

疑うようにそっと。

ハリーは伏せて耳を澄ませたあと、ズボンのポケットからライターを出して点火した。二秒後にライターを消したときには、必要なものは見えていた。

伏せているハリーの身体の下に男が横たわっていた。

異常なほどに大きく、素裸の男だった。皮膚は大理石のように冷たく、顔は青ざめて、死体になったばかりであることを典型的に示していた。

ハリーは死体から離れ、立ち上がって、すでに気づいていた地下シェルターのドアへ向かった。自分のライターの明かり一つでは、自分が標的になるだけだ。もっと明かりが多ければ、全員が標的になる。いつでも撃てるようにMP5を構え、左手でスイッチを入れた。一気に明るくなり、低くて狭いトンネルに、明かりの灯った電球が列をなした。

ハリーはそこにいるのが自分と裸の男だけであることを確認し、死体を見下ろした。男は地面に敷いた毛布の上に横たわり、血の染み込んだ包帯が腹に巻かれていた。〝処女マリア〟のタトゥーが胸からハリーを見つめていた。ハリーも知っていたが、それはその持ち主が子供のころから犯罪者であることのシンボルだった。それ以外に目に見える傷はなかったから、致命傷は包帯の下の傷であり、その傷はトルルス・ベルンツェンのステアー拳銃によって生じたものにほぼ間違いないと考えられた。

ハリーは地下シェルターのドアを手で押してみた。鍵がかかっていた。トンネルのこちら側の壁は嵌《は》めこまれた金属の板で終わっていた。要するに、ルドルフ・アサーエフには出口が一つしかなかったのだ。トンネル。なぜその前に自分がほかの出口を試したのか、ハリーはその理由がわかった。あの夢だ。

彼は狭いトンネルを見つめた。

閉所恐怖症は意図とは逆の結果を招く。危険について事実と違う信号を送ってくる、克服しなくてはならないものだった。ハリーはMP5の弾倉がきちんと装着されていることを確認した。くそったれ。亡霊はおまえがいさせるからそこにいるんだ。

ハリーは歩き出した。

トンネルは思った以上に狭さを増していった。姿勢をさらに低くしたが、それでも、苔に覆われた天井や壁に頭がぶつかった。頭を活発に動かしつづけようとした。そうでないと、閉所恐怖症に付け入る隙を与えてしまいそうだった。これはドイツ軍が使っていた脱出通路に違いなかった。そうであるならば、裏口が煉瓦で塞がれていたことも腑《ふ》に落ちる。自分が方向を把握していること、間違っていなければ、同じような貯水塔がある隣家へ向かっていることを、習慣の力が保証してくれていた。トンネルは細心の注意を払って造られていた。床にはたくさんの排水渠《はいすいきょ》まであった。アウトバーンを造るドイツ人がこんな狭いトンネルを造るとは奇妙だった。〝狭い〟という言葉を思いついたせいで、閉所恐怖症が取り憑《つ》いて離れなくなった。ハリーは歩数を数えることに集中し、自分が丘の向こうまでどのぐらいのところにいるかを視覚化しようとした。丘の向こう、外界、自由、空気を吸えるところ。数えろ、いいから、数えるんだ。百十まで数えたとき、足元の地面に白い線が見えた。しばらく先で明かりがなくなり、振り返って見ると、それがトンネル通路のセンターラインに違いないことに気がついた。小さな歩幅で歩かざるを得なかったことを考えると、進んだ距離は六十メートルほどだろうと推定された。もうすぐだ。速度を上げようと、老人のように摺り足にしてみた。硬い音がして、下を見た。排水渠から聞こえていた。横棒が自動車のエア・ベントのように何層にも並んでいた。その瞬間、別の音、深い轟きのような音が、背後で聞こえた。ハリーは振り返った。

　ぎらりと金属に照り返す光が見えた。通路の端に嵌めこまれていた金属の板が動いて、床へ滑り落ちていた。それが音の源だった。ハリーは足を止め、マシンガンを構えた。板の向こうに何があるかは見えなかった。暗すぎた。しかし、そのとき、なにかがまたぎらりと光った。美しい秋の日の午後、オスロ・フィヨルドに反射する陽光のように。一瞬、完全な静寂があった。ハリーの心臓が獰猛に打ちはじめた。〝ベレー帽をかぶった警官〟がトンネルの真ん中で死んでいた。貯水塔。小振りなトンネル。天井の苔——実は苔ではなくて藻。そのとき、壁がやってくるのが見えた。緑がかった黒で、縁が白かった。ハリーは背中を向けて走り出した。同じ壁が反対側からも迫ってくるのが見えた。

41

前後から迫ってくる列車のあいだに立っているようだった。前方の水の壁のほうが先にやってきた。ハリーは後ろへ突き飛ばされ、頭が地面にぶつかった。次いで身体を持ち上げられ、前方へ錐揉《きりも》み状態で投げ出された。必死で腕と脚を振り回してもがきながら、手と膝で壁を引っ掻き、何かにつかまろうとした。だが、自分を取り巻いている力は抗う隙を与えてくれなかった。そのとき、始まったときと同じぐらい突然、攻撃が終わった。二方向から押し寄せた水がぶつかり、力を消し合ったのだとわかった。背後のすぐそこに何かが見えた。ちらちらと緑にきらめく白い腕が背後からハリーを抱擁し、青白い手が顔へと伸びてきていた。それを蹴飛ばし、身体をよじった。腹に包帯を巻いた死体が、黒い水のなかで、無重力のなかにいる裸の宇宙飛行士のように回転していた。口を開け、髪と髯《ひげ》をゆっくりとたゆたわせながら。ハリーは地面に足を着けて天井へと伸び上がった。隙間なく水が満ちていた。彼は腰を屈め、MP5とセンターラインを下に見ながら、最初の一掻きをして泳ぎ出した。方向はわからなかったが、スタート地点へ戻るにはどっちへ行かなくてはならないかは死体が教えてくれていた。壁に対して身体が斜めになるようにして泳いだ。そうすれば、もう一つの考えを頭から無理やり閉め出し、腕を一杯に伸ばして壁を突くことができた。浮力は問題ではなかった――その正反対で、防弾ベストが沈みすぎるぐらい下へ引っ張ってくれていた。時間を使ってでもコートを脱ぐべきかどうかを考えた。それはハリーを上へ持ち上げようとしつづけ、より大きな抵抗を生じさせていた。やらなくてはならないこと、立坑へ泳いで引き返すこと、秒数を数えないこと、距離を数えないことに集中しようとした。だが、すでに頭のなかはいまにも爆発するのではないかというぐらいに圧力が強まっていた。そのとき、あの記憶がついにやってきた。夏、屋外の五十メートル・プール。毎朝、ほとんどあたりに人はおらず、陽光のなか、黄色いビキニのラケル。オレグとハリーはどっちが潜水したまま遠くへ行けるか、決着をつけようとしている。オレグの身体はアイススケートのシーズンが終わったあとで引き締まっていたが、ハリーにはオレグを上回る技術があった。ウォーミングアップしている二人に、ラケルが声援と笑顔を送る。素晴らしい笑顔を。二人とも、ラケルに自分を誇示して見せる――彼女はフログネル・プールの女王で、オレグとハリーは彼女の目を自分に引きつけたくてたまらない家来だった。二人はスタートする。デッドヒートになる。四十メートルを過ぎて、二人とも水面に飛び出す。喘ぎながら、自分が勝ったと確信している。四十メートル。ゴールまで十メートル。プールには蹴ることのできる壁があり、腕の動きを制限するものはない。立坑まであと半分と少し。ハリーは祈らない。ここで死ぬことになる。いま、もうすぐ。眼球が顔から抉《えぐ》り出されるような気がする。搭乗予定の便の出発は夜半。黄色いビキニ。ゴールまで十メートル。もう一掻き。何とかしてもう一掻き。だが、そのあとは、結局死ぬことになる。

夜中の三時半、トルルス・ベルンツェンは車でオスロの通りを走り回っていた。小雨がフロントガラスに当たってささやき、つぶやいていた。もう二時間もこうしていた。何かを探しているからではなく、落ち着きをもたらしてくれるからだった。考えるための落ち着きと、考えないための落ち着きを。

ハリー・ホーレが手に入れたリストから、だれかが住所を削除した。そして、それはおれではない。

結局のところ、すべてはおれが信じていたようには型にはまっていなかったのかもしれない。

彼はあの殺人の夜をもう一度再生した。

グストが立ち寄った。何としても一発決めずにはいられないと必死のあまり震えていて、バイオリンを買う金をくれなければおれのことを密告すると脅してきた。何らかの理由で何週間もバイオリンが姿を見せず、注射公園《ニードル・パーク》はパニックに陥っていた。四分の一《クオーター》グラムが最低でも三千クローネはした。二人でATMへ車をひとっ走りさせよう、とおれは言った。ちょっと鍵を取ってくるからと。そのとき、ステアー拳銃も手に取った。何をしなくてはならないかは明白だった。グストは同じ脅しを繰り返すに決まっている。麻薬常用者が何をするかは大抵予測がつく。グストの場合は今度のような脅しだ。だが、おれが玄関へ戻ったとき、あいつはもう逃げてしまっていた。たぶん、血の臭いを嗅いだからだ。まあ、いいか、とおれは思った。そうすることで得るものがなかったら、グストだって脅したりはしないだろう。それに、考えてみれば、あいつだって押し込み強盗をしているんだ。あれは土曜で、おれが予備当直の日だった。それは待機していればいいということであり、だから、〈灯台〉へ行き、ちょっと雑誌に目を通し、マルティーネ・エークホフを眺め、コーヒーを飲んだ。そのとき、サイレンが聞こえて、数秒後におれの携帯電話が鳴った。オペレーション・センターからだった。ハウスマンス通り九二番地で発砲があったと通報があり、しかし刑事部は出払っていてだれもいなかった。それで、おれはそこへ走った――〈灯台〉からほんの数百メートルだ。警官としてのおれのすべての勘が警報を鳴らしていた。途中で擦れ違う人間全員を観察した。観察が重要になり得ることはよくわかっていた。おれが見た一人の男は毛糸の帽子をかぶった若者で、建物に寄りかかっていた。その視線は犯行現場の住所の門の前に駐まっているパトカーに向けられていた。どうしてそいつが気になったかというと、〈ザ・ノース・フェイス〉のジャケットのポケットへの、両手の突っ込み方が気に入らなかったからだ。一年のあの時期にしては大きすぎるし、厚すぎる。ポケットはほとんど何でも隠すことができる。そいつは真面目な顔をしていて、ドラッグの売人には見えなかった。警察がオレグ・ファウケを川から連行してパトカーに押し込むと、そいつは背を向けてハウスマンス通りを歩いていった。

たぶん、いまでも犯行現場周辺で観察した人間を十人は思い出して、その十人がそこで何をしていたか仮説を立てることはできる。なぜそいつを憶えているかというと、もう一度見ているからだ。ハリー・ホーレがホテル・レオンで見せてくれた家族写真に写っていた。ホーレはイレーネ・ハンセンを捜していると言った。おれは心当たりはないと答えた。ほんとうに知らなかった。だが、黙ってはいたが、知っているやつもいた。もちろん、グストだ。だが、グストだけではなかった。もう一人の少年、グストの血の繋がりのない兄だ。あのときと同じ真面目な顔をしていた。犯行現場で見た若者だ。

トルルスはプリンセンス通り、ホテル・レオンからわずかに下ったところに車を停めた。つけっぱなしにしてあった警察無線から、待っていたオペレーション・センターへのメッセージがようやく聞こえてきた。

「ゼロ・ワン。ブリンデルン通りの音についての通報を確認した。ここで戦闘があったようだ。催涙ガスと、激しい撃ち合いだ。自動火器が使われたことは間違いない。一人が射殺されている。地下へ下りたが、水で一杯だった。二階を調べるためにはデルタ・フォースを出動させるべきだと考える」

「まだ生存者がいるかどうかを確認できるか？」

「ここへきて、自分の目で確認したらどうだ！　聞いてなかったのか⁉　催涙ガスと自動火器だぞ！」

「わかった、わかった、要求は何だ？」

「パトカー四台で現場周辺を封鎖すること、デルタ・フォースを動員すること、現場検証班を急行させること、それから……配管工も必要かもしれん」

トルルス・ベルンツェンはボリュームを下げた。車がタイヤを鳴らして止まる音が聞こえ、長身の男が一人、走ってくる車の前をお構いなしに通りを渡っていくのが見えた。車の運転手が激怒してクラクションを鳴らしたが、男は気づいた様子もなく、ホテル・レオンのほうへ大股で歩いていった。

トルルス・ベルンツェンは目を凝らした。

本当にあいつだってことがあり得るのか？　ハリー・ホーレだってことが？

男は両肩と粗末なコートのあいだに顔を埋《うず》めていた。ようやく見えたのは、彼が首を捻って、顔が街灯に照らされたときだった。そして、人違いだとわかった。見たことがあるような気はしたが、ホーレではなかった。

トルルスは運転席に背中を預けた。いまわかった。だれが勝者かが。トルルス・ベルンツェンは彼の街を眺めた。いまや自分のものになった街を。雨が車の屋根を叩き、ハリー・ホーレは死んだとつぶやいて、泣きながらフロントガラスを流れ落ちつづけた。


二時にはヽヽ大抵の人々がやり疲れて自宅へ帰り、ホテル・レオンは静けさを増しているのが普通だった。パスポートが差し出されても、フロントの若者はほとんど顔も上げなかった。

男のコートと髪から雨が滴っていた。若者は常のようになっている質問をした――何日も留守にしたあげく、そんな状態で夜の夜中に戻ってくるなんて、いったい何をしていたんです？　しかし、返ってくる答えはうんざりするほど長く、熱く、詳しく、自分が人々の苦しみをどれだけ救ってやったかを語るのが、やはり常のようになっていた。しかし、今夜のカトーは普通以上に疲れているようだった。

「きつい夜だったんですか？」若者は答えが〝イエス〟か〝ノー〟だけで終わってくれることを願いながら訊いた。

「ああ、わかってるじゃないか」老人が青白い笑みを浮かべた。「いやはや、人類社会というのは。たったいま、危うく殺されるところだったよ」

「そうなんですか？」若者は質問したことを後悔した。これから延々と説明がつづくに決まっている。

「車に轢《ひ》かれそうになったんだ」カトーは言い、そのまま階段を上がりつづけた。

若者は安堵の息を吐き、ふたたびコミックに集中した。

老人は自室の鍵穴に鍵を挿し込んで回した。驚いたことに、すでに開いていることがわかった。

部屋に入って照明のスイッチを入れたが、天井の明かりはつかず、ベッドサイド・ランプが灯った。ベッドに坐っているのは彼と同じく長身で、ロングコートを着た背を丸めている男だった。コートの裾から水滴が床に落ちていた。二人はずいぶん違っていたが、老人は初めてそれに気がついた。鏡に映った自分と向かい合っているようだった。

「何をしているんだ？」カトーは小声で訊いた。

かと思ってな」

「決まってるだろう、押し入ったんだ」相手の男が答えた。「金目のものがあるんじゃないかと思ってな」

「あったか？」

「金目のものか？　いや。だが、これを見つけた」

老人は放って寄越されたものを捉え、指でつまんでかざした。そして、ゆっくりとうなずいた。U字形に固められたコットン素材の何かだった。本来の白さではなかった。

「私の部屋で見つけたのか？」老人は訊いた。

「ああ、あんたの寝室でな。クローゼットにあった。着けてみろ」

「なぜ？」

「なぜなら、罪を告白したいからだ。それがないと、あんたが裸に見えるからだ」

老人は背中を丸めてベッドに坐っている男を見た。髪から滴る水が顎の傷を通って喉元へ下り、さらに床へと落ちていた。一脚しかない椅子が部屋の真ん中に置かれていた――告解席。テーブルに封を切っていないキャメルが一箱。その隣りにライターと、濡れそぼって折れた煙草。

「好きにするんだな、ハリー」

老人は腰を下ろしてコートのボタンを外し、U字形の聖職者の襟《カラー》を聖職者のシャツの切れ目に押し込んだ。その手がジャケットのポケットに入ったとき、相手の男が一瞬たじろいだ。

「煙草だよ」老人は言った。「分けてやろう。きみのは濡れてしまっているようだからな」

警察官がうなずくと、老人はポケットから手を出し、封の切ってある煙草をかざして見せた。

「ノルウェー語が上手なんだな」

「スウェーデン語よりちょっとましという程度だよ。だが、ノルウェー人のきみには、私がスウェーデン語を話すときの訛りは聞き取れないだろうがね」

ハリーは黒い紙を巻いてある煙草を一本取り、それを検めた。

「ロシアの訛りってことか？」

「〈ソブラニー・ブラック・ロシアン〉」老人が言った。「ロシアで唯一のちゃんとした煙草だ。いまはウクライナで生産されている。普段はアンドレイのを失敬するんだがね。アンドレイと言えば、どうしているかな？」

「よくないな」老人に煙草の火をつけてもらいながら、警察官が答えた。

「それは残念だ。よくないと言えば、きみは死ぬはずだったんだぞ、ハリー。私はきみがトンネルにいることを知っていて、貯水塔の放水口を開いたんだからな」

「ああ、いたよ」

「二つの貯水塔はともに満杯で、放水口も同時に開いた。きみは中間地点で呑み込まれるはずだった」

「そのとおりに呑み込まれたよ」

「そうだとしたら、わからないな。大抵の人間はショックで取り乱し、そこで溺れてしまうんだがね」

　警察官が口の端から紫煙を吐き出した。「ゲシュタポの親玉を追いかけたレジスタンスの闘士のようにか？」

「実際に撤退するとき、彼らがその罠を試したかどうかは知らないな」

「だが、あんたは試した。あの囮捜査官を使ってな」

「彼はきみと本当にそっくりだったよ、ハリー。自分が天職に就いていると考える男たちは危険なんだ。彼ら自身にとっても、その周囲にとってもだ。きみは彼のように死ぬはずだったんだ」

「だが、見てのとおり、おれは依然としてここにいる」

「まだわからないんだが、どうしてそんなことが可能なんだ？　水に揉まれながらも、まだ肺に充分な空気があったとでも言うのか？　狭いトンネルのなかを七十メートルも、服を着たままで泳ぎ切るだけの空気が？」

「なかったよ」

「なかった？」老人が微笑した。本心から興味があるようだった。

「ああ、おれの肺にあった空気は少なすぎた。だが、三十五メートルを泳ぐには間に合ったんだ」

「そして？」

「そして、助けられた」

「助けられた？　だれに？」

「根はいいやつだとあんたが言った男にだ」ハリーが空のウィスキーのボトルをかざした。

「ジムビームさ」

「きみはウィスキーに助けられたのか？」

「ウィスキーのボトルに、だ」

「空のウィスキーのボトルにか？」

「逆だ、一杯に入っているボトルにだ」

ハリーが煙草を口の端にくわえ直し、ボトルのキャップを開けて頭の上に掲げた。

「空気が一杯入っているボトルだ」

老人の顔に信じられないという表情が浮かんだ。「きみは……？」

「水のなかで肺に空気がなくなったあとの最大の課題は、ボトルを口に当て、その首が上を向くようにして、ボトルのなかのものを吸い込めるようにすることなんだ。初めてダイビングをするときに似てるな。身体が抵抗するんだ。なぜなら、身体が持っている物理学の知識は限られているから、水を吸い込んで溺れると考えてしまうんだ。肺が四リットルの空気を取り込めるって知ってたか？　まあ、ボトルに空気が完全に満ちていて、多少の決意があれば、そこから三十五メートルぐらい泳ぐには充分だったということだ」警察官がボトルを置き、くわえていた煙草を手に取って、それを疑わしげに見た。「ドイツ人はもう少し長いトンネルを造るべきだったな」

ハリーは老人を見た。皺を刻んだ老いた顔が割れ、声が笑った。ボートの船外機のような断続的な笑いだった。

「きみが違っているのはわかっていたよ、ハリー。オレグのことを聞いたらきみはオスロへ戻ってくると彼らは言った。だから、私は調査をした。そして、いまわかったよ、噂が誇張ではなかったことがな」

「そうかい」ハリーが言った。聖職者の組み合わされた手から片方の目を離さず、ベッドの縁に腰かけて両脚を床につけて準備し、まるで片方の靴の下に細いナイロンコードを感じることができるよう爪先に大半の体重をかけているようだった。「あんたはどうなんだ、ルドルフ？　あんたの場合、噂は誇張なのか？」

「どの噂かな？」

「そうだな、たとえば、あんたがイェーテボリでヘロインのネットワークを構築し、そこの警察官を殺したという噂はどうだ？」

「告白をしなくちゃならないのはきみではなくて私みたいじゃないか、え？」

「死ぬ前にイエスの前で罪の重荷を下ろすのが、あんたにとっていいんじゃないかと思ってね」

　老人がまたボートの船外機のような笑いを漏らした。「きみはいいやつだな、ハリー！　実にいいやつだ！　そう、われわれは彼を排除しなくてはならなかった。われわれのバーナーだったんだが、私は彼を信用できないと感じていた。それに、私は刑務所へは戻れなかった。黴臭くて、じっとり湿っていて、それが人の魂を、黴が壁を浸食するように蝕んでいくんだ。毎日欠かすことなく、人間らしさが削り取られていくんだよ、ハリー。最悪の敵に味わわせてやりたい唯一のものだ」そして、ハリーを見た。「何をおいても憎むべき敵にだ」

「おれがオスロへ戻ってきた理由は知ってるよな。あんたの理由は何だ？　スウェーデンだって、ノルウェーに負けないマーケットだろ？」

「きみと同じ理由だよ、ハリー」

「同じ？」

ルドルフ・アサーエフは黒い紙巻煙草を一服してから答えた。「それは忘れてくれ。あの殺しのあと、警察の手が伸びてきたんだ。それに、妙なことだが、こんなに近いにもかかわらず、ノルウェーにいるとスウェーデンはとても遠いんだ」

「そして、戻ってきたあんたは謎のドバイとなった。だれも見たことがないが、夜な夜な街に出没すると思われている男、クヴァドラトゥーレンの亡霊にな」

「覆面をかぶりつづけていなくてはならなかったんだ。商売のためだけじゃない、ルドルフ・アサーエフの名前は警察の悪い記憶をよみがえらせる恐れがあるからだ」

「七〇年代と八〇年代」ハリーは言った。「ヘロイン常習者はばたばた死んでいた。もしかすると、あんたの祈りには彼らも含まれていたかもしれんな、牧師さん？」

老人が肩をすくめた。「スポーツカー、ベースジャンプ用のパラシュート、拳銃、それ以外にも人が愉しみのために買い、しかし死んでしまう可能性のあるものを造る人々を人は裁いたりはしない。私が届けるのは人々が欲するもの、私に競争力を持たせてくれる質と価格を備えたものだ。客がそれをどうするかは、彼らの問題だ。わかってるんじゃないのか、ハリー？　阿片製剤《オピエイト》をやっているけれども、頭も身体もまったく正常で、ちゃんと生活している市民がいることを？」

「ああ、おれがその一人だったからな。あんたとスポーツカーを造っている人間の違いは、あんたのしていることが法で禁じられているというところだ」

「法と道徳を結びつけるのは慎重であるべきだな、ハリー」

「では、あんたは自分の善意が自分を免責してくれると考えているのか？」

老人が頬杖を突いた。疲れているようにも見えたが、見せかけの可能性があることをハリーはわかっていたから、注意深く動きを見守った。

「私の聞いているところでは、きみは一途な警察官でモラリストだそうだな、ハリー。オレグがきみのことをグストに話したんだ。それを知ってたか？　オレグはきみを愛していた。息子が自分を愛してくれることを願う父親のようなきみをな。われわれのような仕事に熱心なモラリストと愛に飢えた父親は、とんでもない量のエネルギーを持っている。われわれの弱点は、何をするかが予測可能なところだ。きみがくるのは時間の問題にすぎなかった。ガルデモン空港に、乗客リストを見ることができるわれわれの連絡員がいるんだよ。きみがこっちへ向かうことは、きみが香港発の便の席に坐るより早くわかっていたんだ」

「ふむ。あいつがバーナーだったのか？　トルルス・ベルンツェンが？」

老人が笑みを答えの代わりにした。

「それから、イサベッレ・スケイエンについてはどうなんだ？　彼女とも協働していたのか？」

老人が重いため息をついた。「私が答えを墓場まで持っていくことはわかっているはずだ。犬のように死ぬのはやぶさかではないが、垂れ込み屋として死ぬのはご免被る」

「そうかい」ハリーは言った。「そのあとはどうなったんだ？」

「アンドレイが空港からホテル・レオンまできみを尾《つ》けた。カトーとして動き回っているときの私は同じようなホテルをいくつも使っていて、レオンはよく利用しているんだ。それで、きみのあとからチェックインした」

「なぜ？」

「きみが何をするかを見届けるためさ。われわれに接近しそうかどうか、確かめたかったんだよ」

「〝ベレー帽をかぶった警官〟がここに泊まったときのようにか？」

老人がうなずいた。「きみが危険な存在になり得ることはわかっていたからな、ハリー。だが、私はきみが好きだった。だから、いくつか友好的に警告を与えた」そして、ため息をついた。「だが、きみは聴く耳を持たなかった。まあ、当然だがね。きみや私のような者はそうなんだよ、ハリー。だから、成功するんだ。最後には常に失敗する理由でもあるんだがね」

「ふむ。おれが何をするのを恐れたんだ？　オレグを説得して、密告させることをか？」

「それもある。オレグは一度も私と会ってはいないが、グストが彼に何を話しているか知りようがなかった。グストは、残念ながら、信用できなかった。自分でもバイオリンをやりはじめてからは尚更《なおさら》だった」老人の目に何かが宿り、ハリーは気がついた。それは疲れからきたものではない、痛みだ。純粋で激しい痛みだ。

「それで、オレグがおれに話すだろうと考えたとき、あんたはオレグを殺させようとした。そして、それが失敗に終わると、おれに協力を申し出た。おれを使ってオレグにたどり着こうとした」

　老人がゆっくりとうなずいた。「私個人の問題じゃないんだ、ハリー。この業界のルールなんだよ。垂れ込み屋は排除されるんだ。だが、それはきみだって知っていただろう？」

「ああ、知っていた。だが、だからといって、あんたがそのルールに従わなかったから、おれがあんたを殺さないということにはならない」

「それなら、なぜさっさとやらなかった？　その度胸がないのか？　地獄の業火に焼かれるのが恐ろしいのか、ハリー？」

　ハリーはテーブルで煙草を揉み消した。「なぜなら、その前に知りたいことがあるからだ。二つだ。なぜグストを殺した？　彼にあんたの情報を垂れ込まれるのを恐れたからか？」

　老人が大きな耳の周りの白髪を後ろへ撫でつけた。「グストの血管には、私とそっくりの血が流れていた。彼は生まれついての垂れ込み屋だった。放っておけば、早晩、私のことを垂れ込むはずだった——垂れ込んで何が得られるかさえわかれば。だが、そのあと、彼は自暴自棄《やけ》になった。バイオリンをやらずにいられなくなったんだ。純粋な化学現象だよ。肉体は精神より強いんだ。渇望を前にしたとき、人はみな弱くなる」

「そうだな」ハリーは言った。「そのとき、人はみな弱くなる」

「私は……」老人が呟き込んだ。「彼を行かせてやらなくてはならなかった」

「行かせる？」

「そうだ。行かせる。沈める。消す。商売を彼に乗っ取られるわけにはいかない、私はそれに気がついた。彼は充分に抜け目がなかった——父親から受け継いだものだ。だが、根性がなかった。それは母親譲りだ。私は彼に責任を与えようとした。だが、彼はその試験に落第した」髪を後ろへ撫でつける老人の力がどんどん強くなっていった。まるで何かが染み込んでいて、それをきれいにしようとしているかのようだった。「試験に合格しなかった。根性なしだった。それで、ほかのだれかにやらせるしかないと判断した。最初に頭に浮かんだのはアンドレイとピョートルだ。アルタイ地方出身のシベリア・コサック。コサックとは〝自由な人〟の意だ。知っていたかな？　アンドレイとピョートルは私の連隊《レジメント》、私のコサック村《スタニッツァ》だった。彼らは自分たちの頭領《アタマン》に忠実で、命を懸けての忠誠を誓うんだ。だが、アンドレイとピョートルは、いいかね、ビジネスマンではなかった」ハリーは老人の身振りに気がついた。自分自身が抱いている思いにのめり込んでいるかのようだった。「彼らに店を任せるわけにはいかなかった。というわけで、セルゲイしかいないと考えた。若くて、将来があって、何にでもなれる可能性があって……」

「あんたは以前、自分にも息子がいたかもしれないと言ったよな」

「セルゲイはグストほど数字に強くなかったが、自制心があった。野心的だった。アタマンになるために要求されることをやるのを厭わなかった。だから、ナイフを与えた。残る試験は一つだけだった。コサックがアタマンになるには、昔は針葉樹林帯《タイガ》に入り、狼を生け捕りにして戻ってこなくてはならなかった。セルゲイならそれもやってのけるだろうが、もう一つ、〝シトー・ヌージナ〟を成し遂げられることも、この目で確かめなくてはならなかった」

「何だって?」

「〝必要な行ない〟だ」

「息子のグストを殺すことか?」

「私が刑務所送りになったとき、グストは生まれて六カ月だった。彼の母親は慰撫を得られるものに慰撫を求めた。短いあいだでもそうせざるを得なかった。そして、息子の世話をできる状態でなくなった」

「ヘロインか?」

「社会福祉関係の部局がグストを引き取り、どこかの夫婦と養子縁組をした。そして、囚人だった私が存在しないことにした。彼女は次の年の冬、薬物の過剰摂取で死んだ。もっと早く死んでいても不思議はなかった」

「オスロへ戻ったのはおれと同じ理由だと言ったが、息子だったのか」

「里親の家を出て、まっとうな狭い道を外れて彷徨っていると教えられたんだ。私はいずれにしてもその前からスウェーデンを離れることを考えていたし、オスロは競争もそれほど厳しくなかった。私はグストがうろついている界隈《かいわい》を突き止め、最初は遠くから観察した。恐ろしいほどの美男、形容する言葉がないほどの美男だった。母親ももちろん美しかった。ただ彼を見ていることができた。見て、見て、そして、考えた。私の息子だ、私だけの……」

老人の声が詰まった。

ハリーは自分の足元を見た。新しいカーテンレールの代わりにあてがわれたナイロンコードを。そして、それを靴の底で床に押しつけた。

「そのあと、あんたは彼を自分の商売に引きずり込み、引き継がせてもいいかどうか試験をした」

老人はうなずき、ささやくような声で言った。「だが、私は絶対に何も言わなかった。死んだとき、彼は私が父親だと知らなかった」

「どうしてそんなに急いだんだ？」

「急いだ？」

「商売を引き継いでくれる人間がどうしてそんなにすぐに必要になったんだ？　最初はグスト、次はセルゲイ」

「私は病気なんだよ」

「ふむ。そんなところだろうと思っていたよ。癌か？」

「余命は一年だと複数の医者に言われた。半年前のことだ。セルゲイが使った聖なるナイフは、私のマットレスの下に置いてあった。どうだ、傷は痛むか？　あのナイフが私の苦しみをきみに移したんだよ、ハリー」

ハリーはゆっくりとうなずいた。それなら符合する。だが、符合しない部分もある。

「余命わずか数カ月なら、なぜ垂れ込まれることを恐れて自分の息子を殺そうとするんだ？　あんたの人生は短いが、彼の人生は長いんだぞ？」

老人がくぐもった咳をした。「〝ウルカ〟とコサックは、連隊の単純な男どもなんだよ、ハリー。われわれは掟に忠誠を誓い、その誓いを何があろうと貫く。闇雲にではなく、ちゃんとわかった上でだ。われわれは自分の気持ちを律するよう訓練されている。そのおかげで、われわれは自分たちの人生の主人でいられるんだ。アブラハムが自分の息子を犠牲にすることに同意したのは――」

「神に命じられたからだ。あんたが言っているのがどんな掟かは知らないが、あんたは自分が犯した罪を背負わせて、十八歳を刑務所へ行かせてもかまわないと言ってるのか？」

「ハリー、ハリー、まだわかってないのか？　私はグストを殺していない」

ハリーは老人を見つめた。「それがあんたたちの掟だと、たったいまそう言わなかったか？　やむを得ない場合は自分の息子を殺すことが」

「ああ、言った。だが、同じ血を持っているとも言ったぞ。私は息子を愛している。グストの命を奪うことなどできるはずがない。正反対だ。アブラハムも神も頭がどうかしてると言ってやろうじゃないか」笑いが咳に変わった。両手で胸を押さえ、身体を二つに折って、咳き込みつづけた。

ハリーは瞬きをした。「それなら、だれが殺したんだ?」

老人が背筋を伸ばした。右手にリボルバーがあった。それは大きくて醜く、持ち主よりも年を取っているようにさえ見えた。

「私のところに丸腰でくるとは、きみらしくない分別のなさだな、ハリー」

ハリーは答えなかった。MP5は地下に満ちている水の底にあり、ハンス・クリスティアンの狩猟用ライフルはトルルス・ベルンツェンのアパートにあった。

「だれがグストを殺したんだ?」ハリーは繰り返した。

「だれであっても不思議はないな」

老人が引鉄に指をかけたとき、ハリーは何かが軋む音を聞いた。

「殺すのはそんなに難しいことじゃない、ハリー。そうじゃないか?」

「そうだな」ハリーは片方の足を上げた。細いナイロンコードがカーテンレールの留め具のほうへ、空気を裂く音を立てながら飛び上がった。

ハリーは老人の目に疑問符が浮かぶのを見、脳が稲妻のように高速に回転してその情報を解析している途中であることを知った。

明かりがつかなかったこと。

部屋の真ん中に椅子が置かれていたこと。

ハリーが自分を身体検査しなかったこと。

ハリーがいま坐っているところから一センチたりとも動いていないこと。

そしていま、ぼんやりとした闇のなかに、ナイロンコードが見えているかもしれなかった。ハリーの靴の下からカーテンレールの留め具を経由して、頭の真上にある天井の照明へ延びているところが。そこにあるのはもはや照明器具ではなく、聖職者の襟《カラー》を別にすれば、ハリーがブリンデルン通りの家から持ってきた唯一のものだった。ルドルフ・アサーエフの四柱式ベッドにびしょ濡れで横たわって喘いでいるとき、頭にはそれしかなかった。目の前で黒い点が現われたり消えたりし、いつ意識を失っても不思議はないと確信しながら、それでも、そうはなるまい、暗闇のこちら側にとどまろうと戦っているとき、頭にはそれしかなかった。そして起き上がり、〝ツィウク〟を手に取ったのだった。聖書の隣りにある赤煉瓦を。

ルドルフ・アサーエフが身体を丸めて左へよけようとした。そのせいで、煉瓦に植え付けられた鋼鉄の釘は頭に突き刺さるのではなく、鎖骨と肩の筋肉のあいだの皮膚を突き破り、神経繊維の接合点へ、頸腕神経叢《けいわんしんけいそう》へと下りつづけて、二百分の一秒後、彼が引鉄を引いたときに上腕の腕が麻痺し、リボルバーが八センチ下がるという結果をもたらした。千分の一秒のあいだ火薬が低い発火音とともに燃焼し、旧式のナガン拳銃から銃弾を送り出した。三千分の一秒後、その銃弾はハリーのふくらはぎのあいだのベッドフレームを穿った。

ハリーは立ち上がると、横の安全装置を外してリリース・ボタンを押した。柄を振るわせながら刃が飛び出した。ハリーは低い位置、腰の横から右腕を前に突き出した。長くて薄いナイフの刃がコートの襟のあいだの中心に進入し、聖職者のシャツを目指した。布地と皮膚が降参したのがわかり、刃が何の抵抗もなく進んでいって、柄のところで止まるのがわかった。ハリーはナイフを離した。ルドルフ・アサーエフが死のうとしていた。椅子が後ろへ傾き、ロシア人は床にぶつかって呻いた。椅子を蹴飛ばしたが、そこに倒れたまま身体を丸めた。傷ついているけれども、依然として危険なスズメバチのようだった。ハリーはアサーエフをまたいで立ち、腰を屈めて、ナイフを引き抜いた。そして、異常なほどに深紅色の血を見た。肝臓からかもしれなかった。老人の左手が床を、麻痺している右腕の周辺を引っ掻き、拳銃を探した。ハリーはほんの一瞬、野蛮な願望が頭をもたげるに任せた——あの手が拳銃を見つけてくれたら、こいつを殺した充分な口実ができる……

ハリーは拳銃を蹴飛ばした。それが壁にぶつかる鈍い音が聞こえた。

「それで」老人がささやいた。「いい子だから、その〝鉄〟で私を祝福してくれ。やる気満々でいるそのナイフで。お互いのためにこれを終わりにしようじゃないか」

ハリーは束の間目を閉じた。それが失われているのが感じられた。行ってしまっていた。憎悪が。素晴らしくて白い憎悪が。ハリーが前に進みつづける燃料になっていた憎悪が。その燃料が底を突いていた。

「いや、お断わりだ」ハリーは言い、またいでいた老人から離れて、濡れそぼったコートのボタンを留めた。「おれはもう行くからな、ルドルフ・アサーエフ。救急車を呼ぶよう、フロントの若者に頼んでおいてやるよ。そのあと、おれの元上司に連絡して、あんたを見つけられる場所を教える」

老人がくっくっと笑った。口の端に赤い泡ができた。「そのナイフを使え、ハリー。これは殺人じゃない——私はもう死んでいるんだ。約束してやるが、きみが地獄へ行くことはない。きみを引きずり込むなと門番に言っておくからな」

「おれは地獄なんか怖くない」ハリーは濡れたキャメルをコートのポケットに入れた。「おれは警察官だ。おれたちの仕事は法を犯したと言われている者を裁きの場に引き出すことなんだからな」

老人が咳き込み、赤い泡が噴き出した。「おいおい、ハリー。きみの保安官バッジなんてただのプラスティックだろう。私は病気だ。裁判官にできるのは、私を刑務所に入れ、キスをし、抱擁をし、モルヒネを与えることだけだ。私は本当に多くの殺人を犯した。競争相手を橋から吊るし、雇った人間、たとえばあのパイロットなんかを煉瓦を使って殺した。あの警官もだ。〝ベレー帽をかぶった警官〟だよ。そして、アンドレイとピョートルをきみの部屋へ行かせて、きみを撃ち殺そうとした。きみとトルルス・ベルンツェンをな。なぜだかわかるか？　きみとベルンツェンが撃ち合ったように見せかけるためだよ。そして、証拠として武器を残した。さあ、やってくれ、ハリー」

ハリーはナイフの刃をベッドのシーツで拭いた。「なぜベルンツェンを殺さなくちゃならなかったんだ？　だって、あんたのために働いていたんだろう」

アサーエフが身体を横に向けた。それで呼吸が楽になったようだった。その体勢になって二秒後に、答えが返ってきた。「あいつはアルナブルーのヘロインの備蓄を盗もうとした、私の目を掠めてだ。あれは私のヘロインではなかったが、自分のバーナーがそこまで強欲だとわかったら信用はできない。それに、私を破滅させるに充分なことを知っているとなれば、危なっかしすぎるじゃないか。私のような商売をしている者は、何であれ危険は排除するんだよ、ハリー。あれは一つの石で二羽の鳥を落とせる絶好の機会だったんだ。きみとベルンツェンという鳥をな」そして、小さく笑った。「私がボーツェンできみの愛する少年を殺そうとしたようにだ。そろそろ憎しみが湧き上がっているんじゃないのか、ハリー？　私はきみの愛する少年をほとんど殺しかけたんだからな」

ハリーはドアの手前で立ち止まった。「グストを殺したのはだれだ？」

「人類は憎しみという福音で生きている。憎しみに従え《フォロー・ザ・ヘイトレッド》、ハリー」

「警察と市議会にいる連絡員はだれなんだ？」

「教えたら、これを終わらせることに力を貸してくれるか？」

ハリーは老人を見た。そして、急いでうなずいた。嘘が見え見えでないことを祈った。

「こっちへきてくれ」老人が小さな声で言った。

ハリーは老人のところへ引き返して腰を屈めた。その瞬間、老人の手が硬い鉤爪のようにハリーの襟をつかみ、自分のほうへ引き寄せた。耳元で、ざらついた声が低い喘鳴のように響いた。

「私がある男に金を渡して、グスト殺しを白状させたことは知っているよな、ハリー。オレグが匿《かくま》われて居所がわからなくなったら手の出しようがなくなるから、その前にやってしまおうとしたんだと、きみはそう考えた。そうじゃないんだ。警察にいる私の手下は、証人保護プログラムを見ることができる立場にいるんだ。だから、オレグがどこにいようと、その気になれば刺し殺させるのは簡単だった。だが、私は思い直した。彼をそう簡単に楽にしてやりたくなかったんだ……」

ハリーは老人の手を振りほどこうとしたが、手は彼をがっちりつかんだまま離れなかった。「顔にビニール袋を被せて、逆さまに吊るしてやりたかった」声が低く響いた。「顔はビニールの袋のなかにある。水が足から流れていき、身体を伝い落ちてビニール袋に溜まる。それを撮影したかった。音付きでだ。そうすれば、きみは悲鳴を聞くことができる。終わったら、そのフィルムをきみに送るはずだった。いまきみが私を助けたら、私はいまもそれを実行するつもりだ。逮捕されたとしても、証拠不充分ですぐに釈放されるだろうな。きみが驚くほどあっという間にな、ハリー。そして、私はきみを見つけるぞ、ハリー、誓って見つけてやる。郵便受けから目を離さないことだ。いずれDVDが届くから」

ハリーの身体が本能的に動き、手が薙《な》ぎ払うように横に振られた。刃がしっかり何かを捉える手応えがあった。刃は深く進んでいって、捻られた。老人の喘ぎが聞こえた。ハリーは刃を捻りつづけた。目を閉じて、腸や諸々の臓器が刃に巻きつき、破裂し、裏返るのを感じた。ついに老人の絶叫が聞こえたが、それはハリー自身の絶叫だった。

42

ハリーは顔の片側に当たる陽の光で目を覚ました。それとも、何かの音に起こされたのか？

慎重に片目を開け、周囲をうかがった。

居間の窓と青い空が見えた。音はなかった——とにかく、いまは。

ソファに染みついた煙草の臭いを嗅ぎ、顔を上げた。ここがどこなのか、思い出した。

老人の部屋を出て自分の部屋へ戻り、カンバス地のスーツケースに冷静に荷造りし、裏口からホテルを出、タクシーを捕まえ、絶対に見つかることがないと確信できる唯一の場所へ向かったのだった。ウップサールのニーバックの実家。ハリーが立ち去ってからというもの、だれかがいた形跡はなかった。ハリーが真っ先にしたのは、キッチンとバスルームの引き出しを引っ掻き回すことだった。そうやって見つけた鎮痛剤を四錠服み、両手についている老人の血を洗い流してから、スティーグ・ニーバックの決心がついたかどうかを確かめに地下へ下りた。

決心はついていた。

ハリーは上へ引き返し、服を脱いで、それを乾かすためにバスルームに吊るした。そのあと、毛布を探し出してソファで眠りに落ちた。気持ちが激しく掻き乱される前に。

いま、ハリーは立ち上がってキッチンへ向かった。鎮痛剤を二錠、コップ一杯の水で嚥《の》み下した。冷蔵庫を開けてなかを覗くと、高級な食べ物がたくさんあった。明らかに、イレーネにいいものを食べさせていたようだった。昨日からの吐き気が戻ってきて、何であれ口に入れるのは無理だとわかった。居間へ戻った。そこにリカー・キャビネットがあることは昨日からわかっていた。だが、昨日はそれを避けて、眠る場所を探したのだった。

いま、ハリーはリカー・キャビネットを開けた。空っぽだった。安堵の息が漏れた。ポケットをまさぐった。粗末な結婚指輪。そのとき、音が聞こえた。

目が覚めたときと同じ音だ、とハリーは思った。

地下へ下りる開け放しのドアのところへ行き、聴き耳を立てた。ジョー・ザヴィヌル？　地下へ下りて、物置のドアへ向かった。金網に覆われた覗き穴からなかを覗いた。スティーグ・ニーバックがゆっくりと、無重力の空間にいる宇宙飛行士のように回転していた。ニーバックのズボンのポケットで振動している携帯電話がプロペラの役目を果たしているのだろうか、とハリーは訝った。その着信音――ウェザー・リポートの「パラディウム」の四つ、実際には三つのコード――が、あの世からのコールサインのように聞こえた。そして、それはその携帯電話を取り出そうとしているハリーがまさに考えていることだった――ニーバックがおれと話したくてかけてきてるんじゃないだろうか。

ハリーはディスプレイに表われている数字を見た。通話ボタンを押した。〈ラディウムホスピタル〉の受付の女性の声だとわかった。「スティーグ！　もしもし！　いるんですか？　聞こえていますか？　あなたと連絡を取りたいんです、スティーグ。どこにいるんですか？　会議があなたを待っているんですよ、いくつもの会議が。みんな、心配しています。マルテインがあなたのアパートへも行ってみたんですが、いらっしゃらなかったですよね？　スティーグ？」

　ハリーは電話を切り、ポケットにしまった。これから必要になるはずだった。マルティーネにもらった携帯電話は、水に浸《つ》かって使い物にならなくなっていた。

キッチンからベランダへ椅子を持ち出して腰を下ろした。朝の光を顔に受けながら、煙草の箱を取り出し、愚かな黒い紙巻き煙草の一本をくわえて火をつけた。これからやらなくてはならないことがあった。よく知っている番号を押した。

「ラケルです」

「やあ、ぼくだよ」

「ハリーなの？　あなたの番号だとわからなかったわ」

「電話を新しくしたんだ」

「あら、そうなの。声を聞けて本当によかったわ。すべて順調だった？」

「ああ」ハリーは答えた。彼女の嬉しそうな声を聞いて口元が緩んだ。「すべて順調だった」

「暑い？」

「とても暑いよ。太陽が輝いている。これから朝飯だ」

「朝ご飯？　そっちは四時かそこらじゃないの？」

「時差ぼけだよ」ハリーは言った。「飛行機で眠れなかったんだ。ぼくたちのためにすごいホテルを見つけてある。スクンビット通りにあるんだ」

「あなたと再会できるのをわたしがどれだけ楽しみにしてるか、あなたにはわからないでしょうね、ハリー」

「ぼくは――」

「駄目よ、待って、ハリー。わたし、本気よ。ゆうべ、一晩じゅう、寝ないで考えたの。これは絶対に正しいわ。正確に言えば、これからそうだとわかるってことだけどね。でも、それがわかるためにも、これは正しいわ。だから、やらなくちゃならないのよ。ねえ、もしわたしが断わっていたらって想像してごらんなさいよ、ハリー」

「ラケル――」

「愛してるわ、ハリー。愛してる。聞いてる？　この言葉がどんなに簡単で、どんなに奇妙で、どんなに素敵か、わかる？　本当に本気じゃないと手に入らないのよ――真っ赤なドレスのようにね。愛してるわ。わたし、ちょっと言い過ぎてる？」

彼女が笑った。ハリーは目を閉じ、世界で一番素晴らしい太陽が肌にキスしてくれるのを、世界で一番素晴らしい笑い声が鼓膜にキスしてくれるのを感じた。

「ハリー？　本当にバンコクにいるの？」

「本当にバンコクにいるよ」

「でも、変ね。すごく近くにいるように聞こえるんだけど」

「ふむ。もうすぐ、もっともっと近くなるよ、ダーリン」

「もう一回言って」

「何を？」

「ダーリンって」

「ダーリン」

「うーん」

何か硬いものの上に坐っているように感じた。尻のポケットに入っている硬い何かだ。それを取り出した。太陽が指輪の外装を黄金のように照らした。

「ラケル」ハリーは指先で指輪の刻み目を撫でながら言った。「結婚することをどう思う？」

「ハリー、うろたえさせないでよ」

「そんなつもりはないんだ。香港の借金取立人と結婚することなんて想像できないのはわかってるからね」

「ええ、全然想像できないわ。それなら、だれとの結婚を想像すべきなの？」

「それはわからないが、いまは一般市民で、以前は警察官で、警察学校で殺人事件の捜査について講義していた人物なんてのはどうだ？」

「わたしの知ってるだれかみたいね」

「これから知ることになるかもしれないだれか、きみを驚かすことのできるだれかかもしれない。もっと奇妙なことがいくつも起こってきているからね」

「人は変わらないって口癖のように言っていたのはあなたよ」

「それなら、いまのぼくが人は変わることができると言える人間で、変わることが可能だという証拠があったらどうかな？」

「ほんとに口が減らないんだから」

「仮にぼくが正しいとしてみようじゃないか。人は変わることができる。過去を過去のものとすることは可能だと」

「あなたに取り憑いている亡霊に打ち勝つために？」

「そのとき、きみはどう言う？」

「何に対して？」

「結婚することについての仮の質問に対して」

「それってプロポーズなの？　仮の？　電話での？」

「きみはちょっと先走りすぎてるよ。ぼくは太陽の光のなかにいて、魅力的な女性とお喋りをしているだけだ」

「そして、わたしは宙ぶらりんだわ！」

〝わたしは宙ぶらりん〟か。ハリーはキッチンの椅子にだらしなく坐り込み、目を閉じて、にやりと大きな笑みを浮かべた。陽に温められて、痛みもない。十四時間後にはラケルに会える。ガルデモン空港のゲートへやってきて、そこで待っている男の顔を見たときの、彼女の表情を想像した。オスロが二人の下で小さくなっていくときの彼女の表情を。眠りに落ちて男の肩を枕にしたときの彼女の表情を。

そうやってだらしなく椅子に坐っていると、急に気温が下がった。片目を半分開けると、雲の端が太陽の前を漂っていた。それだけだった。

ふたたび、目を閉じた。

憎しみに従え。

老人がそう言ったとき、おれは最初、おれ自身の憎しみに従って自分を殺してくれという意味に取った。だが、もしそういう意味でなかったら？　老人があの言葉を吐いたのは、だれがグストを殺したのかとおれが訊いた直後だった。もしかしてあれが答えだったのか？　その憎しみをたどっていけば、グスト殺しの犯人にたどり着けるという意味だったのか？　その場合、候補者は複数いる。だが、グストを憎む最大の理由を持っているのはだれか？　もちろん、イレーネだ。だが、グストが殺されたとき、彼女は監禁されていた。

陽差しが戻り、ハリーは自分が老人の言葉を深読みしすぎていると判断した。仕事は終わった、リラックスしていいんだ。もうすぐ、また鎮痛剤が必要になる。それに、ハンス・クリスティアンに電話をして、オレグがついに危険を脱したことを教えてやったほうがいいだろう。

もう一つの考えが頭に浮かんだ。トルルス・ベルンツェン、あのオルグクリムの堕落警官が証人保護プログラムのデータを見ることができるはずはない。別のだれか、もっと上にいるだれかだ。

もういい、ハリーは自分に言い聞かせた。頼むからここで止まるんだ。あいつら、みんな地獄へ堕ちればいいんだ。今夜の搭乗便のことを考えろ。夜のフライトを。ロシアの星空を。

ハリーは地下へ戻った。ぶら下がっているニーバックを下ろしてやろうかと考え、それを拒否して、探していた金梃子を見つけた。


ハウスマンス通り九二番地の正面入口は開いていたが、アパートのドアは再封鎖されて鍵がかけられていた。この前の自供のせいかもしれないと考えたあと、ハリーは金梃子をドアとドア枠のあいだに差し込んだ。

なかに入ってみると、手が触れられた様子はまったくなかった。朝の光がピアノの鍵盤のように、居間の床に縦の縞を描いていた。

カンバス地の小振りのスーツケースを壁に立てかけ、マットレスの一つに坐った。内ポケットに搭乗券があることを確かめ、時計を見た。離陸まで十三時間。

あたりを見回した。目を閉じた。その場面を視覚化しようとした。

目出し帽をかぶった男。声で正体がばれるとわかっているから一言も発しなかった男。

ここへグストを訪ねてきた男。命以外、グストから何も奪わなかった男。グストを憎んでいた男。

銃弾は九ミリ×十八ミリのマカロフだった。だとしたら、犯人が使った拳銃は十中八九、マカロフだ。あるいは、フォルト12。もしオデッサがオスロの標準的な武器になっているのなら、それを使った可能性も少しはあるかもしれない。犯人はそこに立ち、引鉄を引き、立ち去った。

ハリーは部屋が話しかけてくることを期待して耳を澄ませた。

時計の秒針が動きつづけ、長針が何度か動いた。

教会の鐘が鳴った。

拾い集めるべきものは、ここにはもう何もなかった。

ハリーは立ち上がり、部屋を出ようとした。

ドアにたどり着いたとき、鐘の音の合間に別の音が聞こえた。次の鐘が鳴り止むのを待った。また、あの音が聞こえた。低い、引っ掻くような音だった。ハリーは爪先立ちで静かに二歩後退し、部屋を見回した。

それは敷居のそばにいて、ハリーに背中を向けていた。鼠だった。茶色で、尻尾が濡れたように光っていて、耳の内側がピンク色で、毛に奇妙な白い斑があった。

なぜかはわからなかったが、ハリーはここを出ていくことができなかった。鼠がいるとしても、それはまったくあり得ないことではない。

出ていくことができなかったのは、鼠の毛に散っている白い点のせいだった。

まるで粉石鹸《こなせっけん》を掻き分けてきたかのようだった。あるいは……

ハリーはもう一度部屋を見回した。マットレスのあいだに大きな灰皿があった。チャンスが一度しかないことはわかっていた。ハリーは靴を脱ぎ、次の鐘が鳴っているあいだに滑るようにして床を横断して灰皿をつかむと、まったく身じろぎもしないでそこにとどまった。鼠との距離は五十センチ。鼠はまだハリーの存在を感知していなかった。計算してタイミングを合わせた。鐘が鳴るや、腕を伸ばして前に飛び出した。鼠の反応は鈍く、セラミックの灰皿に囚《とら》われるのを避けられなかった。低くて金属的な鳴き声が聞こえ、灰皿の下でぐるぐる回っているのが感じられた。ハリーは灰皿を窓のところまで滑らせ、そこに積んであった雑誌を灰皿の上に置いた。そして、捜索を開始した。

アパートじゅうの引き出しと戸棚を探したが、それでも、紐一本、糸一本見つからなかった。

仕方がないので、床の敷物を剝がし、長い繊維を一本引き抜いた。その一方の先端で輪を作り、灰皿を押さえていた雑誌の束を下ろすと、手が差し入れられるだけ灰皿を持ち上げた。そして、何が起こるかはわかっていたから、そのための心構えをした。鼠の歯が親指と人差し指のあいだの軟らかい肉に食い込むのを感じた瞬間、一気に灰皿をどかし、もう一方の手で鼠をつかんだ。鼠が鳴き叫ぶのもかまわず、毛にこびりついていた白い粒をつまんで舌の上に載せた。苦かった。熟れすぎたパパイヤのようだった。バイオリンに間違いなかった。

だれかが近くに隠し場所を持っているということだった。

ハリーは繊維で作った輪を鼠の尻尾にくぐらせ、根元で固く縛った。そして、鼠を床に下ろして手を離した。鼠が走り出し、繊維がハリーの手から飛び出していった。鼠の巣へと。

ハリーはそのあとを追ってキッチンへ入った。鼠は脂ぎった焜炉《こんろ》の奥へ飛び込んでいった。

ハリーは旧式で重い焜炉を後ろの車輪のほうへ傾け、手前へ引っ張り出した。壁にこぶし大の穴があいていて、繊維がそこを通って消えようとしていた。

そして、動きが止まった。

ハリーはすでに一度嚙まれているほうの手を穴に突っ込み、壁の内側を探った。左右には断熱材が貼られていた。上を探った。何もなかった。断熱材が抉り取られていた。ハリーは繊維のもう一方の先端を焜炉の足の一つで押さえて動かないようにしてから、バスルームへ行って鏡を外した。唾と粘液で汚れているその鏡を洗面台の横腹にぶつけて割り、ちょうどいい大きさの破片を選び出した。そして寝室へ行き、壁から読書灯を引き抜いて、キッチンへ戻った。鏡の破片を穴の内側に置き、焜炉の横のソケットに読書灯をつないで、鏡に映るようにした。壁を照らす角度を調整していると、ついにそれが見えた。

隠し場所が。

それは布製の袋で、床から五十センチの高さのところにあるフックに吊るされていた。

手を突っ込んで腕を捻りながら袋へと伸ばすには、穴が小さすぎた。ハリーは必死で考えた。持ち主は、あの隠し場所へ届かせるのにどんな道具を使っていたのか？　このアパートにある引き出しと戸棚のいくつかはすでに探索がすんでいたから、ハリーは頭のなかにあるデータベースを巻き戻した。

ワイヤーだ。

ハリーは居間へ引き返した。ベアーテと最初にここへきたとき、居間でそれを見たのだった。マットレスの下から突き出ていて、先端が九十度に曲がっていたそれを。その不自然な形のワイヤーの用途を知っていたのは持ち主だけのはずだった。ハリーはその針金を穴に突っ込み、曲がった端を使って布袋をフックから外した。

袋は重かった。期待していたとおりの重さだった。穴から無理やりに引き出さなくてはならなかった。

袋が吊るされている高さからして、鼠が取りつくのはほぼ無理なはずだったが、それでも、何とか底を食い破っていた。袋を揺すってみると、何粒かが落ちてきた。鼠の毛に白い粒がついていた説明がそれでついた。バイオリンの小袋三つ——おそらく四分の一《クオーター》グラム入り——を取り出した。それを使うための道具は完全には揃っておらず、柄の曲がったスプーンと使用済みの注射器が、一本ずつ袋に入っていただけだった。

それは袋の底にあった。

ハリーは自分の指紋がつかないよう、布巾を使ってそれを取り出した。

間違いなかった。ほとんど滑稽なぐらいずんぐりしていて不格好だった。フー・ファイターズ。オデッサだった。ハリーはその臭いを嗅いでみた。掃除をして油を引いてやらなければ、発砲後数カ月は火薬の臭いが残っている可能性があった。この拳銃が使われたのはそんなに前ではなかった。弾倉を調べた。十八発。二発なくなっていた。ハリーは確信した。

これが凶器だ。

ハリーがストール通りの玩具屋に入ったとき、離陸までまだ十二時間あった。

店には指紋検出器具のセットが二種類あり、ハリーは値段の高いほうを選んだ。それは拡大鏡、ＬＥＤライト、柔らかいブラシ、三色の粉剤《ダスティング・パウダー》、指紋をくっつけるための粘着テープ、そして、家族の指紋を保存しておくためのアルバムからなっていた。

「息子に買ってやろうと思ってね」ハリーは支払いをしながら説明した。

レジの後ろの女性が営業用の笑みを浮かべた。

ハウスマンス通りへ戻ると、滑稽なほどに小さなＬＥＤライトをつけ、滑稽なほどに小さな缶の一つに入っているダスティング・パウダーを撒《ま》いて、指紋を探しにかかった。ブラシがあまりに小さかったので、『ガリヴァー旅行記』の巨人になったような気がした。

拳銃のグリップにいくつかの指紋が残されていた。

注射器のプランジャーの片側に、おそらく親指のものと思われる、鮮明な指紋が一つあった。そこには正体不明の黒点もいくつかついていたが、火薬の粒子だろうとハリーは推測した。

すべての指紋を粘着テープにくっつけて採取し終えると、すぐにそれらを比較した。拳銃を握ったのも、注射器を使ったのも、同じ人物だった。マットレスの近くの壁と床はすでに調べて数少ない指紋を見つけてあったが、それらは拳銃のグリップの指紋とすべて一致しなかった。

ハリーはカンバス地のスーツケースを開け、その内側のポケットに入れてあったものを出してキッチンのテーブルに置いた。そして、LEDライトをつけた。

時計を見た。あと十一時間。時間はたっぷり残っていた。

二時、〈シュレーデルス〉に入ってきたハンス・クリスティアン・シモンセンは妙に場違いに見えた。

ハリーはお気に入りの、窓際の隅のテーブルに坐っていた。

ハンス・クリスティアンが腰を下ろした。

「うまいか？」彼がハリーの前のコーヒーポットへ顎をしゃくった。

ハリーは首を横に振った。

「わざわざきてもらって悪かったな」

「全然かまわんよ。土曜は一日、自由なんだ。自由で、することがない。どうしたんだ？」

「オレグが家に帰れるようになった」

弁護士の顔が輝いた。「それはつまり……？」

「オレグに累を及ぼす恐れのあった連中がいなくなったということだ」

「いなくなった？」

「そうだ。あの子は遠くにいるのか？」

「いや、車で二十分の郊外だ。ニッテダールだよ。連中がいなくなったとはどういう意味なんだ？」

ハリーはコーヒーカップを持ち上げた。「本当に知りたいか、ハンス・クリスティアン？」

弁護士が正面からハリーを見た。「今度の一件が解決したということでもあるのか？」

ハリーは答えなかった。

ハンス・クリスティアンが身を乗り出した。「グストを殺した犯人がわかったんだな、そうだな？」

「ふむ」

「どうやって突き止めたんだ？」

「いくつかの指紋が一致した」

「それで、だれが――？」

「それは重要じゃない。だが、おれは今日、この国を出る。だから、その前にオレグにさよならを言えればと思ってね」

ハンス・クリスティアンが微笑した。作ったものだが、笑みには違いなかった。

「きみとラケルがこの国を出る前に、だろ？」

ハリーはコーヒーカップを回した。「彼女があんたに教えたんだな？」

「一緒に昼食を食べたんだ。何日か、私がオレグの面倒を見ることになった。あの子を迎えに香港から人がくることになってるんだよな、きみのところの何人かが。だけど、私は誤解していたのかな。私はきみがバンコクにいるものとばかり思っていたんだぞ」

「予定が遅れたんだ。あんたに頼みたいことが――」

「彼女が話してくれたのはそれだけじゃない。きみにプロポーズされたことも教えてくれた」

「そうなのか?」

「ああ、教えてくれた。もちろんきみ流のやり方で、だったとな」

「いや――」

「それを考えたとも言ってた」

ハリーは手を上げた。そのあとを聞きたくなかった。

「考えた結果、結論は〝ノー〟と出たそうだ、ハリー」

ハリーは息を吐いた。「いいだろう」

「それで考えることをやめて、考えるのではなくて感じることにしたんだそうだ」

「ハンス・クリスティアン――」

「彼女の答えは〝イエス〟だ、ハリー」

「聴いてくれ、ハンス・クリスティアン――」

「聞いてなかったのか? 彼女はきみと結婚したいんだ、ハリー。きみは運のいいろくでなしだ」ハンス・クリスティアンの顔が輝いた。喜びのせいであるかのようだったが、それが絶望の輝きであることがハリーにはわかった。「きみの最期の日まで一緒にいたいんだと言っていた」喉仏が上下し、声が裏返ったり掠れたりした。「ぞっとするような、破滅的と言うに不足のない時間、まずまずの時間、素晴らしい時間、そういう時間をともにすることになるはずだとも言っていたな」

ハンス・クリスティアンが彼女の言葉をそのまま繰り返しているのだとハリーは確信した。そして、その理由もわかっていた。一言一言すべてが彼の心に焼き付けられているからだ。

「どのぐらい彼女を愛しているんだ？」ハリーは訊いた。

「私は……」

「彼女とオレグの面倒を、彼女が死ぬまで見てもいいと思うぐらいか？」

「何だって？」

「答えろ」

「答えはもちろんイエスだ。だが――」

「誓え」

「ハリー」

「誓えと言ったんだ」

「誓……誓う、だが、だからといって、何も変わらないだろう」

ハリーは意地の悪い笑みを浮かべた。「あんたの言うとおりだ。何も変わらない。何も変えられない。ずっと変えられないいんだ。川の流れはずっと同じなんだ」

「これはいったい何なんだ？　わからないな」

「いずれわかるさ」ハリーは言った。「彼女もな」

「しかし……きみたちは愛し合っている。彼女はそれを率直に口にした。きみは彼女の生涯の愛する人なんだ、ハリー」

「そして、彼女はおれの生涯の愛する人だ。これまでもそうだったし、これからもそうだ」

ハンス・クリスティアンが困惑と同情に似た何かの混じった顔でハリーを見た。「それでもきみは彼女を欲しくないのか？」

「彼女以上に欲しいものはおれにはない。だが、おれがいつまでこの世にいられるかは不確かだ。あんたに約束させたのは、おれがいなくなった場合のためだ」

ハンス・クリスティアンが馬鹿馬鹿しいというように鼻を鳴らした。「きみは少し芝居がかってないか、ハリー？　彼女が私を受け容れるかどうかすらわからないんだぞ」

「説得するんだ」息がしにくくなるほど首の痛みがひどくなりはじめているようだった。

「約束するか？」

ハンス・クリスティアンがうなずいた。「やってみるよ」

ハリーはためらったあとで手を差し出した。

二人は握手をした。

「あんたはいいやつだ、ハンス・クリスティアン。〝H〟に登録してあるよ」ハリーは携帯電話をかかげた。「〝ハルヴォルセン〟と入れ替えてな」

「それはだれだ？」

「単なる元同僚だ。もう会えないのが残念だがね。そろそろ行かなくちゃならないんだ」

「何をするつもりなんだ？」

「グスト殺しの犯人に会いに行くのさ」

ハリーは立ち上がるとカウンターのほうを向き、リータに敬礼した。彼女は手を振り返してくれた。

店を出て車のあいだを縫いながら大股に通りを渡りはじめるや、目の奥が爆発し、喉が二つに切り裂かれたような気がした。ドヴレ通りで胃液が迫り上がってきた。ハリーは静かな通りの真ん中の壁の近くで身体を二つ折りにし、リータのベーコン、卵、コーヒーを吐いた。そのあと、背筋を伸ばし、ハウスマンス通りへと歩きつづけた。


いろいろあるとしても、結局、それは簡単な決断だった。

おれは汚ないマットレスに坐り、化石化した心臓がどくどくと打つのを感じながら番号を押した。あいつに電話に出てほしかったし、出てほしくなかった。

電話を切ろうとしたとき、あいつの声が応えた。血のつながっていない兄の声、無機質ではっきりした声が。

「ステイン」

その名前がどんなに完璧か、おれはときどき考えることがあった。石《ストーン》。中心がかちんかちんで、表面に傷をつけることもできない。感情がなくて、寒々としていて、重たい。だが、岩にだって弱点はある。大槌《おおづち》の一撃で二つに割れる場所が。ステインの場合、それを見つけるのは簡単だった。

おれは咳払いをした。「グストだけど、イレーネの居場所を知ってるんだ」

軽い息遣いが聞こえた。ステインの息遣いはいつも軽い。

一時間でも走りつづけられる。酸素をほとんど必要としない。あるいは、走る理由を必要

としない。

「どこだ？」

「それだよ」おれは言った。「場所はわかってる。だけど、見つけるには金がかかるんだ」

「なぜだ？」

「なぜなら、おれが金を必要としているからだ」

それは熱波のようだった。いや、寒波だ。おれはステインの憎悪が寒波のように迫ってく

るのを感じ取ることができた。ステインが唾を呑む音が聞こえた。

「いくら――」

「五千」

「いいだろう」

「いや、一万だ」

「五千と言ったぞ」

くそ。

「だけど、急いでるんだ」すでにステインが立ち上がっているのはわかっていたが、おれは言った。

「いいだろう。おまえはどこにいるんだ？」

「ハウスマンス通り九二番地だ。正面入口の錠は壊れてる。三階だ」

「すぐ行く。どこへも行くなよ」

どこへ行けってんだ？　おれは居間の灰皿から吸いさしを二本持ってきて、耳を聾《ろう》する静寂のなか、キッチンでそれに火をつけた。それにしても、頭にくるぐらい暑かった。何かが擦れるような音がした。音のするほうを見た。またあの鼠が壁際をこそこそ走っていた。

煜炉の裏から出てきたんだ。いい隠れ場所を持ってるじゃないか。

おれは二本目の吸いさしに火をつけた。

そして、飛び上がった。

その煜炉は一トンもの重さがあって腹が立ったが、それは後ろ側に二つの車輪が付いているのを発見するまでだった。

鼠の穴は、鼠が必要とする以上に大きかった。

オレグ、オレグ、おれの相棒。おまえは確かに頭がいいが、隠し場所の選び方や作り方を教えたのはおれだからな。

おれは膝を突いた。まだワイヤーを操っているだけなのに、もうハイだった。嚙み切ってしまいたいと思うぐらいひどく指が震えた。それに触ることができたと思うと、また手が離れた。バイオリンに違いない。絶対にバイオリンだ！

ついに成功した。でかかった。それを引き寄せると、大きくて重たい布袋だとわかった。開けてみた。大当たりだった！

ゴムチューブ、スプーン、注射器が、それぞれ一本。透明な小袋が三つ。そのなかの白い粉に茶色のものが点々と混じっていた。気持ちが浮き立った。常に信頼できる唯一の友人と恋人に、ようやく再会できたんだ。

おれは二つの袋をポケットに入れ、残る一つを開けた。節約すれば一週間は充分に保《も》つ量が手に入った。一発決めて、ステインだろうとだれだろうとやってくる前にずらかるだけだ。粉をいくらかスプーンにこぼし、下からライターで炙《あぶ》った。瓶に入れて売っているのでかまわないから、レモンを何滴か垂らすのが普通だった。レモン汁は粉が固まるのを防ぎ、全量を注射器に吸い上げられるようにしてくれる。だが、そのときのおれには、レモンも忍耐心もなかった。いまや問題は一つ、こいつを血の流れのなかに入れてやることしかなかった。

おれはゴムチューブを上腕に巻きつけ、先端をくわえて引っ張った。大きな青い血管が浮き上がった。的が最大になり、震えが軽減される角度に注射器を構えた。なぜなら、震えていたからだ。それも、とんでもなくひどく。

注射針が的を外した。

一度、二度。息を吸い込んだ。もうあまり考えるな、必死になりすぎるな、パニックになるな。

注射針が揺れた。青い虫めがけて針を刺した。

また外れた。

自暴自棄《やけ》になるまいと必死だった。まずいくらか吸って、自分を落ち着かせようかと考えた。だが、欲しいのは一発目の強烈な快感、全量が血液とぶつかり、脳へ、体内器官へ直行して、自由落下が始まる、激発的な快感だ！

暑さと陽光、その二つがおれの目を眩ませていた。居間に移動し、壁際の影になった部分に腰を下ろした。くそ、いまやろくでもない血管も見えないじゃないか！　落ち着け。瞳孔が拡大するのを待った。幸いにも、おれの前腕は映画のスクリーンのように白かった。血管はグリーンランドの地図の一本の川のようだった。

いまだ。

外れた。

こんなこともできないのかと、涙がこみ上げるのがわかった。靴が軋んだ。あまりにも集中していたせいで、あいつが入ってくるのを聞き逃した。

顔を上げたときには目が涙で一杯になっていたから、その形がろくでもないミラーハウスの鏡に映っているかのように歪んで見えた。

「やあ、盗人」

もう何年も、だれからもそう呼ばれたことがなかった。

おれは瞬きして涙を押し戻した。その形が見憶えのあるものになった。そう、いまやおれはすべてを見分けることができた。拳銃までも。結局のところ、それは通りすがりの押し入り強盗がリハーサル室から盗んだんじゃなかったんだ。

妙なことに、怖くなかった。全然恐ろしくなかった。いきなり、おれは完全に冷静さを取り戻していた。

おれはもう一度血管を見た。

「よせ」声が言った。

おれは手を見た。掏摸《すり》の手のように落ち着いていた。いまがチャンスだった。

「おまえを撃つ」

「それはないと思うな」おれは言った。「だって、撃ったら、イレーネの居場所がわからなくなるんだから。絶対に」

「グスト！」

「おれはおれがしなくちゃならないことをする」そして、針を刺した。ようやく血管に命中した。おれは親指を上げてプランジャーを押した。「だから、おまえはおまえがしなくちゃならないことをすればいい」

教会の鐘がまた鳴り出した。

ハリーは壁際の影のなかに腰を下ろした。外の街灯の明かりがマットレスの上に落ちていた。時計を見た。九時。バンコク行きの便が離陸するまで三時間。首の痛みがいきなりひどくなっていた。雲の後ろに消える前の太陽の熱のように。だが、太陽はもうすぐ沈んでしまう。痛みももうすぐ感じなくなる。これがどんな終わり方をしなくてはならないか、ハリーにはわかっていた。それは彼がオスロへ戻るのと同じように不可避だった。人類が秩序と団結を必要とすることを、そのためにはその論理に合わせるように自分の考えを操作することを、彼がわかっているのとまったく同じように不可避だった。なぜなら、すべてはせいぜいが冷ややかな混沌であり、意味などないことを知るのは最悪の悲劇に耐えるより難しいからだ。その悲劇が理解できるものだとしても。

煙草を出そうとジャケットのポケットを探ると、ナイフの柄が指に触れた。処分しておくべきだったんじゃないか。それにくっついている呪いを、おれ自身にくっついている呪いを。だが、どうでもいいような気もする。このナイフが現われるはるか前から、おれは呪われているんだから。そして、その呪いはどんなナイフにも勝っている。それはこう言っているんだ――おまえの愛は疫病だ。おまえはそれをまき散らしているんだ、と。ちょうどアサーエフがこう言ったように――そのナイフは持ち主の苦しみと病気を、だれであれそれに刺された者に移すんだ、そして、おまえに愛されることを自分に許した者は、その代価を払わなくてはならないんだ、と。すでにすべてが破壊され、奪い取られた。残っているのは亡霊だけだ。それがすべてだ。そして、もうすぐラケルとオレグも亡霊になる。

ハリーは煙草の箱を開け、なかを見た。

これがおれの想像していたことか？　呪いから逃れることを自分に許すこと、彼らと一緒に地球の反対側まで逃げ、それ以降ずっと一緒に幸せに暮らすことが？　ハリーはそれを考えながらもう一度時計を見た。遅刻したとして、どのぐらいならまだ搭乗を予定している便に乗せてもらえるだろう。いまハリーが聴いているのは、自己中心的で強欲な彼の心の声だった。

角の折れた家族写真を取り出し、もう一度それを見た。イレーネを。彼女の兄のステインを。暗い顔の彼を。彼と会ったときの記憶のデータベースに、二つのヒットがあった。一つはこの写真。もう一つはオスロへ着いた日の夜のクヴァドラトゥーレン。ハリーは、探るような強い視線から、最初、彼を警察官だと思った。だが、そうではなかった。大外れだった。

そのとき、階段に足音が聞こえた。

教会の鐘が鳴った。か弱そうに、寂しそうに。

トルルス・ベルンツェンは階段を上り切り、玄関を見つめた。心臓が高鳴っていた。もう一度対面するのだ。それが楽しみでもあり、怖くもあった。トルルスは息を吸った。

そして、ドアベルを鳴らした。

ネクタイを直した。スーツは落ち着かなかったが、新居のお披露目のパーティにだれがくるかをミカエルから聞いてしまった以上、ほかの服装はあり得なかった。退職する警察本部長や各部局の長からかつてのライバルである刑事部のグンナル・ハーゲンまでが顔を揃え、政治家もそこに加わることになっていた。それに、トルルスが写真で見ていた狡猾《こうかつ》な議会人、イサベッレ・スケイエン。テレビの有名人が二人。ミカエルがどうやって彼らと知り合ったのか、トルルスには見当がつかなかった。

ドアが開いた。

ウッラだった。

「あら、素敵よ」彼女が言った。女主人《ホステス》を演じる笑顔。きらめく瞳。だが、早すぎたことがすぐにわかった。

トルルスはうなずいた。彼女があまりにも魅力的に見えて、ここで口にすべきことが言えなかった。

彼女はちょっと抱擁して、入るように言ってくれた。招待客を歓迎するためのシャンパンを入れたグラスがあるはずだったが、まだその用意ができていなかった。ウッラが手を揉みしだきながら、半ば狼狽の視線を二階への階段へ走らせた。たぶんミカエルがすぐにも下りてきて交代してくれるのを期待しているのだろう。だが、彼はまだ着替えている最中で、鏡で自分の姿を検め、髪がきちんとあるべきところに収まっているのを確認しているに違いなかった。

お互いの幼馴染みのことを、ウッラが早すぎるほどの口調で口にしはじめた。いま、あの人たちが何をしているか知ってる？

トルルスは知らなかった。

「もうほとんど連絡を取ってないんだ」彼は答えた。だが、それは彼女も先刻承知だという、かなりの確信があった。だれとも、ゴッゲンとも、ジミーとも、アンネルスとも、クレッケとも、連絡は取り合っていなかった。トルルスの友だちは一人、ミカエルしかいなかった。そしてミカエルも、トルルスをある程度の距離を保って手元に置きながら、社会的にも職業的にも出世の階段を上がっていた。

話の種が尽きた。いや、尽きたのはウッラのほうで、トルルスはそもそも話すことがなかった。間ができた。

「女の人はどうなの、トルルス？　だれか新しい人がいるの？」

「新しい人なんてものはいないよ、一人もね」彼女と同じように冗談の口調で答えようとした。歓迎の飲み物があったらもっとうまくできたはずだった。

「本当にあなたの心を捕まえられる人はいないの？」

ウッラが首をかしげ、微笑している片目をつむって見せたが、その質問をしたことを早くも後悔しているようだった。それはトルルスの顔が赤らむところを見たからかもしれず、あるいは、すでに答えがわかっているからかもしれなかった。きみだよ、きみ、おれの心を捕まえられるのは、ウッラ、きみだ。トルルスはマングレルーのスーパーカップルであるミカエルとウッラの三歩後ろを歩きつづけ、常にそこにいて、何であれご用を承ってきていた。だが、むっつりとして冷淡な、退屈だがもっといいものがほかにないからなという顔がそれを否定してきた。トルルスの心は彼女を求めて燃え上がっているのに、目の隅で彼女の動きや表情を逐一捉えて焼き付けているのに。トルルスは彼女を自分のものにできなかった。それが不可能であることはわかっていた。それでも、人が空に憧れるように、彼女に憧れていた。

　そのときようやく、ミカエルが勢いよく階段を下りてきた。シャツの袖を引っ張り、カフスがディナー・ジャケットの袖に隠れないようにしながら。

「トルルス！」

　普段はよく知らない人々のために取ってあるはずの、大袈裟《おおげさ》なほどに嬉しそうな口調だった。「どうして浮かない顔をしているんだ、旧友？　われわれは祝うべき宮殿を手に入れたんだぞ！」

「祝うべきは警察本部長の職だと思っていたんだけどな」トルルスは周囲を見回した。「今日、ニュースで知ったよ」

「あれはリークされたんだ。まだ正式に発表されたわけじゃない。だけど今日、われわれが敬意を表するのはおまえのテラスだ、そうだろ？　シャンパンはどうした、ウッラ？」

「すぐに持ってくるわ」ウッラが言い、見えない埃《ほこり》を夫の肩から払って立ち去った。

「イサベッレ・スケイエンを知ってるのか？」トルルスは訊いた。

「ああ」ミカエルが笑みを残したまま答えた。「今夜は彼女もくることになってる。どうして？」

「何でもない」トルルスは息を吸った。いまでなくてはならない。さもなければ、はなから訊かないかだ。「ずっと気になっていることがあるんだ」

「何だ？」

「何日か前、おれはレオンにいる男を逮捕しに行った。あのホテルを知ってるか？」

「ああ、知ってると思う」

「だが、その最中におれの知らない警察官が二人現われて、おれとその男を両方逮捕しようとした」

「ダブルブッキングか？」ミカエルが笑った。「フィンに言えよ。任務の調整はあいつの仕事だ」

トルルスはゆっくりと首を横に振った。「ダブルブッキングじゃないと思う」

「違うのか？」

「だれかが意図的におれをあそこへ行かせたんだと思う」

「罠だったと言ってるのか？」

「ああ、あれは罠だった」トルルスはミカエルの目を探ったが、トルルスが本当のところ何の話をしているか理解している様子は見て取れなかった。結局のところ、おれの誤解だったのか？　トルルスはごくりと唾を呑んだ。

「それで、おまえさんが何か知ってるんじゃないかという気がしていたんだ。何らかの形でそれに関わっていたんじゃないかとな」

「おれが？」ミカエルがのけぞるようにして笑いを爆発させた。トルルスは大きく開いたその口を見て、ミカエルが校医の歯医者から虫歯無しの診断をもらってくるのが常だったことを思い出した。絵本『カリウスとバクトゥス』の主人公も敵わないはずだった。

「そうでないのが残念だよ！　教えてくれ――そいつらはおまえを床に俯《うつぶ》せにして手錠をかけたのか？」

トルルスはミカエルを見た。そして、自分が間違っていたことがわかった。だから、一緒に笑った。自分が二人の警官に取り押さえられている図を想像しての笑い、同じぐらい安堵しての笑いだった。いつも一緒に笑えと招待してくれる、ミカエルの伝染性の笑いのせいでもあった。いや、招待ではなくて命令か。だが、それでもトルルスを包み、温め、何かの一部にしてくれた。何かの一員、彼とミカエル・ベルマンからなる二人組、友人同士に。ミカエルの笑いが消えていき、トルルス自身の呻くような笑いだけが聞こえた。

「おれが関わっていたと本気で考えたのか？」ミカエルが哀しげな顔で訊いた。

トルルスは笑顔でミカエルを見た。ドバイがどうやって自分に近づいたかを考え、取り調べ中に半殺しの目に遭わせた少年のことを考えた。あのことをドバイに教えることができたのはだれかを。現場検証班がハウスマンス通りで見つけた、グストの爪のあいだに残っていた血液、DNA鑑定が行なわれる前にトルルスが使えなくしてやった血液のことを。しかし、トルルスは使えなくする前の血液を一部手に入れて保存していた。こういうまさかの時に価値を発揮する証拠になるかもしれないと考えたからだ。そして、明らかにまさかの時になりはじめたので、今朝、その血液を持って病理学班へ車を飛ばした。その結果が、今日、ここへくる前に判明した。現状でその結果が示唆しているのは、数日前にベアーテ・レンがそこへ持ち込んだ爪の血液と同じものだということだった。鑑識と病理学班は話し合わなかったのか？　鑑識では充分なことができないと考えたのか？　トルルスは詫びを言って電話を切った。そして、答えを考えた。グスト・ハンセンの爪のあいだに残っていた血液はミカエル・ベルマンのものだという答えを。

ミカエルとグスト。

ミカエルとルドルフ・アサーエフ。

トルルスはネクタイの結び目を触った。結び方を教えてくれたのは父親ではなかった。父親は自分のネクタイすら結べなかった。教えてくれたのはミカエル、卒業パーティに行くときだった。簡単なウィンザー・ノットの結び方で、おまえのはもっと大きく見えるがなぜだとトルルスが訊くと、ダブル・ウィンザーだからだと答えが返ってきて、おまえには似合わないと思うと付け加えられたのだった。

ミカエルの視線は依然としてトルルスに向けられていた。質問の答えをいまも待っているのだった。なぜミカエルがあの罠に関わっていたと考えるのか、という質問に対する答えを。トルルス・ベルンツェンとハリー・ホーレをホテル・レオンで殺す決断に関わっていたと考える根拠の提示を。

ドアベルが鳴ったが、ミカエルは動かなかった。

トルルスは額を掻く振りをして、指で汗を拭おうとした。

「いや」トルルスは言い、自分の呻くような笑い声を聞いた。「ちょっと頭に浮かんだだけだ。何でもない、忘れてくれ」

階段がステイン・ハンセンの重みで軋んだ。彼は一歩ごとにそれを感じ、一歩ごとに軋みと呻きを予想することができた。階段を上りきって足を止め、ドアをノックした。

「どうぞ」なかから返事があった。

ステインはなかに入った。

最初に見えたのはスーツケースだった。

「荷造りはすんでるのか、用意はいいんだな？」彼は訊いた。

うなずきが返ってきた。

「パスポートは見つかったのか？」

「見つかった」

「タクシーには空港へ行くよう言ってある」

「いますぐ行く」

「わかった」ステインは部屋を見回した。ほかの部屋でもそうしたように。さよならを言い、もう戻ってくることはないと告げた。そして、子供のころの娚に耳を澄ませた。励ましてくれる父の声、安心を感じさせてくれる母の声、やる気に満ちたグストの声、幸せそうなイレーネの声に。自分の声だけ聞こえなかった。沈黙していた。

「ステイン？」イレーネの手に写真があった。どの写真か、ステインにはわかっていた――

弁護士のシモンセンにここへ連れてこられた日の夕方、彼女がベッドの上にピンで留めた写真、グストとオレグが一緒に写っている写真だ。

「何だ？」

「グストを殺したいと思ったことはある？」

ステインは答えなかった。あの日の夜のことを考えるだけだった。

グストが電話をかけてきて、イレーネの居所を知っていると言った。ハウスマンス通りへ走った。着いてみると、パトカーが何台もいた。周囲の声が、なかで若者が死んでいる、撃ち殺されたんだと言っていた。興奮を感じた。そう、ほとんど幸福感と言ってもよかった。そのあと、ショックが襲ってきた。そして、悲嘆。そうだ、おれはある意味でグストのことを嘆き悲しんでいた。同時に、イレーネがようやくきれいになるんじゃないかという希望を心に抱いていた。その希望は日が経つにつれてもちろん消えてしまった。そして、グストの死は、おれがイレーネを見つけるチャンスを失ったことを意味しているんだと気がついた。

イレーネは真っ青だった。禁断症状が現われていた。厳しいことになるだろう。だが、おれとイレーネで何とかする。二人で何とかするんだ。

「そろそろ……？」

「そうね」彼女が言い、ベッドサイド・テーブルの引き出しを開けた。写真を見た。それに唇を押し当て、引き出しに入れた。裏返しにして。

ドアが開く音が聞こえた。

ハリーは身じろぎもせずに暗闇に坐り、居間の床を横断する足音を聴いていた。マットレスのそばで動きが見えた。外の街灯の明かりでちらりとワイヤーが見えた。足音はキッチンに入った。明かりがついた。焜炉を動かす音が聞こえた。

ハリーは立ち上がり、そこへ向かった。

入口に立って見ていると、彼は鼠の穴の前に両膝を突き、震える手で袋を開けた。ハリーと彼とのあいだに、中身が置かれた。注射器、ゴムチューブ、スプーン、ライター、拳銃。バイオリンの小袋。

ハリーは体重を移した。敷居が軋んだが、若者は気づかず、自分がすることに没頭しつづけた。

飢えているんだ、とハリーにはわかった。頭のなかにはたった一つのことしかない。ハリーは咳払いをした。

若者の身体が強ばった。肩がすぼまったが、振り返りはしなかった。動きを止め、俯き、隠し場所を見つめて坐っていた。振り向かなかった。

「やっぱりだったな」ハリーは言った。「真っ先にここへくると思ったんだ。もう安全だと考えてな」

若者は依然として動かなかった。

「おまえのためにわれわれが彼女を見つけたと、ハンス・クリスティアンが言っただろ？

それでも、おまえはまずここにこなくちゃならなかったんだ」

若者が立ち上がった。あの思いがふたたびハリーの頭をよぎった――ずいぶん大きくなったな、もう大人と言ってもいいぐらいだ。

「何しにきたの、ハリー？」

「おまえを逮捕しにだ、オレグ」

オレグが眉をひそめた。「バイオリンを二袋持っているかどで？」

「いや、薬物じゃない。グストを殺したかどでだ」

「よせ！」あいつは叫んだ。

だが、おれは針を血管に深く刺し、期待に震えていた。

「ステインかイプセンだと思っていたんだ」おれは言った。「おまえじゃない」

あいつのろくでもない片方の足がやってくるのが見えなかった。足は注射器に命中し、注射器は宙を飛んでキッチンの奥へ、皿が山積みになっている流しのそばに落ちた。

「何をするんだ、オレグ？」おれはあいつを見上げた。

オレグは長いあいだハリーを見つめていた。

真剣で落ち着いた目で、本当の驚きは一切なかった。むしろ、地勢を見極めて方位を知ろうとしているかのようだった。

そして、口を開いたときは、怒りや困惑より好奇心が勝っているように聞こえた。

「でも、あんたはぼくを信じたじゃないか、ハリー。ほかのだれか、目出し帽をかぶっただれかだと言ったとき、あんたはぼくを信じたでしょう」

「ああ、信じた」ハリーは言った。「それはおれがおまえを信じたくてたまらなかったからだ」

「だけど、ハリー」オレグが小声で、すでに開いている粉の袋を見つめながら言った。「一番の友だちを信じられなかったら、何を信じられるのかな？」

「証拠だ」ハリーは言った。喉にこみ上げるものがあった。

「どんな証拠？　あの証拠なら、ぼくたちは口実を見つけて、こっそり破壊したじゃないか。ぼくとあんただけで」

「別の証拠だ。新しいやつだ」

「新しいやつって、どれ？」

ハリーはオレグが立つ床の横を指さした。「その拳銃はオデッサだ。グストを撃ったのと同じ口径の銃弾を使うんだ――九ミリ×十八ミリのマカロフだよ。何があろうと、オレグ、弾道検査は百パーセント間違いなく、それがグスト殺しの凶器だと結論するだろう。それに、その拳銃にはおまえの指紋がついている。おまえの指紋しかないんだ。もしだれかがそれを使い、そのあとで拭き取ったとしたら、おまえの指紋も消えていなくちゃおかしいだろう」

オレグが拳銃に触れた。まるでそれがいま話している拳銃だと確認するかのようだった。

「さらに、注射器がある」ハリーはつづけた。「それにもたくさんの指紋がついている。もしかすると、二人かもしれない。だが、プランジャーの指紋は間違いなくおまえのものだ。おまえが注射するときに押さなくちゃならないプランジャーだ。そして、その指紋の上から火薬の粒子が採取されているんだ、オレグ」

オレグが指で注射器を撫でた。「なぜぼくに不利な証拠になるんだろう？」

「なぜなら、部屋に入ったときにはハイだったと、おまえが供述しているからだ。だが、火薬の粒子は、おまえがそのあとで注射器を使ったことを証明している。粒子がおまえに付着していたからだ。よって、おまえはまずグストを撃ち、それから自分に注射をしたという証明が成立するんだ。おまえは引鉄を引いたときハイじゃなかった。あれは謀殺だったんだ、オレグ」

オレグがゆっくりとうなずいた。「そして、あんたは拳銃と注射器についていた指紋を警察のデータベースで照合した。だとしたら、警察はすでにわかっているんでしょう、ぼくが――」

「警察には連絡していない。このことを知っている人間はおれしかいない」

オレグがごくりと唾を呑んだ。喉が小さく動くのが見えた。「警察でチェックしていないんなら、それがぼくの指紋だとどうしてわかるのかな？」

「その指紋と照合できる別の指紋があるんだ」

ハリーはコートのポケットから手を出し、キッチンのテーブルにゲームボーイを置いた。

オレグがゲームボーイを見つめ、何かが目に入ったかのように瞬きを繰り返した。

「ぼくを疑うきっかけになったのは何？」オレグがささやくような声で訊いた。

「憎しみだ」ハリーは言った。「あの老人、ルドルフ・アサーエフがおれに言ったんだよ、憎しみに従うべきだとな」

「それ、だれ？」

「おまえがドバイと呼んでいた男だ。気づくのに少し時間がかかったが、あの男は自分自身の憎しみのことを言っていたんだ。おまえに対する憎しみだ。おまえが息子を殺したことへの憎しみだよ」

「息子？」オレグが顔を上げ、怪訝《けげん》そうにハリーを見た。

「そうだ。グストはあの男の息子だったんだ」

オレグが視線を落とし、うずくまって床を見つめた。「もし……」彼は首を振り、最初から言い直した。「もしドバイがグストの父親で、ぼくをそんなに憎んでいたのが事実なら、どうして刑務所にいるときにぼくをすぐに殺さなかったんだろう？」

「それはまさにあの男がいてほしいところにおまえがいたからだ。あの男にとって、刑務所にいるのは死ぬより辛いことなんだ。刑務所は人の魂を削り取ってしまうが、死は解放にすぎないんだ。刑務所はあの男にとって最も憎むべき相手にいてほしいところなんだ。おまえのことだよ、オレグ。そして、あの男はおまえがあそこですることを完全にコントロールしていた。おまえが危険になったのは、おまえがおれに口を開きはじめたからなんだ。だから、殺すことで満足するしかなくなった。だが、それをやりおおせなかった」

オレグが目を閉じた。そうやって、背中を丸めてうずくまったままでいた。あたかも大事なレースの直前で、ひたすら静かに集中していなくてはならないかのようだった。外では街が自分の音楽を奏でていた。車、遠くの霧笛、かすれて聞こえるサイレン、人間が作り出す音のまとまり。果てしなく容赦ない蟻塚の衣擦れ、単調で眠気を誘い、暖かい上掛けのような安心を感じさせる音。

オレグは目を開け、ハリーを見たまま、ゆっくりと身体を傾けた。

ハリーは首を横に振った。

だが、オレグは拳銃をつかんだ。慎重に。それが手のなかで爆発するのを恐れるかのように。

43

トルルスはテラスへ逃れた。独りになりたかった。

さっきまで、会話をしているカップルの近くでシャンパンをすすり、楊枝《ようじ》に刺した軽食を口にし、その世界の一員だと見せようとしていた。育ちのいい者たちの何人かは彼を仲間に入れてやろうとし、声をかけ、あなたはだれで何をしているのかと訊いてくれた。トルルスは短い答えを返しただけで、同じ質問を彼らに返さなかった。そもそも思いつきもしなかった。それをする立場にないように思われたのだ。あるいは、彼らが何者で、どんな重要な仕事をしているかを知るのが怖いからかもしれなかった。

ウッラはもてなしに忙しく、笑顔で招待客と話しつづけていた。まるで旧知であるかのようだった。トルルスは二度、彼女と目を合わせることができたにすぎなかった。そのとき、彼女は笑みを浮かべたまま、身振りで何かを伝えてきた。トルルスの解釈では、話をしたいけれどもホステスの立場があって手が離せないと言っているのだった。この家を完成させるのを手伝ったほかの同僚は呼ばれていないことがわかったし、本部長も部局の長もトルルスを知らなかった。おれはあのガキを殴って失明させせかけた警察官だぞと彼らに教えてやろうかと思わず考えて、危うく思いとどまった。

だが、テラスは素晴らしかった。眼下で、オスロが宝石のようにきらめいていた。

高気圧が秋の冷気を連れてきていた。天気予報は、今夜、高地では気温が零度近くになるだろうと言っていた。遠くでサイレンが聞こえた。救急車が一台。そして、警察車両が少なくとも一台。ダウンタウンのどこかだった。こっそり抜け出して警察無線のスイッチを入れたい誘惑に駆られた。何があったのかを知り、自分の街の拍動を感じ、自分がその世界の一員だと感じたかった。

テラスのドアが開き、トルルスは反射的に二歩後ずさって暗がりに入った。萎縮しつづけなくてはならない会話に引きずり込まれるのを避けたかった。

ミカエルだった。そして、あの女政治家のイサベッレ・スケイエン。

彼女は明らかに酔っていた。いずれにせよ、ミカエルに支えられていた。大女で、ミカエルのはるか上に顔があった。二人はトルルスに背中を向ける格好で手摺りのそば、窓のない柱間の前に立った。居間にいる客からは死角になっていた。

ミカエルが彼女の後ろに立ち、トルルスはだれかがやってきてジッポを出して煙草に火をつけるのではないかと半ば期待したが、そうはならなかった。衣擦れがして、イサベッレ・スケイエンの低い抵抗の笑いが聞こえた。自分がいることをトルルスが知らせようにも、すでに手後れだった。白い腿《もも》がちらりと見えたと思うと、裾がしっかりと引き下ろされた。彼女はミカエルに向き直ることもせず、二人は一つのシルエットになって下の街と混じり合った。濡れた舌の音が聞こえた。トルルスは居間のほうを見た。笑顔のウッラが、新しい飲み物と軽食を載せた盆を持って客のあいだを回っていた。トルルスには理解できなかった。理解なんかできるわけがなかった。ショックだったというのではない——ミカエルがほかの女と関係を持つのを見るのは初めてではなかった。だが、どうしてミカエルにそんな度胸があるのかが理解できなかった。どうしてそんな気になるのかが。ウッラのような女性が自分のものになってくれたら、それは信じられないぐらいの幸運であり、そういう大当たりを引いたら、ほかの女とやるなどという危険は冒せないはずだった。すべてを失う恐れがあるのだから。それはもしかすると、神が、あるいは神でないろくでなしのだれかかもしれないが、女が男に求めるものをその人間に与えたからか。整った顔立ち、野心、言うべきことを知っている滑らかな舌を。そして、いわゆるその潜在能力を行使しなくてはならないと思わせるからではないか。身長百八十センチを超す者がバスケットボールをやらなくてはならないと考えるように。トルルスにはわからなかった。わかるのは、ウッラにはもっとふさわしい相手がいるということだけだった。ずっとおれが彼女を愛してきたように彼女を愛する者、これからもずっとそうやって愛する者が。マルティーネのことは馬鹿げた、真剣さのかけらもない冒険にすぎない。繰り返されることは絶対にない。ウッラがミカエルを失うようなことがあったら、そのときは自分が、このトルルスが、きみのためにそこにいると、何らかの形で彼女に教えるべきだと、トルルスはたびたび考えた。だが、それを伝える正しい言葉が見つからなかった。トルルスは耳をそばだてた。二人が話していた。

「彼が行ってしまったことだけはわかっている」ミカエルが言い、かすかにもつれているその口調から、彼もまったくの素面でないことがわかった。「だが、警察はほかの二人も見つけた」

「彼のコサックを？」

「彼らがコサックだということについてはすべては戯言《たわごと》だと、私はいまも信じている。いずれにしても、刑事部のグンナル・ハーゲンが、私が協力できるかどうかを訊いてきた。催涙ガスと自動火器が使われていることから、刑事部はだれかが昔の恨みを晴らそうとしたのではないかという仮説を立てているんだ。それで、オルグクリムに心当たりがあるんじゃないかとハーゲンは考えたんだ。刑事部は闇のなかを手探りしていたということだ」

「それで、あなたは答えたの？」

「心当たりはないと答えたよ、実際そうだしね。ギャング同士がやったことなら、もう警察の網の目をかいくぐっているだろうし」

「あの老人が逃げおおせた可能性があるの？」

「それはないな」

「ない？」

「彼の死体はあそこのどこかで腐りはじめているんじゃないかな」トルルスは星で一杯の空を指さす手を見た。「すぐにも見つかるかもしれないし、絶対に見つからないかもしれない」

「死体って、必ず見つかるんじゃないの？」

　それは違う、とトルルスは思った。体重を両足に均等にかけて立ち、それがテラスのセメントを押すのを、そして、セメントに押されるのを感じていた。必ず見つかるわけじゃない。

「それでも」ミカエルが言った。「だれかがやったんだ、そして、そいつは新しいやつだ。オスロの新しい薬物王《キング・オブ・ドープ・ヒープ》がだれなのか、もうすぐわかるはずだ」

「それはわたしたちに何か影響があるの？」

「何の影響もないな、愛する人」ミカエル・ベルマンの手がイサベッレ・スケイエンの首の後ろに置かれるのが見えた。シルエットのなかで、いまにも首を絞めるかのようだった。彼女がさっと横へ動いた。「われわれはいま、いたかったところにいるんだ。ここから始めるんだよ。実際、これ以上よい場所はないんだ。われわれはもうあの老人を必要としていなかった。そして、きみと私について……協働の過程で……彼が何を知ったかを考えた。それは……」

「それは？」

「それは……」

「手を離してよ、ミカエル」

　アルコールの入った、ベルベットのように滑らかな笑い。「その新しい王がわれわれのためになる仕事をしなかったら、私が自分でそれをやらなくちゃならないかもしれないな」

「ビーバスにやらせるってこと？」

　トルルスは大嫌いな綽名《あだな》を口にされてぎょっとした。その綽名を最初に使ったのはミカエルだった。そして、それが定着した。受け口に気づいた者たちは笑いを噛み殺した。ミカエルはそのMTVのアニメの登場人物の〝現実に関する無政府主義的認知〟と〝一般社会規範に従わない道徳性〟についてさらに考えていると言うことで、慰めてくれようとまでした。まるでろくでもない名誉の肩書を与えて報いてやったかのような口振りだった。

「いや、このなかでの私の役割については、トルルスが知ることがないようにするつもりだ」

「あなたが彼を信用しないのは妙だって、わたしはいまでも思ってるんだけど。昔からの友だちなんでしょ？　このテラスだって、彼があなたのために造ったんじゃないの？」

「造ってくれたよ。真夜中に独りでね。私の言っていることがわかるかな？　いま話しているのは、百パーセントの予測がつかない男のことなんだ。あらゆる種類の奇妙で素晴らしいアイデアを捻り出す傾向があるんだ」

「でも、あなたはビーバスをバーナーにするよう老人にアドバイスしたんでしょ？」

「それは私が子供のころからトルルスを知っているからだ。あいつが徹底的に堕落していて、簡単に金で転ぶのを知っているからだよ」

イサベッレ・スケイエンが金切り声を上げて笑い、ミカエルが黙らせた。

トルルスは息が止まっていた。喉が締めつけられ、腹のなかに獣がいるかのようだった。小さな獣がうろつきながら出口を探していた。ぴくぴくしながら、震えながら、上へ向かおうとしていた。それがトルルスの胸を圧迫した。

「ところで、私をビジネス・パートナーに選んだ理由を教えてもらっていないな」ミカエルが言った。

「それはもちろん、あなたが凄い一物を持ってるからよ」

「そうじゃなくて——真面目に答えてくれ。きみとあの老人と協働することに私が同意しなかったら、私はきみを逮捕しなくてはならなかったはずなんだ」

「逮捕ですって？」彼女が鼻で嗤《わら》った。「わたしがしてきたのは街にとっていいことばかりなのよ。マリファナを合法化し、メタドンを供給し、資金を調達して応急処置ができるところを作った。あるいは、過剰摂取での死者を減らすことのできるドラッグが入ってこられるよう道をきれいにした。どこがいけないの？　ドラッグ政策は実用主義なのよ、ミカエル」

「落ち着け——そのとおりだよ、言うまでもないことだ。われわれはオスロを以前よりいいところにしたんだ。それに乾杯《スコール》しよう」

　スケイエンはミカエルが挙げたグラスを無視した。「いずれにしても、あなたはわたしを逮捕しなかったはずよ。だって、逮捕したら、あなたがかわいらしくて素敵な奥さんの後ろでわたしとやってることを、わたしはだれにでも、聞きたがる人全員に教えたでしょうからね」そして、くっくっと嗤った。「しかも、すぐ後ろでね。あのプレミアで最初に会ったとき、あなたとならやってもいいってわたしが言ったのを憶えてる？　奥さんはあなたのすぐ後ろにいて、ほとんど耳には届かなかったはずだけど、あなたは瞬きもしなかった。彼女を家へ送るから十五分欲しいと言っただけだった」

「声が大きいよ、きみは酔ってるんだ」ミカエルが手を彼女の背中に置いた。

「あのとき、あなたはわたしの心をつかもうと追いかけてくるとわかったの。だから、わたしと同じぐらい野心的な味方を自分で見つけるべきだとあの老人が言ってくれたとき、だれに近づけばいいかすぐにわかったわ。スコール、ミカエル」

「乾杯するなら、飲み物を新しくする必要がある。戻ったほうがいい――」

「わたしの心をつかもうと追いかけてくる、の部分は削除してちょうだい。わたしの心を追いかける男性なんていないもの――彼らが追いかけるのは、わたしの……」ごろごろと喉を鳴らすような低い笑い声。彼女の声だった。

「さあ――行こう」

「ハリー・ホーレ！」

「声が大きいって」

「いるわ、わたしの心を追いかけている男性が。もちろん、ちょっと馬鹿げているけど……うん。彼はどこにいると思う？」

「彼を見つけようとずいぶん前から街じゅうを捜しまわっているが、いまのところ徒労に終わっている。もう出国しているかもしれない。オレグを無罪にしたからな――二度と戻ってこないんじゃないかな」

イサベッレがよろめき、ミカエルが支えた。

「あなたは馬鹿よ、ミカエル。お互い、お似合いの馬鹿ね」

「そうかもしれないが、とりあえずなかへ戻ろう」ミカエルが時計に目を走らせて言った。

「そんな怖い顔をしないの、ビッグ・ボーイ。このわたしが一杯ぐらいでどうにかなるもんですか」

「わかったから、ともかく先になかへ入ってくれ、それからそんな顔は引っ込めるんだ……」

「いやらしい顔ってこと？」

「まあ、そんなところだ」

トルルスは高い笑い声を聞き、ヒールがセメントを打つさらに高い音を聞きながら、彼女を見ていた。

彼女がなかに入ってしまうと、ミカエルはそこに残って手摺りに寄りかかった。

トルルスは数秒待ってから、一歩前に出た。

「やあ、ミカエル」

幼馴染みが振り返った。目はガラスを嵌めたようで、顔が少し膨れていた。快活な笑みが浮かぶまでに幾分手間がかかったが、それは酒のせいだとトルルスは考えることにした。

「おまえか、トルルス。音も立てずにお出ましか？　生きてるのか？」

「ああ、生きてるとも」

ミカエルと向かい合いながら、トルルスは自問した。お互いに相手への口のきき方を忘れたのは、いつどこでだろう？　あの気のおけないお喋りは、共有していた白昼夢は、何を言ってもかまわなくて、何について話してもよかった日々は、いつ、どこでなくなってしまったのか。二人が一心同体だった日々は。警察官になってまだ日が浅いころ、ウッラを殴った男を二人でぼこぼこにしたような日々は。あるいは、クリポスにいた同性愛者の男がミカエルに言い寄り、その何日かあと、二人でそいつをボイラー室へ連れ込んだような日々は。そいつは泣きじゃくりながらミカエルを誤解していたと謝った。あの泣き虫はおれを怒り狂わせたから、そうとわからないよう顔こそ避けたものの、警棒を振り下ろすのに意図した以上の力が入ってしまって、当事者のミカエルはおれを止めることしかできなかった。それらはいい思い出と呼べるものではないかもしれないが、しかし、おれとミカエルを結びつける経験ではあった。

「いや、いいテラスだと思ってたところだ」ミカエルが言った。

「そりゃどうも」

「それで、ちょっと思い出したことがあるんだ。おまえがセメントを流し込んだ夜なんだが……」

「何だい？」

「確か、おまえ、休めなくて眠れないと言ったよな。だが、あとで思い出したんだが、あれはわれわれがオーディンを逮捕し、そのあとアルナブルーを急襲した日の夜だ。そして、あの男が消えていたんだ——何て名前だったかな？」

「トゥトゥだ」

「そうだ、トゥトゥだ。あの晩、おまえはわれわれと同行することになっていたが、おまえは病気で行けなかったと言って、それからコンクリートを練りはじめたんじゃなかったか?」

トルルスはほくそ笑み、ミカエルを見た。ようやくこいつの目を捉えて、離さずにいられるぞ。

「本当のことを聞きたいか?」

ミカエルが一瞬ためらった様子で答えた。「是非とも」

「サボっていたんだ」

テラスが二秒、静かになった。聞こえるのは街の遠い唸りだけだった。

「サボっていた?」ミカエルが笑った。疑わしげな、しかし、悪意のない笑いだった。トルルスは彼の笑いが好きでたまらなかった。みんなそうだった。男も女も同じように。こう言っている笑いだった――おまえは面白くていいやつで、たぶん抜け目もないし、友好的に小さく笑う価値があるかもしれない。

「おまえがサボった? 一度だって仕事を怠けたことがなく、逮捕が三度の飯より好きなおまえが?」

「ああ」トルルスは言った。「幸運にぶち当たったんだ」

ふたたびの静寂。

やがて、ミカエルが哄笑《こうしょう》した。身体がのけぞり、息ができなくなるほどの大笑いだった。虫歯無し。今度は前に身体を折り、トルルスの肩を殴りつけた。とても嬉しそうな、開放的な笑いで、トルルスも何秒かして我慢ができなくなり、笑いに合流した。

「女とやって、テラスを造る」ミカエル・ベルマンが喘いだ。「おまえは大した男だよ、トルルス。大した男だ」

トルルスはその褒め言葉が自分を普通の大きさに戻してくれたのを感じることができた。束の間ではあるが、ほとんど昔に戻ったようだった。いや、〝ほとんど〟は削除だ。昔に戻った、だ。

「いいか」トルルスは鼻を鳴らした。「人は独りでやらなくちゃならないときがあるんだ。それが仕事をきちんとやり遂げる唯一の方法であるときがな」

「そのとおりだ」ミカエルが言い、トルルスの肩を抱いて、足踏みをした。「だがな、トルルス、これは独りで扱うにはずいぶんな量のセメントだぞ」

そうとも、とトルルスは思った。勝利の笑いが胸のなかで泡だった。独りで扱うにはずいぶんな量のセメントだ。

「持ってきてくれたときに、そのままもらっておくべきだったな」オレグが言った。

「そうだな」ハリーはドア枠に寄りかかった。「そうすれば、テトリスのテクニックを磨けたのにな」

「そして、あんたはこの拳銃をここに残しておく前に、弾倉を外しておくべきだった」

「かもな」ハリーは半分床を、半分彼を見て、自分を狙っているオデッサを見ないようにした。

オレグが力なく微笑《ほほえ》んだ。「たぶん、ぼくたちはたくさんの間違いをしてきたんだろうな、ぼくもあんたも」

ハリーはうなずいた。

オレグはすでに立ち上がり、焜炉の横に立っていた。「でも、ぼくがしたのは間違いだけじゃないよね？」

「ああ、そんなことはまったくない。正しいこともたくさんしている」

「たとえば？」

ハリーは肩をすくめた。「たとえば、この架空の殺人者の銃に飛びかかったと主張したことだ。その殺人者が目出し帽をかぶっていて、身振りを使うだけで一言も発しなかったと言ったことだ。明白なその結論をおれに引き出させたことだ。発砲したときの火薬の粒子がおまえの皮膚に付着していたこと、犯人が一言も発しなかったのは声で正体がばれるのを恐れたからであり、故に、薬物の取引か警察との繋がりがある者だということの説明がそれでつくという結論をな。おれの推測では、おまえが目出し帽の話を思いついたのは、アルナブルーでおまえと一緒だった警官がそれを持っていたからだ。おまえの話では、おまえはその男をこの居間で目にしたことになってる。しかも、隣りのオフィスのドアが破られていてという説明つきで。おれはそこから、そのオフィスから川のほうへだれでも自由に出られるという説明に飛びついた。おまえはおれにいくつものヒントをくれた、おまえがグストを殺していないという説得力のある説明、おれの頭が何とか構築できる説明のヒントをな。なぜなら、おれの頭は常に感情に判断させるのを厭わない傾向があるからだ。われわれの心が必要としている慰めを与えてくれる答えを見つける用意が常にあるからだ」

オレグがゆっくりうなずいた。「でも、いまのあんたは違う答えを持ってる。そのどれもが正しい答えをね」

「一つだけ出ていない答えがある」ハリーは言った。「なぜだ?」

オレグは答えなかった。ハリーは右手をかざし、左手をゆっくりとズボンのポケットに入れると、くしゃくしゃになった煙草の箱とライターを出した。

「なぜだ、オレグ?」

「どう思う?」

「すべてはイレーネが原因だと、しばらくはそう考えていた。嫉妬だ。あるいは、グストが彼女をだれかに売ったからだとな。だが、グストしか彼女の居所を知らないのであれば、居場所を教えてくれるまで彼を殺すことはできなかったはずだ。だとすれば、ほかの何かがあるに違いない。女性への愛と同じぐらい強い何かだ。だって、おまえは人殺しじゃないんだからな」

「言ってみてよ」

「おぞましいことをやってのけるために、男たちを、善なる男たちを突き動かしてきた古典的な動機を、おまえもまた持っているんだ。おれもそこに含まれる。捜査は堂々巡りに陥った。どこへも行きようがなくなった。そういうとき、おれはスタート地点へ戻るんだ。色恋沙汰だよ。最悪の種類のな」

「それについて何を知ってるの？」

「なぜなら、おれが同じ女性に恋をしつづけているからだ。あるいは、彼女の姉妹かな。夜はそれはそれは魅力的で、翌朝目覚めたときは罪深いほどに醜いんだ」ハリーは金のフィルターとロシア帝国の鷲付きの黒い紙巻き煙草に火をつけた。「だが、夜になると朝のことなど忘れてしまって、ふたたび恋に落ちる。そして、その恋と張り合えるものは何一つない。イレーネだって相手にならない。違うか？」

ハリーは紫煙を吸い込み、オレグを見守った。

「何を言わせたいの？　どのみち、何もかも知ってるんでしょう」

「おまえの口から聞きたいんだ」

「なぜ？」

「おまえの口から出た言葉をおまえに聞かせたいからだ。そうすることで、それがどれほど病的で意味がないか、おまえにわからせたいからだ」

「何だって？　他人《ひと》のドラッグを盗もうとしたやつを撃ち殺すのが病的だということをわからせたいだって？　一緒に、それこそ大骨を折って手に入れたドラッグなんだぞ？」

「ひどく陳腐に聞こえないか？」

「馬鹿なことを言わないでくれ！」

「いや、言わせてもらう。おれは世界一の女性を失った。おれが抵抗できなかったばっかりになな。そして、おまえは親友を殺したんだ、オレグ、彼の名前を言え」

「ぼくは銃を持ってるんだぞ」

「彼の名前を言うんだ」

オレグは歯を剝き出しにした。「グストだ。これはいったい――」

「もう一度」

オレグが首をかしげてハリーを見た。「グスト」

「もう一度！」ハリーは怒鳴った。

「グスト！」オレグが怒鳴り返した。

「もう一――」

「グスト！」オレグが深く息を吸った。「グスト！　グスト……」声が震えはじめた。「グスト！」止まらなくなった。「グスト。グス――」すすり泣きが邪魔をした。「――ト」つぶった目から涙がこぼれ、声が小さくなった。「グスト。グスト・ハンセン……」

ハリーは一歩前に出た。オレグが銃を上げた。

「おまえは若い、オレグ。まだ変われる」

「あんたはどうなの、ハリー？　変われるの？」

「そうであればいいんだがな、オレグ。変われていたら、おまえにもおまえのお母さんにももっとよくしてやれたはずなんだ。だが、もう手後れだ。おれはいまのおれでありつづけるしかない」

「それはどっち？　アルコール依存者？　裏切り者？」

「警察官だ」

オレグが笑った。「そうなの？　警察官？　人間とか何かじゃないの？」

「大半警察官だな」

「大半警察官」オレグがうなずいて繰り返した。「それって陳腐じゃないの？」

「陳腐だし、冴《さ》えないいな」ハリーは半分吸った煙草を口から離し、それが本来の働きをしていないかのような不本意そうな目でそれを見た。「なぜなら、選択の余地がないことを意味しているからだよ、オレグ」

「選択の余地？」

「おれはおまえにきちんと罰を受けさせなくちゃならないんだ」

「あんたはもう警察の仕事をしていないじゃないか、ハリー。丸腰だし。それに、あんたが知っていることを知っている者も、あんたがここにいることを知っている者もいない。お母さんのことを考えてよ。ぼくのことを考えてよ！　一回でいいから、ぼくたちのことを、ぼくたち三人全員のことを考えてよ」目に涙が満ち、感情を露わにした金属的な声には必死の響きがあった。「なぜ黙ってここを出ていくことができないんだ、そうすれば、ぼくたちはすべてを忘れ、これはなかったことだと言えるのに？」

「そうできればどんなにいいか」ハリーは言った。「だが、おまえはおれを窮地に立たせているんだ。何があったか知ってしまった以上、おれはおまえを止めなくちゃならないんだ」

「それなら、なぜぼくに銃を持たせているの？」

ハリーは肩をすくめた。「おれはおまえを逮捕できない。自首しろ、オレグ。これはおまえのレースなんだ」

「自首する？　なぜそんなことをしなくちゃならないんだ？　釈放されたばかりなんだぞ！」

「おまえを逮捕したら、おれはおまえのお母さんとおまえを両方失うことになる。そして、おまえたちがいなければ、おれは何者でもなくなる。おまえたちなしでは生きていけない。わかるか、オレグ？　おれは閉め出された鼠で、入る道は一つしかない。それはおまえを通っていく道だ」

「だったら、ぼくを行かせてくれよ。今度のことを全部忘れさせてくれよ、一からやり直させてくれよ！」

ハリーは首を横に振った。「それはできないな、オレグ。謀殺なんだ。銃を持ってるのはおまえだ。いまやおまえが鍵を握っているんだ。おまえはおれたち全員のことを考えなくちゃならないんだ。ハンス・クリスティアンのところへ行けば、彼なら物事を整理して、刑を実質的に軽減できる」

「でも、イレーネを失うに充分な長さだろう。だれもそんなに長くは待っていてくれないよ」

「そうかもしれないし、そうでないかもしれないだろう。もしかしたら、もう失っている可能性だってある」

「嘘だ。あんたはいつも嘘をつく！」ハリーはオレグが瞬きをして涙をこらえるのを見守った。「自首を拒否したらどうする？」

「そのときは、この場で逮捕する」

オレグの口から呻きが漏れた。喘ぎと信じられないという笑いの中間のように聞こえた。

「頭がどうかしたんじゃないか、ハリー」

「そうせざるを得ないんだ。やらなくちゃならないからやるんだよ。おまえのやらなくちゃならないことをおまえがやるのと同じだ」

「やらなくちゃならない？　まるでろくでもない呪いのように聞こえるな」

「そうかもしれん」

「戯言だ！」

「それなら、呪いを解くんだ、オレグ。なぜなら、おまえは本当に二度と人を殺したくないんだからな、そうだろ？」

「出ていけ！」オレグが絶叫した。手のなかで拳銃が震えた。「帰れ！　あんたはもう警察にいないじゃないか！」

「そのとおりだ」ハリーは応えた。「だが、おれはいま言ったとおり……」そして、黒い紙巻き煙草をくわえる唇に力を入れ、煙を深く吸い込んだ。目を閉じ、二秒間、それを味わっているような顔になった。そのあと、空気と煙を喘鳴とともに肺から吐き出した。「警察官なんだ」煙草を目の前の床に落とした。それを踏みつけてオレグのほうへ歩きながら顔を上げた。背丈がほとんど同じになっていた。構えられた拳銃の照星と照門の向こうで、オレグと目が合った。撃鉄が起こされるのが見えた。結果はすでにわかっていた。ハリーはその通り道にいた。オレグにも選択の余地はなかった。彼らは解のない方程式のなかにいる見知らぬ二人、衝突が不可避な軌道にいる二つの天体、二人のうちの一人しか勝てないゲーム、テトリスだった。二人のうちの一方だけが勝ちたいゲームだ。事後、オレグが銃を処分し、バンコク行きの便に乗り、ラケルに何も言わないだけの機転を持ち合わせていて、夜中に部屋に満ちている過去の亡霊に出くわして絶叫せず、生きる価値のある人生を生きるのに成功してくれることをハリーは祈った。なぜなら、ハリー自身はそれができなかったからだ。もはや不可能だった。ハリーは気持ちを強く持って足を踏み出しつづけた。自分の体重を感じながら、黒い銃口が大きくなっていくのを見ながら。ある秋の日、オレグ、十歳、風に嬲《なぶ》られる彼の髪、ラケル、ハリー、オレンジ色の葉、カメラを見つめ、シャッターが乾いた音とともに切られるのを待っている三人。彼らが作り上げたという、そこにいたという、幸せの絶頂に到達したという、活き活きとした証拠。オレグの人差し指、引鉄にかかっている真っ白になった関節。後戻りはない。飛行機に間に合うだけの時間はそもそもなかった。どの便でもなかったし、香港行きもなかった。命についての馬鹿げた考えがあるだけだった。だれも生きることができなかった命についての。恐怖は感じなかった。悲しみしか感じなかった。短い連射が一回の発砲のように聞こえ、窓を振るわせた。複数の銃弾が胸の真ん中に当たる、物理的な圧力が感じられた。反動で拳銃が跳ね、三発目は頭に当たった。彼は倒れた。彼の下には闇があった。彼はその闇に突っ込んでいった。闇はついに彼を呑み込み、ひんやりとした無痛の無へと漂い込ませた。ようやくだな、と彼は考えた。そして、それがハリー・ホーレが最後に考えたことだった——ようやく、本当にようやく、自由になれた。

若い鼠の悲鳴はさらにはっきり聞こえるようになった。教会の鐘は十回鳴ったあと静かになり、近づきつつあった警察車両のサイレンは遠ざかっていった。かすかな心拍音だけが残っていた。この前の夏はもっと若い死体がここに横たわり、キッチンの床を血で汚していた。だが、それは若い鼠が生まれるはるか前の夏だった。結局、その死体は巣への入口を塞いでいなかった。

鼠は革の靴を一齧りした。

また金属を舐めた。右手の二本の指のあいだから突き出ているしょっぱい金属を。

スーツのジャケットを引っ掻いた。汗と、血と、食べ物の臭いがした。とても多くの食べ物の臭いが混じっているところからすると、リネンの素材はごみ容器のなかにあったに違いなかった。

そして、今度もそれがあった。まだ完全に消えていない煙の分子の異常に強い臭いが。

鼠は腕を駆け上がり、肩を突っ切り、首に巻かれている血が染み出した包帯で足を止めた。それから、急いで胸へ駆け上がった。スーツのジャケットにあいた二つの丸い穴から、いまも強い臭いがしていた。硫黄、火薬。一つは心臓のすぐそばだった。その心臓はまだ動いていた。鼠は額へ上がり、金髪から一本の細い条《すじ》となって流れ出している血を舐めた。唇へ、鼻梁へ、まぶたへ下りた。頬に長い傷痕があった。鼠はふたたび足を止めた。どうやって目的地にたどり着こうか思案するかのように。

第五部

44

月明かりがアーケル川の水面をきらめかせ、街を貫く小さな汚れた流れを金の鎖のように見せていた。流れの近くの人気《ひとけ》のない小径を歩くことを選ぶ女性は多くなかったが、マルティーネはそれを選んでいた。〈灯台〉の一日は長く、彼女は疲れていた。だが、いい一日だった。長いけれどもいい一日。一人の若者が暗がりから近づいてきて、懐中電灯の明かりで彼女の顔を見た。そして、低い声で「やあ」と言っただけで引き下がった。

リカールが二度、妊娠してもいるんだからああいう道を通るのはやめるべきじゃないかと言ったことがあった。だが彼女は、それがグルーネルレッカへの一番の近道なのだと応えた。そして、だれであろうと彼女の街を彼女から取り上げることを拒否した。それに、橋の下に住んでいる人々を大勢知っていたから、西オスロの洒落《しやれ》たバーの何軒かより安全だと感じられた。救急治療室とショウス広場を通り過ぎ、〈ブロー〉を目指しているとき、短い間隔で舗道を打つ、硬い靴音が聞こえた。長身の若者が彼女のほうへ走ってきていた。前方を照らしながら、闇のなかを滑るように。擦れ違う瞬間、その顔を垣間見ることができ、荒い息遣いを聞くことができた。息遣いは彼女の背後で徐々に遠ざかり、消えていった。知っている顔、〈灯台〉で見たことのある顔だった。ただ、そんなに多くはないけれども、ときどき、見たと自分が思った人々が何カ月も前に、あるいは何年も前に死んだと、次の日に同僚に教えられることがあった。しかし、なぜかその顔はハリーのことを思わせた。彼のことはだれにも話していなかった。もちろん、特にリカールには。それでも、ハリーは彼女のなかに小さな空間、彼女がときどき訪《おとな》うことのできる空間を作り出していた。オレグだったということがあるだろうか？　だから、いま、ハリーを思い出したのだろうか？　マルティーネは後ろを振り返った。走っている若者の背中が見えた。悪魔にでも追いかけられているかのよう、何かから逃げているかのようだった。しかし、追っ手の姿はどこにもなかった。彼はどんどん小さくなっていき、すぐに闇のなかに消えてしまった。

イレーネは時計を見た。十一時五分。席に背中を預け、デスクの上のモニターを見つめた。五分後には機内に入れるはずだった。フランクフルト空港で待っている、と父親からメールがきていた。汗を掻いていて、身体が痛かった。簡単ではないだろう。でも、大丈夫だ。

ステインが彼女の手を握り締めた。

「大丈夫か、愛する人《バンブキン》？」

イレーネは微笑し、彼の手を握り返した。

きっと大丈夫だ。

「彼女、わたしたちの知ってる人？」イレーネは小声で訊いた。

のようだった。

「だれ？」

「あそこに独りで坐っている黒い髪の人」

彼らが着いたとき、その女性もゲート近くの彼らの向かいに坐っていて、〈ロンリープラネット〉のタイ編を読んでいた。加齢で損なわれることのないタイプの美人だった。そして、何かを発散していた。静かな幸せとでもいうか、独りきりでいてさえ内心では笑っているかのようだった。

「知らないな。だれだ？」

「知らないけど、だれかを思い出すの」

「だれを？」

「わからない」

ステインが笑った。安心を感じさせてくれる、落ち着いた兄の笑いだった。その手がふたたびイレーネの手を握り締めた。

間延びしたチャイムが鳴り、金属的な声がフランクフルト行きの便の搭乗準備が整ったことを告げた。人々が立ち上がり、デスクへと殺到しはじめた。イレーネはみんなと同じように立ち上がろうとしているステインを引き留めた。

「どうしたんだ、パンプキン？」

「もうちょっと人が少なくなるまで待ちましょうよ」

「だけど――」

「通路のなかで……人と肩が触れ合うような近さにいたくないの」

「わかった。ぼくが馬鹿だった。大丈夫か？」

「いまのところはね」

「よかった」

「あの人、寂しそう」

「寂しそう？」ステインがあの女性を見た。「そうは見えないな。幸せそうじゃないか」

「そうだけど、寂しそう」

「幸せで、寂しい？」

イレーネは笑った。「そうね、わたしの見間違いね。寂しそうに見えるのは、あの寂しい若者に似ているからかもしれない」

「イレーネ？」

「何？」

「約束したことを憶えてるか？　幸せを思うんだ。いいな？」

「そうね。わたしたち二人は寂しくないわ」

「そうとも。ぼくたちはお互いのためにここにいるんだ。永遠にだ。いいね？」

「永遠にね」

イレーネは兄の腕の下の自分の手を見て、兄の肩に頭を預けた。自分を見つけてくれた警察官のことを考えた。ハリー、確かそう名乗った。最初は、オレグがいつも話していたあのハリーだと思った。でも、オレグの話しぶりからわたしが想像していたハリーは、わたしを自由の身にしてくれたあの醜い男の人より、背が高く、若くて、ハンサムだった。でも、彼はステインも訪ねていた。いま、わたしはそれが彼だったとわかっている。ハリー・ホーレだと。自分が生涯彼を忘れないだろうこともわかっている。顔の傷痕を、顎の切り傷を、首に巻かれた大きな包帯を。そして、あの声を。あんなほっとするような声の持ち主だとは、オレグは教えてくれなかった。そして、わたしはまったく突然確信した。確かなものはある。どこかはわからないけれども、すぐそこにある、と。

大丈夫だ。

オスロを離れたらすぐに、すべては過去として置き去りにできるだろう。もう何であろうと手を出さないことだ。アルコールにも、ドラッグにも――相談した父とお医者さんがそう説明してくれた。バイオリンは向こうにもあるだろうけれど、わたしは決して近づかない。でも、常にそこにあるはずだ。グストの亡霊が、イプセンの亡霊が、わたしが粉による死を売った気の毒な人たちが、わたしに取り憑いて常にそこにいるように。彼らはやってくるときはやってくるに違いない。そして、何年かしたらおぼろげになってくれるかもしれない。そのとき、わたしはオスロへ戻る。重要なのはわたしが大丈夫になることだ。わたしは何とかして生きる価値のある人生を創造するつもりだ。

トルルス・ベルンツェンはクヴァドラトゥーレンを車で走り抜けた。トルブー通りへ向かい、プリンセンス通りを行き、市庁舎通りを戻った。パーティを早めに抜け出し、車に乗って、どこでもいいから気の向くままに走っていた。寒くて、晴れていて、今夜のクヴァドラトゥーレンは生きていた。売春婦が声をかけてきた。きっと彼が発散しているテストステロンを嗅ぎつけたに違いなかった。ドラッグの売人が値下げ競争をしていた。駐まっているコルベットのなかから低音《バス》が響いていた――ブン、ブン、ブン。路面電車の停留所のそばでカップルがキスをしていた。男が大喜びして笑いながら、スーツの上衣《うわぎ》の前を大きく広げてはためかせて通りを走っていた。同じようなスーツを着た男が彼のあとにつづいていた。ドロニンゲン通りの隅に、アーセナルのレプリカ・ユニフォームを着た男がいた。トルルスが見たことのない男だった。新顔に違いなかった。警察無線が鳴った。トルルスは奇妙な満足を感じることができた。血液が彼の血管を、低音《バス》を、起こっていることのすべてのリズムのなかを流れていた。彼はそこに坐り、目を開けて、お互いをまったく知らない、しかし、ほかの歯車を動かしている、小さな歯車のすべてを見ていた。見ているのは、すべてを見ているのは、彼一人だった。そして、それはまさしくそうであるべきことだった。なぜなら、いまやこれは彼の街なのだから。

ガムレビーエン教会の聖職者はドアの鍵を開けて外へ出た。墓地の木々のてっぺんを吹いている風の音に耳を澄ませ、木々の隙間から月を見上げた。美しい夜だった。演奏会は成功し、会衆も多かった。明日の早朝の礼拝はそこまでの数にはならないだろう。彼はため息をついた。がらんとした信徒席に向かってする説教は、罪の赦《ゆる》しに関するものになる予定だった。彼は階段を下り、墓のあいだを進んでいた。金曜の埋葬のときと同じ説教を使うと決めていた。埋葬された故人は――近親者によれば――最後は犯罪的な取引に手を染め、それ以前も罪に満ちた人生を送っていたから、そういう旅をしてきた者全員が登るべき山を登ることになるという説教である。結局、会葬者についての懸念は必要なかった。故人の元妻と子供たち、最初から最後まですすり泣きと言うには大きすぎる声で泣いていた同僚が一人だけだった。元妻が聖職者にこっそり打ち明けたところでは、その同僚は故人が勤めていた航空会社で唯一体の関係がなかった客室乗務員だった。

ある墓石の前を通り過ぎるとき、その上の何か白いものの名残りが月明かりで見えた。だれかがチョークで何かを書いて消したかのようだった。アスキル・カトー・ルード、アスキル・エーレゴーとしても知られていた人物の墓石だった。大昔からの規則で墓石の賃借は一世代限りとされ、延長するには延長料金を払わなくてはならなかったが、それは金持ちの特権だった。しかし、理由はわからないが、赤貧のアスキル・カトー・ルードの墓はそのままにされた。そして、古くなると、すぐに保存された。特別な興味の場所になるかもしれないという楽観的な希望があったからかもしれなかった。それは東オスロで最も貧しい地区の墓石で、不運な親戚は小さな石しか買う余裕がなく、石工は一文字いくらで料金を取っていたから、きちんと彫ることができたのは姓、生年、没年だけで、名は頭文字だけ、その下の碑文はなしですまされた。姓は〝ＲＵＤ〟ではなく、正しくは〝ＲＵＵＤ〟だと当局がわざわざ主張した時代もあったが、彼ら自身もまた、いくらかは文字数を節約していた。というわけで、アスキル・エーレゴーがいまも出歩いているという迷信が生まれたのだが、それはあまり長生きせず、アスキル・エーレゴーは文字通り忘れ去られて、平安に眠っていた。

聖職者が墓地の門に近づいたとき、背後の壁の暗がりからだれかが音もなく姿を現わした。

聖職者は反射的に身体を硬くした。

「お慈悲を」しわがれた声が言い、大きな掌が突き出された。

聖職者は帽子の下の顔を見た。全体に皺が刻まれた老いた顔で、鼻はがっしりし、耳は大きく、二つの目は驚くほど青く澄んで無邪気だった。そう、無邪気。それはまさに貧しい男に二十クローネを施してから自宅へ向かいつづける聖職者が考えたことだった。まだ罪の赦しを必要としない、生まれたばかりの赤ん坊の無邪気な青い目。彼はそれを朝の説教に付け加えることにした。

ようやく最後までできたよ、父さん。

おれはここに坐っていた。オレグはおれを見下ろして立ち、死んでも放さないといった様子でオデッサ拳銃を両手で握り締めて叫んだ。完全にいかれていた。「彼女はどこだ？　イレーネはどこにいる？　教えろ、さもないと……さもないと……」

「さもないと何だってんだ、ヘロイン中毒野郎が？　どのみち、おまえに銃は使えないよ。おまえにそんな度胸はないからな、オレグ。おまえは善人なんだ。さあ——落ち着け。一緒に一発決めようじゃないか。な？」

「決めるとも、当たり前だ。だが、彼女の居所をおまえが教えてからだ」

「おれが一人で全部使ってもいいのか？」

「半分だ。それが最後の一袋なんだ」

「いいだろう。まず銃を下ろせ」

あの馬鹿は言われたとおりにした。実に学習能力のない男だ。ジューダス・プリーストのコンサートが終わって初めて会ったときと同じぐらい簡単に引っかかりやがった。あいつは腰を曲げて、あの不細工な拳銃を自分の前の床に置いた。横のレバーが〝C〟のところにあるのが見えた。連射ができるということだ。ほんのちょっとでも引鉄に力が加わると……

「彼女はどこにいるんだ？」オレグが立ち上がった。

そしてそのとき、もう銃口がおれを狙っていないとなったとき、それがやってくるのを感じることができた。獰猛な怒りだ。あいつはおれを脅した。おれの里親のように。おれに我慢できないことが一つあるとすれば、それは脅されることだ。だから、いいほうの嘘――彼女はデンマークの秘密のリハビリ・センターにいて、隔離されているから、ドラッグに引き戻す可能性のある友人は接触できないことになっている――をつく代わりに、あいつを傷つけてやることにした。そうしなくちゃならなかったんだ。おれの血管には父さんの血が流れているんだ、父さん。だから、何も言わずに口を閉じていてくれ。いいかい、おれの身体に残っている血はもういくらもないんだ。だって、大半はキッチンの床に流れ出てしまっているんだから。だけど、おれは馬鹿みたいにあいつを傷つけることにした。

「彼女なら売ったよ」おれは言った。「バイオリン何グラムかでな」

「何だと？」

「オスロ中央駅で、あるドイツ人に売った。名前も知らないし、どこに住んでいるかも知らない。ミュンヘンかもしれない。たぶんミュンヘンのアパートで、友だちと一緒にイレーネにしゃぶらせているんじゃないか。あのかわいらしい小さな口でな。彼女はハイになって、しゃぶっているのがどっちの一物かもわからなくなってるかもしれないな。だって、頭にあるのは彼女が本当に愛している男だけなんだから。その男の名前は――」

オレグはあんぐり口を開けて、ひたすら瞬きを繰り返していた。ジューダス・プリーストのコンサートのあとでおれに五百クローネ差し出したときと同じ、阿呆《あほう》のような顔だったよ。おれはろくでもない手品師のように両腕を広げた。「バイオリンだ！」

オレグは瞬きをつづけていた。あまりのショックに、おれが銃に飛びついたときも反応できなかった。

あるいは、飛びついたと思ったときだ。

なぜなら、おれが大事なことを忘れていたからだ。

そのとき、あいつがおれにつづいた。あいつはわかっていたんだ。自分がメタンフェタミンに手を出すつもりがないことを。あいつは確かな能力を持っていた。あいつも人の考えを読むことができたんだ。少なくとも盗人の考えを。

どうしてわからなかったんだ。おれは半分のバイオリンでよしとすべきだった。あいつの手のほうが早く拳銃に届いた。その手が引鉄に触れたのかもしれない。レバーは〝C〟にセットされていた。おれは床に倒れる前に、あいつのショックを受けた顔を見ることができた。すべてが静かになっていくのが聞こえた。あいつがおれの上に屈み込む音が聞こえた。エンジンのアイドリングのような、低い、哀れっぽい音が聞こえた。泣きたいけれども泣けないかのようだった。やがて、あいつはゆっくりとキッチンの隅へ行った。本物の中毒者は物事を順序よく整然とやるんだ。あいつは注射器をおれの横に置いた。一緒にやるかと訊くことまでしてくれた。もちろんだと答えたかったが、おれはもう話すことができなかった。そのあと、おれはあいつのゆっくりとした重たい足音が階段を下りて出ていくのを聞いていた。おれは独りになった。いつよりも独りだった。

教会の鐘は鳴り止んでいる。

語るべきことは語ったと思う。

もう痛みもあまり感じない。

そこにいるかい、父さん？

そこにいるか、ルーファス？　おれを待ってくれているか？

いずれにせよ、おれは老人の言葉を憶えている。死は魂の解放だ。ろくでもない魂を解放してくれる。そうなのか？　まあ、どうでもいい。もうすぐわかることだ。

参考資料と謝辞

以下の人々、著作に感謝する。
全般的な警察の仕事については、アウドゥン・ベクストロムとクルト・A・リーエルに、
ダイビングについては、トールゲイル・エイラと〈EBマリーン〉に、
麻薬については、アーレ・ミークレブストとオルグクリム・オスロに、
ポール・コルステーの『ロシア』に、
オーレ・トーマス・ビェルクネスとアン・クリスティン・ホフ・ヨハンセンの『捜査の方法』に、
ニコライ・リーリンの『シベリアの教育』に、
ベーリット・ネクレビーの『カール・A・マルティンセンの生涯と仕事』に、
ロシア語については、ダグ・フィエルスターに、
スウェーデン語については、エーヴァ・ステーンルンに、
方言については、ラルス・ペッテル・スヴェーンに、
薬学については、ヒェル・エーリク・ストレムスラグに、

航空機については、トール・ホニングスヴォグに、
墓地については、イェルゲン・ヴィークに、
解剖学については、モルテン・ゴーシェンリーに、
医学については、エイステイン・エイケランとトーマス・ハッレ=ヴェッレに、
心理学については、ビルギッタ・ブローメンに、
夜のオスロについては、オッド・カトー・クリスティアンセンに、
オスロ市議会については、クリスティン・クレメットに、
馬については、クリスティン・イェルデに、
タイピングについては、ユリエ・シモンセンに、
そして、
アスケホウ出版とサロモンソン・エージェンシーの皆さんに。

解説

ハリー・ホーレ、心の痛みを知る者よ

杉江松恋

地獄の猟犬の物語、これにて完結か。

本作、『ファントム　亡霊の罠』を読み終えてまず思ったことはそれだった。

なぜならばこれは、ハリー・ホーレ自身の物語だからである。

ノルウェー人作家ジョー・ネスボの創造したハリー・ホーレは、現代北欧ミステリーを代表する探偵主人公の一人だ。オスロ警察に属する彼は、警察学校と法学部を優秀な成績で出た人物で、アメリカのFBIで研修も受けている。連続殺人者《シリアルキラー》捜査について、そこで学んだのだ。犯人を狩ることについては右に並ぶ者のない名刑事ではあるが、あまりにも優れた能力の代償か、ワーカホリックと言うしかない仕事ぶりゆえか、崩壊寸前の状態にまで精神は追い詰められてしまっている。重度のアルコール依存症であり、ジムビームの一杯が彼を天国と地獄に同時に誘《いざな》う、禁断の扉になっているのだ。

そんな男にも愛する者はいる。妹・シースと、ハリーが一時期オスロ警察から公安警察局〈POT〉に異動していた際に知り合ったラケル・ファウケだ。ハリーは事件関係者の娘としてラケルと出会うが、実は彼女はPOT外務部長だった。ラケルには離婚したロシア人男

性との間に産まれたオレグという息子がいた。シングルマザーという境遇ゆえに初めはハリーとの関係に消極的だったラケルだが、やがて二人の間には深い絆が芽生える。ハリーは思春期を迎えたオレグの父親代わりも務めたのである。

　仕事ではとてつもなく有能だが、警察組織にはなじめず、次第に孤立を深めていく男。精神状態は破綻しかけているが、本来の心が優しいゆえに、大切に思う者たちに対しては惜しみなく愛情を注ぐ。しかしそれは、愛という名の危険な依存でもあった。ハリーがラケルと出会ったのは、シリーズ第三作『コマドリの賭け』（原著二〇〇〇年、以下同様。ランダムハウス講談社文庫→現・集英社文庫。以下断りのないものはすべて集英社文庫）だが、彼自身が壊れていくにつれて、関係も変化していく。

「きみはぼくがいなくても全然大丈夫だ。問題は、ぼくがいても大丈夫か、だ（中略）きみは考えなくちゃならなくなるはずだ、それは間違いないと思う」（『悪魔の星』）

「白鳥についての話って、本当だと思う？」ラケルが訊いた。「死がお互いを分かつまで、お互いへの忠節を守るって話だけど？」（『スノーマン』）

　心と体に深い傷を負いながら殺人犯との死闘を繰り広げてきたハリーは、シリーズ第七作にあたる、この『スノーマン』（二〇〇七年）の事件でラケルとオレグを巻き込んでしまい、二人に別れを告げる。もちろんラケルたちを気遣っての決断だったのだが、それが悪い結果をもたらしたことを本書では思い知らされることになるのだ。

　ハリーに捨てられたと感じたオレグは心の支えを失い、悪い仲間と交際していた。『ファントム』は、異国の地で暮らしていたハリーが急遽《きゆうきよ》ノルウェーに戻ってくる場面から始まる。古巣のオスロ警察を訪ねた彼は、復帰を申し出る。オレグ・ファウケが殺人容疑で逮捕された事件の再捜査を行うためだ。オレグはグスト・ハンセンという十九歳の麻薬の売人を射殺した罪に問われているのである。事件当時に着ていた服の袖から硝煙反応が出るなど不利な証拠は揃っていたが、ハリーは彼の無実を信じていた。だが、ひさしぶりに拘置所で再会したオレグは、かつて父親代わりだった男との対話を頑なに拒む。

これまでの作品でも独断専行の目立つハリーであったが、本書では文字通り死に物狂いであり、かつての知人を脅迫してでも手がかりを得て、事件の真相を突き止めようとする。複数の視点人物を登場させ、多方向から事態を描いていくのがこのシリーズの常套手段である。本作ではハリー登場の前にまず、事件の被害者であるグストの回想が置かれる。銃弾に胸を貫かれた少年が、絶えゆく意識の中で短かった生涯を思い出しているのだ。本書の叙述は、現在進行中の物語にグストの回想が挿入される形式で進んでいく。彼の記憶の中にある過去と現在の出来事が重なった時点で真相が明らかになる趣向なのである。

グストとオレグの間には父親に捨てられた者同士という共通項がある。グストが不在の父を責める言葉は、そのままハリーに向けられたものでもあるのだ。ハリーはラケルと再会して、オレグを救うために尽力することを誓う。根本にあるのはオレグと彼との関係であり、ハリーは事件を通じて自身の来し方と向き合うことを要求される。ここが過去作になかった本書の特徴だ。殺人犯を追うための猟犬という役割に徹してきた男は、本当の意味で生きていたと言えるのだろうか。この問いに答えない限り、真の解決はありえない。

他の視点人物は、スカンジナヴィア航空の機長であるトール・シュルツと、何者かを暗殺する目的を持つと思しき男セルゲイ・イワノフだ。シュルツは組織から麻薬の密輸を請け負っているのだが、国内への持ち込みではなく、逆にオスロからバンコクへの輸出であるというのが大きな謎である。事件の背景には麻薬がらみの犯罪が存在することが比較的早期に判明する。しかし、その全貌と組織の黒幕の正体を言い当てられる読者は少ないはずだ。セルゲイの存在は、国際規模で活動する犯罪者がオスロに潜入する、シリーズ第六作『贖い主顔なき暗殺者』（二〇〇五年）を連想させる。彼はいわばワイルドカードの存在であり、標的は、そして依頼者は誰なのか、といった謎が物語を立体化させる。

こうした形でまず多くの不確かな要素を突きつけ、五里霧中の状態に読者を巻き込んでおいてから、主人公の動きを追いながら物語を前に進めていく。過去パートではグストという異分子によって麻薬組織が変容していく様子、そして現在パートではオレグのために背後関係を明らかにしようとするハリーの行動が中核と言える。第二部の終わりあたりから、流動的に見えた事件が次第にはっきりとした形を取り始めるのだが、そこからもまったく油断ができない。物語の前半にばら撒かれていた手がかりの意味が判明し始め、次々に真相・真犯人についての仮説が浮上してくるからだ。意表を衝かれて驚く瞬間が幾度も到来する。興趣を削がないためにこれは曖昧に書くが、小道具の使い方が見事だ。ネスボが風変りな小道具を出したら、それは絶対に物語の山場で使われることになるのである。本書にも息を吞むような箇所が少なくとも三つある。単発作品の『その雪と血を』（二〇一五年。ハヤカワ・ミステリ文庫）あたりで犯罪小説作家のネスボに魅了された方も、本書のそういう場面には満足されるのではなかろうか。

私が思わず声を上げてしまったのは第三部の終わりで、犯人の正体について意外な可能性が浮上してくるからだ。ここから終盤に向けてはまったく先の読めない展開になる。犯人当ての興味を持続させたままで読者を結末まで連れていく技巧において、少なくとも北欧圏の作家でネスボの右に出る者はいないし、手がかりをきちんと呈示してのフェアプレイに徹して謎解きを行うという点では、現代屈指の名手である。さらにネスボが作家として誠実なのは、謎の設定とその解についての趣向が作品ごとに異なる点で、一度として同じ手は使わないし、毎回納得のいく推理を準備してくれている。これまでのお気に入りは『贖い主』の、読者が思ってもみなかったような推理を呈示する謎解きだったが、本書のそれも素晴らしいものだ。全体のモチーフとなっている人間関係を満足させるものであり、冒頭に置かれている断章に結末が接続して見事な真円を創り上げる。独立した物語の完成度としては、シリーズ一の出来なのではないだろうか。

結末は衝撃的なものであり、読み終えて私はしばらく言葉を喪《うしな》った。ハリー・ホーレの物語はこれにて完結か、と慨嘆してしまった気持ちも、最後までお読みになった方にはわかってもらえるはずである。実際には本書の後にもPoliti（二〇一三年）、Tørst（二〇一七年）、Kniv（二〇一九年）と三長篇が発表されている。だが、我が身を削って難業に取り組む、ヘラクレスのような神話的主人公の物語は、本書でいったん完結したと言っていい。シリーズを分けるとすれば、ここが第一期の終点であり、第二期のハリー・ホーレがどのような活躍を見せるのかは、この結末からはまったく想像ができない。それほどの完成度ということでもある。

字数が尽きてきた。作者のプロフィールなどについては第一作『ザ・バット　神話の殺人』（一九九七年）の拙解説などをご参照いただきたい。このシリーズは他社から中途の作品が翻訳され、それが絶版になったこともあってしばらく全容を摑みにくい時期が続いた。

第一作と第二作 Kakerlakkene（一九九八年）の舞台はノルウェーではなく、シリーズとしては習作に近い。オスロが舞台となる第三作『コマドリの賭け』からが本領発揮で、同作から第四、五作の『ネメシス　復讐の女神』（二〇〇二年）と『悪魔の星』（二〇〇三年）までが三部作を構成しており、ある陰謀を暴くことでハリーがオスロ警察の中で孤立していくさまが描かれる。ここで決定的な出来事があって、『悪魔の星』の結末ではハリーが自らアルコール依存症であることを告白する。『贖い主』『スノーマン』『レパード　闇にひそむ獣』（二〇〇九年）の三作は、もはや通常の意味では警察官であることも難しくなったハリーが、あまりにも優れた猟犬であるために刑事という職から離れられず、身を滅ぼしながら犯人を追うという物語だ。『ファントム』は単独で読んで楽しめるし、過去作のネタばらしなどは一切ないので問題ないが、読み終わったあとで気になった方は、過去作を順に追ってみることをお薦めする。

ネスボは二〇一七年にノルウェー王国大使館・集英社の招きで来日を果たしている。そのときの私が聞き手を務めたインタビューで印象的だったのは、自分は北欧圏の作家よりもむしろアメリカのクライム・ノヴェルに強い影響を受けていると発言したことだった。警察小説と一人称ハードボイルドを融合させたマイクル・コナリーなど、ネスボの作風に近いアメリカ作家は多数存在する。過去の文庫解説でその点に触れた文章もあるので今回は省略するが、北欧圏の系譜で見た場合、一九九〇年代のヘニング・マンケルがクルト・ヴァランダー・シリーズで行った、犯罪捜査と同じ比重で主人公の人生を描くというサーガの手法を、最も先鋭的に突き詰めたのがジョー・ネスボだと言うことができる。探偵の魂の遍歴が、難事件の解決と同等か、それ以上に読者に訴えかける要素だということを、ネスボは証明してみせたのだ。ここを到達点とし、ネスボに学んだ作家がこの先間違いなく現れるはずである。

完結か、などと書いておきながら言葉を翻すようだが、まだまだハリー・ホーレの物語は読んでみたい。優しい男がここまで傷つき、苦しんだ。そんな彼がどこへ行きつくのか、見届けたいではないか。この物語を読む者は、人の痛みを知ることになる。傷よ癒えよ、魂よ安らげ。誰もがそう願うだろう。

（すぎえ・まつこい　書評家）

集英社文庫

ファントム　亡霊《ぼうれい》の罠《わな》　下《げ》

2020年11月25日　第1刷　　定価はカバーに表示してあります。

著　者　ジョー・ネスボ
訳　者　戸田裕之《とだひろゆき》
編　集　株式会社　集英社クリエイティブ
東京都千代田区神田神保町2-23-1　〒101-0051
電話　03-3239-3811
発行者　徳永　真
発行所　株式会社　集英社
東京都千代田区一ツ橋2-5-10　〒101-8050
電話　【編集部】03-3230-6095
【読者係】03-3230-6080
【販売部】03-3230-6393（書店専用）
印　刷　中央精版印刷株式会社　株式会社美松堂
製　本　中央精版印刷株式会社

フォーマットデザイン　アリヤマデザインストア　　マークデザイン　居山浩二

ISBN978-4-08-760769-7 C0197